W0212463

# Das vergessene Kreuz von Kentucky

für meinen Vater

dein Sohn

Peter

FSC
www.fsc.org
MIX
Papier aus verantwortungsvollen Quellen
Paper from responsible sources
FSC® C105338

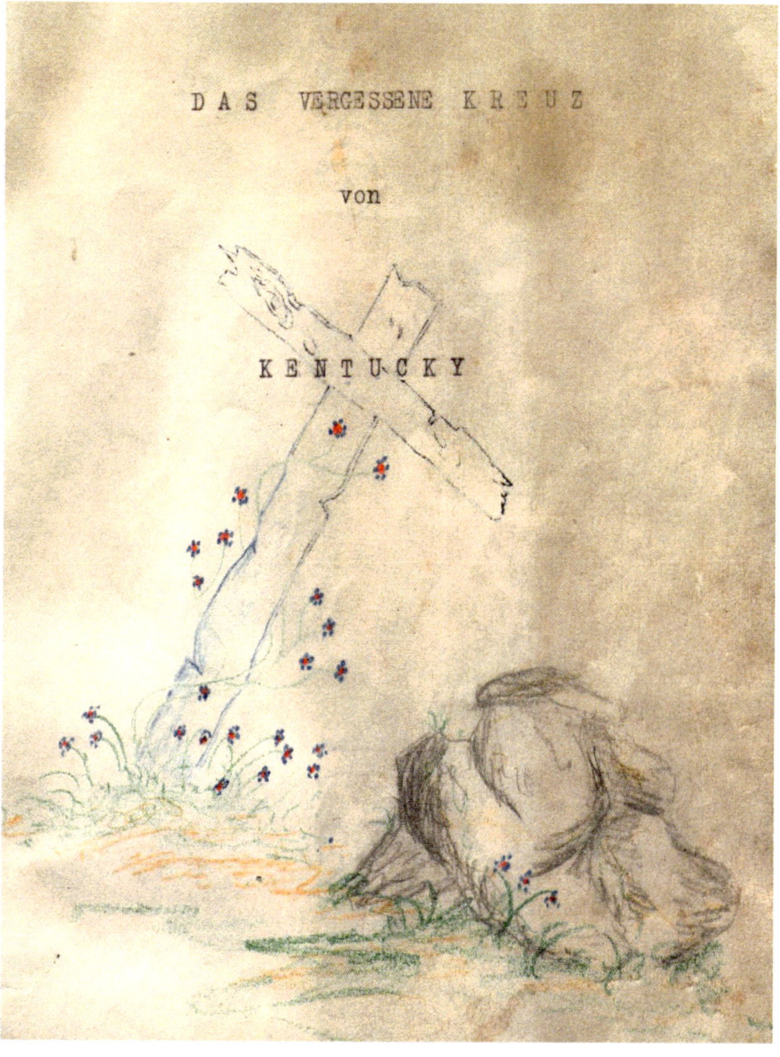


Originalzeichnung (Deckblatt des Manuskripts) von 1956

# Das vergessene Kreuz von Kentucky

Roman

2. Auflage

Herstellung und Verlag:

BoD – Books on Demand, Norderstedt

ISBN-Nr.: 978-3-8334-8758-3

www.Peter-Axel-Simon.de

© 2013 Peter-Axel-Simon

Bibliografische Information der Deutschen Nationalbibliothek:

Die Deutsche Nationalbibliothek verzeichnet diese Publikation in der deutschen Nationalbibliografie; detaillierte bibliografische Daten sind im Internet über http://dnb.d-nb.de abrufbar.

Krieg ist das abscheulichste Verbrechen,

das die Menschen sich selbst auferlegt haben.

In der Hoffnung,

dass in der Zukunft die Vernunft

immer der Sieger bleiben wird.

Peter Simon

# Vorwort

## zur Geschichte meines Vaters als er Gefangener im 2. Weltkrieg war

Mein Vater kam als junger Soldat im Alter von 22 Jahren als Gefreiter an die Front.

Während eines Gefechts in der Eifel wurde er durch die US-Armee gefangen genommen. Mein Vater gehörte zu einer Fallschirmjägereinheit und wurde noch in der Nähe der Front von Offizieren der US-Armee verhört. Nach dem Verhör wurde er weit zurück hinter die Kampflinie transportiert. Später wurde er mit vielen seiner überlebenden Kameraden in einem großen Gefangenentransport nach Cherbourg in Frankreich gebracht, wo er dann zunächst in französische Kriegsgefangenschaft genommen wurde. Dort wurden sie nach ihren ehemaligen Waffengattungen aussortiert. Mein Vater kam mit Kameraden der Luftwaffe und der Marine in ein weiteres Gefangenenlager in Frankreich.

Etwa im Herbst 1944 wurde er mit vielen anderen seiner Kameraden im Hafen von Bolbec, einer Stadt in der Normandie nordöstlich von Le Havre, auf ein Schiff gebracht. Aufgrund der ständigen Transporte und Inhaftierungen waren sie ausgehungert, verdreckt und verlaust, als sie auf diesem Schiff landeten. Wie er erst später erfuhr, handelte es sich bei diesem Schiff um die „Queen Mary“. Erst hier erfuhr er, dass er nach Amerika transportiert wird. Da mein Vater und seine Kameraden zu einer Spezialtruppe gehört hatten, wollten die Amerikaner diese außerhalb der Reichweite von Deutschland haben.

Auf der „Queen Mary“ erhielten sie erstmals guten Kaffee und gutes Essen. Sie waren überrascht, als sie nach vielen Tagen auf hoher See in New York ankamen. Denn die Einstellung zu den amerikanischen Soldaten, die sie infolge der Kriegspropaganda als böse Unmenschen betrachtet hatten, entwickelte sich zum Positiven. Die Amerikaner versorgten ihre Gefangenen mit ausreichend Nahrung und behandelten sie gut.

Nach der Ankunft in New York kam mein Vater zunächst für kurze Zeit (ca. 6 bis 8 Wochen) mit etwa 1000 weiteren Kameraden in das Camp Atterbury, Indiana, in der Nähe von Indianapolis. Dort wurden sie mit Kaffee und Kuchen empfangen und konnten erst gar nicht verstehen, was mit ihnen geschieht. Von diesem Lager aus hatte mein Vater auch zum ersten Mal die Möglichkeit an seine Familie in der Heimat eine Mitteilung zu schicken, die ihn bis zu diesem Zeitpunkt für vermisst hielt.

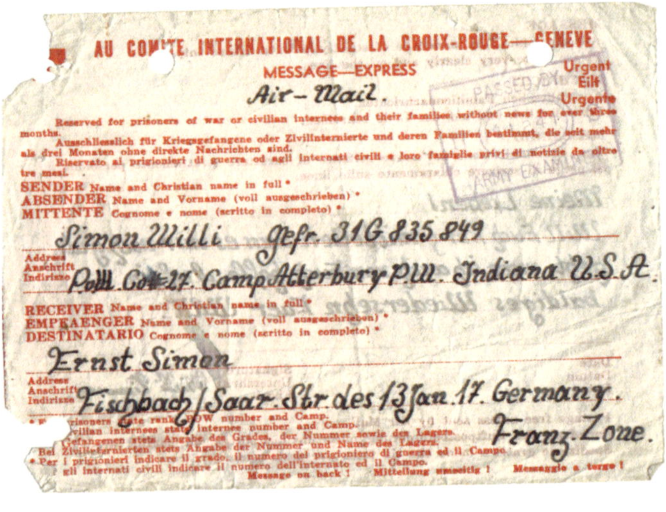

AU COMITE INTERNATIONAL DE LA CROIX-ROUGE—GENEVE

MESSAGE—EXPRESS

Urgent
Eilt
Urgente

Air-Mail.

Reserved for prisoners of war or civilian internees and their families without news for over three months.
Ausschliesslich für Kriegsgefangene oder Zivilinternierte und deren Familien bestimmt, die seit mehr als drei Monaten ohne direkte Nachrichten sind.
Riservato ai prigionieri di guerra od agli internati civili e loro famiglie privi di notizie da oltre tre mesi.

SENDER Name and Christian name in full *
ABSENDER Name and Vorname (voll ausgeschrieben) *
MITTENTE Cognome e nome (scritto in completo) *

Simon Willi Gefr. 31G 835 849

Address / Anschrift / Indirizzo: PoW. Co#27. Camp Atterbury P.W. Indiana U.S.A.

RECEIVER Name and Christian name in full *
EMPFAENGER Name and Vorname (voll ausgeschrieben) *
DESTINATARIO Cognome e nome (scritto in completo) *

Ernst Simon

Address / Anschrift / Indirizzo: Fischbach/Saar. Str. des 13 Jan. 17. Germany. Franz. Zone.

* For prisoners state rank, POW number and Camp.
civilian internees state internee number and Camp.
Gefangenen stets Angabe des Grades, der Nummer sowie des Lagers.
Bei Zivilinternierten stets Angabe der Nummer und Name des Lagers.
* Per i prigionieri indicare il grado, il numero del prigioniero di guerra ed il Campo.
gli internati civili indicare il numero dell'internato ed il Campo.

Message on back! Mitteilung umseitig! Messaggio a tergo!

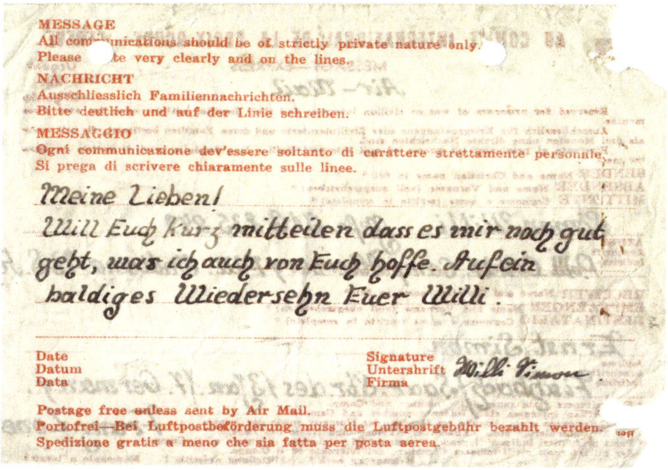

MESSAGE
All com~unications should be of strictly private nature only.
Please ...te very clearly and on the lines.
NACHRICHT
Ausschliesslich Familiennachrichten.
Bitte deutlich und auf der Linie schreiben.
MESSAGGIO
Ogni communicazione dev'essere soltanto di carattere strettamente personale.
Si prega di scrivere chiaramente sulle linee.

Meine Lieben!
Will Euch kurz mitteilen dass es mir noch gut geht, was ich auch von Euch hoffe. Auf ein baldiges Wiedersehn Euer Willi.

Date
Datum
Data

Signature
Untershrift
Firma

Postage free unless sent by Air Mail.
Portofrei—Bei Luftpostbeförderung muss die Luftpostgebühr bezahlt werden.
Spedizione gratis a meno che sia fatta per posta aerea.

Vom Camp Atterbury wurde Vater in das Camp Fort Knox bei Louisville in Kentucky transportiert. Dort lebte er mit seinen Kameraden in Baracken, die sich nicht von den Unterkünften der amerikanischen Soldaten unterschieden. Jegliche Arbeit machten die Gefangenen dort ohne Zwang. Vaters Arbeit begann in einer Heißmangelstube. Es war eine Wäscherei der amerikanischen Soldaten. Die Gefangenen trugen auch bald keine deutsche Uniform mehr, sondern wurden mit Khakijacken und entsprechenden Khakihosen aus Militärbeständen der US-Armee neu eingekleidet. Die Jacken waren jedoch auf dem Rücken und die Hosen an den Beinen mit „POW" gekennzeichnet. „POW" bedeutete Prisoner of War – Kriegsgefangener.

Vater hatte sich sehr schnell an seine Situation angepasst, zumal er auch Kontakte zu den dortigen Farmern aufbauen konnte, bei denen er als Erntehelfer (Tomaten-, Gemüse-, Bohnen- und Tabakfarmen) eingesetzt wurde. Die Behandlung der Gefangenen durch ihre Bewacher im Lager und auf den Farmen war gut. Sie wurden als Menschen und nicht mehr als Kriegsgegner behandelt. Aus dieser Zeit existiert heute noch eine kleine Ausgabe des „Neuen Testaments“, das ihm dort ausgehändigt wurde.

In der Freizeit konnten die Gefangenen den Sportplatz benutzen und hatten sogar eine eigene Theatergruppe gebildet.

Obwohl der Krieg schon zu Ende war, musste mein Vater fast noch ein Jahr in Amerika in der Gefangenschaft bleiben. Er wäre auch anschließend am liebsten ganz in den Staaten geblieben. Aber die Vorschriften ließen dies nicht zu und so wurde er Anfang 1946 wieder zurück nach Europa gebracht – zunächst wieder in ein französisches Lager, wo allen Entlassenen die guten Kleider wieder abgenommen wurden und wo sie auch nur unzureichendes Essen erhielten. Abgemagert und ausgehungert kam er dann einige Monate später nach Deutschland, ins damalige Saargebiet, zu seinen Eltern zurück.

Am 7. April 1947 heiratete mein Vater meine Mutter Edith. In den Jahren 1948, 1951 und 1955 wurden die

Söhne Gerd, Peter und Edgar geboren. Vater wurde nach dem Krieg Polizeibeamter und ging als Polizeihauptmeister in den Ruhestand.

1956 begann mein Vater seinen Roman, „Das vergessene Kreuz von Kentucky“ zu schreiben. Der Roman handelt unter anderem von ehemaligen Auswanderern, die ihr Glück in der Neuen Welt suchten, von der Zeit seiner Gefangenschaft im Camp Fort Knox, von einem Kreuz, das er bei Rodungsarbeiten im Spätherbst 1945 auf einer Farm (namens Johannafarm) in der Kennedy-Road der amerikanischen Stadt Brandenburg gefunden hatte, von seiner Entlassung in die Heimat, sowie seiner späteren Rückkehr nach Kentucky, um das Geheimnis des Kreuzes zu lüften. Der Roman beginnt in einer Bar dieser Stadt Brandenburg, im nördlichen Gebiet von Kentucky.

Am 9. Oktober 2001 verstarb mein Vater. Er hinterließ mir seinen wenige Seiten umfassenden Romanentwurf von 1956 und die Aufzeichnungen über seine Zeit als Kriegsgefangener. Diese Aufzeichnungen hatte er erst Mitte der 90er Jahre verfasst. Den Romanentwurf und die Aufzeichnungen fasste ich zusammen und schrieb daraus dieses Vorwort. In seinen Aufzeichnungen hat mein Vater nur selten ein genaues Datum oder genaue Ortsbeschreibungen genannt. Viele seiner Ausdrücke und Ausführungen habe ich auch wörtlich von ihm übernommen, um dem Leser einen besseren Eindruck vermitteln zu können, wie er über diese Zeit dachte, wie er in dieser Zeit lebte und wie er diese Zeit in Erinnerung behielt. Den Roman ergänzte ich mit kleinen Familiengeschichten und Episoden. Deshalb beinhaltet dieser Roman tatsächlich Erlebtes meines Vaters während seiner Gefangenschaft und wahre Geschichten unserer Familie.

Aus gesundheitlichen Gründen war es meinem Vater nicht mehr möglich, tatsächlich noch einmal zurück nach Fort Knox zu reisen. Deshalb wollte ich ihm seinen Traum auf diese Weise erfüllen und schrieb seinen Roman zu Ende.

Dörrenbach, im Oktober 2013

# Das vergessene Kreuz von Kentucky

Roman von Wilhelm Simon, begonnen am 21. Juni 1956,
weitergeführt von seinem Sohn Peter

## Kapitel 1

Vor der unerträglichen Hitze, die auf die Städte, Dörfer und Farmen von Kentucky in diesem Spätsommermonat September unerbittlich nieder brannte, versuchten die Straßenpassanten in die mehr oder weniger kühlen Kneipen zu flüchten. Der Verkehr in den Straßen, soweit man davon überhaupt reden konnte, war regelrecht durch die Trägheit des Tages lahmgelegt. Jeder ging nur mit Widerwillen seinem täglichen Tun nach und suchte sich einen kühlen Platz, egal wo.

In der Kennedy-Road der amerikanischen Stadt Brandenburg war an diesem Tag und bei dieser Hitze kaum noch eine Menschenseele zu sehen, nicht einmal in den sonst mehr oder weniger überfüllten Geschäften. Alle suchten den labenden Schatten oder begaben sich in irgendeine Bar, um sich den ausgedörrten Gaumen etwas anfeuchten zu können.

Die Prohibition, also das Verbot der Alkoholherstellung und des Alkoholverkaufs war zwar in ganz Amerika seit 1933 wieder abgeschafft, doch während der heißen Monate begnügte man sich in der Regel besser mit anderen Getränken und legte sich selbst ein Alkoholverbot auf. Die Hauptsache war, dass man eine wohltuende Feuchtigkeit bei diesen Temperaturen zu sich nehmen konnte.

Kentucky, auch Bluegrass State genannt, weil in der Hauptblütezeit im Mai ein großer Bereich des Grases eine bläuliche Färbung annimmt, heißt auch „Das Tor zum Westen“, da der Cumberland Gap Pass in den Appalachen die Schlüsselstelle für die vielen Siedler war, die dort Ende des 18. Jahrhunderts angekommen sind.

Schwerpunktmäßig wurde in dieser Gegend Mais, Tabak, Weizen und Baumwolle angebaut, vereinzelt wurde auch Öl gefördert. Neben diesen hauptsächlichen landwirtschaftlichen Produkten war die Pferdeindustrie eine der wichtigsten Stütze dieses Staates.

Viele Jahr zuvor wurden die letzten Indianer aus ihren Wäldern vertrieben. Sie mussten einer moderneren Welt weichen. Das Kriegsbeil sollte für immer und ewig begraben sein und kein Ureinwohner wagte es mehr, sich gegen die weißen Männer aufzulehnen, die die Wälder ihrer Ahnen rücksichtslos rodeten, Äcker anlegten und das Land so bebauten, wie sie es wollten. Am Anfang errichteten sie Blockhütten, später wuchsen dazwischen ein- und zweistöckige Häuser, die von reichen Abenteurern, Auswanderern und von Siedlern, die hauptsächlich aus dem fernen Europa kamen, erbaut wurden.

Die einfachen Blockhütten verschwanden dann nach und nach. Viele Geldherren suchten nun ihr Glück in der damals noch dünn besiedelten Gegend und versuchten, ihr zum Teil schmutziges Geld an den Mann zu bringen.

1792 wurde Kentucky schließlich 15. Staat von Amerika.

Heute, viele Jahre später, nachdem ich aus dem Zug ausgestiegen und froh darüber war, endlich die lange Bahnfahrt von New York hierher hinter mir zu haben, schlenderte ich durch die brütende Hitze. Nach einiger Zeit gelangte ich in eine Kneipe, die mit Durstigen gut gefüllt war. Meine Erscheinung erregte etwas Aufsehen, da man mir wohl sofort anmerkte, dass ich einer war, der nicht aus dieser Gegend zu kommen schien.

Der Schweiß lief mir in Strömen an den Schläfen und am Rücken herunter. Am Eingang der Kneipe, gleich hinter den für dieses Land so typischen Schwingtüren, schaute ich mich nach einem geeigneten Platz um.

Direkt neben dem Eingangsbereich sah ich einen kleinen runden, aus massivem Eichenholz gezimmerten rustikalen Tisch. Von diesem Platz aus konnte man leicht durch die niedrigen, von Zigaretten- und Zigarrenrauch getrübten Fensterscheiben auf die Straße und auf das dortige Treiben sehen.

Es saß aber noch ein alter, bärtiger Mann an diesem Tisch. Ich fragte diesen deshalb, ob gegenüber von ihm der Platz noch frei sei. Daraufhin schaute er nur kurz auf, musterte mich aber intensiv und mit einem kleinen Kopfnicken erlaubte er mir dann, mich zu ihm an den Tisch zu setzen. Mit der linken Hand wischte er sodann lässig über die Tischplatte, dass man fast meinen konnte, er hätte einen langen Bart vom Tisch geschoben, um mir dann gebieterisch meinen Platz anzuweisen.

Dieser alte Mann faszinierte mich auf Anhieb. So wie ich ihn nach meinem ersten Eindruck einschätzte, musste auf seinen Schultern einstmals eine sehr schwere Last gelegen haben.

Sein Gesicht war durchfurcht von langen geschlängelten Linien. Seinen massigen Körper konnte man leicht mit einem Riesen vergleichen. Seine Hände zeugten von einer ehemals starken Kraft, die jedoch durch sein Alter vermutlich deutlich nachgelassen hatte. Sein raues Aussehen, das durch die derbe Kleidung bekräftigt wurde, wurde jedoch gemildert durch den gutmütigen, ja man konnte fast meinen sanften und herzlichen Blick, den er mir nun zuwarf.

Nachdem ich mich ihm gesetzt hatte, musterte er mich noch einmal einen kurzen Augenblick mit seinen scharfen Augen und ich fühlte mich dabei so, als könne er direkt in meine Seele sehen. Ich hielt diesem Blick mit einem leichten Unwohlsein stand. Der alte Mann nickte mir aber befriedigend zu. Ich rückte meinen Stuhl zurecht, so, dass ich gleichzeitig die Bar im Auge hatte und auch auf die Straße schauen konnte.

In etwas höflicher Zurückhaltung stand neben mir auch schon ein hübsches Mädchen, um mich nach meinem Getränkewunsch zu fragen. Ich musterte sie mit einem, wie ich meinte, Kennerblick und stellte aber gleichzeitig fest, dass dieses Mädchen eigentlich viel zu schade für eine solche Kneipe war. Sie mag etwa fünfzehn Jahre alt gewesen sein und hatte trotzdem ein reifes Aussehen.

Der Alte erhob sein ergrautes Haupt und mit seiner rauen und gleichzeitig ruhigen Stimme sagte er dem Mädchen, ohne mich vorher zu fragen: „Bring dem Fremden etwas zu trinken. Der ist ja bestimmt schon bis zu den Knochen ausgedörrt. Für mich, kleine Lona“, ergänzte er nach einem kurzen Augenblick,

„kannst du auch etwas mitbringen. Du weißt ja schon, mein Stammgetränk.“

Lona wie das Mädchen demnach hieß, machte einen kleinen Knicks und lief eilig davon, um die bestellten Getränke zu holen.

„Lona ist doch ein nettes Dingelchen“, erklärte mir der Alte, obwohl ich, außer nach dem freien Platz an seinem Tisch zu fragen, noch nichts zu ihm gesagt hatte. „Sie ist die Enkeltochter eines alten Freundes von mir. Leider musste ihr Vater seine Farm, sie war nördlich hier von Brandenburg, aufgeben, weil seine Spielleidenschaft alles was er hatte, hinwegraffte. Und irgendwann später einmal hatte er sich dann auch noch tot gesoffen.“

Da war ich doch sehr überrascht, dass dieser alte, gutmütig aussehende Mann meine Heimatsprache fast einwandfrei, doch mit einem eindeutig amerikanischen Akzent sprach. Demnach musste er mich scheinbar auch gleich für einen Deutschen gehalten haben. Denn warum hätte er mich sonst sofort in meiner Sprache angesprochen? Und da war noch ein besonderer Punkt, der mich schnell stutzig machte. Er sprach doch soeben von der Gegend nördlich von Brandenburg. Gerade diese Gegend hatte es mir doch vor über drei Jahrzehnten angetan.

Es war im Jahr 1944, im Spätherbst, da kam ich als Kriegsgefangener der amerikanischen Armee in das Camp Fort Knox und hatte dadurch zwangsläufig die Gelegenheit, Kentucky, oder genauer gesagt, vielmehr nur die Gegend um Fort Knox und um Brandenburg, etwas näher kennenzulernen.

Ein Jahr vorher wurde ich als Zweiundzwanzigjähriger mit mehreren meiner Kameraden in amerikanische Gefangenschaft genommen. Man brachte uns damals in ein provisorisches Lager in der Nähe des Rheins, im Rheinland. Eigentlich war dies kein wirkliches Lager. Es handelte sich vielmehr um ein großes Areal von Wiesen und Ackerflächen, das von einem mehrstufigen Zaun mit Stacheldraht umgrenzt war. An den langen Seiten dieses Areals standen die Wachtürme der amerikanischen Armee, von denen uns die Wachsoldaten mit Maschinengewehren bewaffnet in Schach hielten. Die Wachtürme waren jeweils so aufgestellt, dass die Soldaten von dort einen guten Überblick über das Lager hatten. Auf diesem Areal gab es keine Baracken, keine Toiletten und sonst rein gar nichts, wo man als Gefangener Unterschlupf hätte finden können.

Im Laufe der Zeit fingen einzelne Gruppen von Gefangenen an, sich selbstständig Löcher und Wälle zu graben, in denen und hinter denen sie einigermaßen Schutz vor dem Wetter finden konnten. Jedoch war der Sommer im Jahr meiner Gefangennahme extrem heiß, sodass schon in kurzer Zeit noch nicht einmal mehr Gras auf dem Boden des Lagers vorhanden war. Wir saßen und bewegten uns auf dem blanken Erdboden. Die amerikanische Armee war schon zu diesem Zeitpunkt damit total überfordert, die Gefangenen, inzwischen waren es mehrere Hunderttausend, richtig zu versorgen und unterzubringen. Die Folge davon war, dass unser Lager nach kräftigen Regenschauern nur noch ein einziges Schlammloch war. Einige unserer Kameraden, die sich Erdlöcher gebaut hatten, in denen sie sich zum Schutz vor dem Wetter aufhielten, kamen darin erbärmlich um. Denn der viele Regen hatte zur Folge, dass manche dieser Löcher unter dem Druck des nun nassen Erdreichs einbrachen. Viele Kameraden die nicht mehr rechtzeitig herausgekommen waren, erstickten in den Schlammmassen, ehe wir anderen die Möglichkeit hatten sie wieder auszugraben. Denn zum Graben standen uns keine Spaten oder Schaufeln zur Verfügung. Wir gruben mit unseren bloßen Händen oder setzten das eigene Kochgeschirr ein, soweit dies überhaupt noch vorhanden war.

Auch entstanden in dieser Zeit richtige Machtkämpfe unter den deutschen Soldaten, weil sie nur noch ums nackte Überleben kämpfen mussten. Es bildeten sich regelrechte Banden die versuchten, andere Gruppen von einem vermeintlich besseren Stück Erdboden zu vertreiben.

Darüber hinaus wurden einfache kleinere Löcher in den Boden gegraben, die dann als Toilette benutzt wurden. Dies führte wiederum dazu, dass es im gesamten Lager erbärmlich stank.

Infolge der ständigen Nässe und den zum Himmel schreienden hygienischen Bedingungen erkrankten sehr viele Gefangene an Ruhr. Viele der Erkrankten starben kurze Zeit später daran, da der Nachschub an heilenden und helfenden Medikamenten nicht funktionierte. Selbst das durch die Amerikaner angelieferte Essen reichte schon nach wenigen Wochen nicht mehr aus, um alle Gefangenen richtig und einigermaßen ausreichend zu ernähren. In der Regel gab es nur Suppe mit Geschmack nach Irgendetwas und ab und zu ein Stück Brot, das jeder für sich verteidigen musste, wenn er nicht verhungern wollte. Ganz zu schweigen vom Mangel an Frischwasser. Dies führte dazu, dass in diesem extrem heißen Sommer viele schon alleine an Kreislaufschwäche infolge von Flüssigkeitsmangel starben. Um dieser ganzen Notlage etwas Abhilfe zu schaffen, wurde durch die deutsche Zivilbevölkerung, die in der Nähe des Lagers noch in den Überresten ihrer zerstörten Ortschaften und Häuser lebten, Lebensmittel und Wasser herbeigeschafft, um das Elend der eigenen Landsleute ein wenig zu mildern.

Dieser für die deutschen Soldaten schreckliche Zustand rührte daher, dass die amerikanische Armee mit dem Einmarsch in der Eifel und im Hunsrück zwar viele Gefangene machte, mit diesen Gefangenen jedoch total überfordert war. Auch überraschte es die amerikanische Armee, dass es den deutschen Landsern gar nicht so gut ging, wie es ihnen von ihren Armeeführern zunächst beschrieben worden war. Die GIs merkten schnell, dass sie es hier größtenteils nur mit einfachen, armen und geschundenen Menschen zu tun hatten, die von ihrem Führer dazu gezwungen worden waren, für das Heimatland Deutschland in diesen sinnlosen Krieg zu ziehen. Dort mussten sie unter Einsatz ihres Lebens sinnlose Befehle befolgen.

Mehrere Wochen später, nachdem viele der Kameraden gestorben waren, kamen die überlebende Kriegsgefangene in französische, englische, amerikanische, sibirische oder russische Kriegsgefangenenlager.

Ich hatte das Glück dieses Martyrium ausgehungert und verdreckt überlebt zu haben. Dann kam ich jedoch in einem großen Gefangenentransport in die Hände der französischen Armee. Dort wussten wir lange Zeit nicht, was mit uns passieren würde. Bis wir eines Tages nach Waffengattungen getrennt und sortiert wurden. Ich kam mit etlichen anderen Kameraden der Luftwaffe und der Marine in ein Lager nach Bolbec, in der Nähe von Le Havre. Dort erfuhren wir nun, dass wir wieder in die amerikanische Gefangenschaft übergeben wurden. Wir wurden dann, verdreckt, verlaust und ausgehungert wie wir waren, auf ein großes Schiff gebracht, bei dem es sich, wie ich erst später erfuhr, um die „Queen Mary" handelte. Wir waren bestimmt eintausend Kameraden und wir waren alle ziemlich hoffnungslos, weil wir zunächst dachten, dass wir nicht mehr lange weiterleben würden.

Doch zu unserer aller Überraschung wurden wir auf diesem Schiff gründlich entlaust. Wir konnten uns verhältnismäßig vernünftig waschen und erhielten außer trockener und sauberer Kleidung zum ersten Mal wieder ausreichend Essen und, was ich nicht vergessen werde, wir erhielten einen guten Bohnenkaffee. Nachdem es uns nun wieder ein klein wenig besser ging, bekamen wir Rasierapparate. Unsere Bärte mussten ab und die Haare mussten radikal kurz geschnitten werden. Im Vergleich zu den vorangegangenen Wochen und Monaten kamen wir uns vor, als wären wir im Paradies gelandet. Jetzt erst erfuhren wir, warum wir auf dieses Schiff gebracht wurden. Da wir zum Teil zu Spezialeinheiten gehörten, wollte man uns aus Deutschland fort haben. Die Gründe dafür wusste ich zum damaligen Zeitpunkt nicht. Ich gehörte allerdings zu den Fallschirmjägern. Vor diesen hatten die Amis jedoch reichlich Respekt.

Andererseits waren wir über den Weitertransport auch erfreut, weil wir uns sagten, dass sie uns nicht irgendwohin bringen würden, um uns dann zu erschießen. Das hätten sie bereits früher machen können, wenn sie dies denn wirklich gewollt hätten.

Wir wurden in einer mehrere Tage dauernde Reise über den großen Teich nach New York gebracht. Von dort aus kamen wir nach Indiana, in das für Kriegsgefangene gebaute Camp Atterbury, das in der Nähe von Indianapolis lag. Dort mussten wir zunächst einige Wochen bleiben.

Beim Fußmarsch in dieses Lager waren wir dann doch etwas bedrückt und unsicher. Aber zu unserer aller Überraschung wurden wir im Camp Atterbury schon fast wie Gäste und nicht wie Kriegsgefangene empfangen. Heute noch sehe ich das Eingangstor vor mir, über dem ein großes Schild angebracht war. Auf diesem Schild stand in großen Buchstaben: „Prisoners of War, United States Military Reservation"

In diesem Camp reihten sich rechts und links des Hauptweges und der Seitenwege dutzende Baracken, die für die nächsten Wochen unsere Unterkünfte wurden. An allen Ecken des Lagers standen Türme, auf denen uns Soldaten, mit Maschinengewehren ausgestattet, bewachten. Zusätzlich hatten diese Wachsoldaten noch große und starke Scheinwerfer für die Nacht zur Verfügung. Damit hatten die Bewacher auch bei Dunkelheit eine Übersicht über das gesamte Lager und konnten so auch speziell die Zäune im Auge behalten.

Das Lager selbst war abgeriegelt mit einem relativ einfachen, aber zwei Meter hohen Doppelzaun. Auf diesem bestand allerdings die oberste Reihe aus gefährlichem Stacheldraht. Der Zaun war alle drei Meter durch einen dicken Pfosten im Boden verankert. Am Eingangsbereich des Lagers stand eine kleinere Baracke, in der die Wachsoldaten ihre Pausen verbrachten, wenn sie nicht gerade Dienst auf den Wachtürmen schieben mussten. Unsere Baracken waren alle aus Holz gefertigt. Sie hatten ausreichende Fenster, sodass es darin tagsüber hell genug war. Für uns war es besonders wichtig, dass wir nun wieder richtige Betten für uns zur Verfügung hatten. Es waren keine Feldbetten, nein, es waren richtige feste Betten mit Wolldecken und Kopfkissen. Und um alles dann noch komplett zu machen, hatten wir eine extra Baracke, in der wir uns waschen konnten. In dieser Baracke waren mindestens dreißig Waschbecken aneinandergereiht, dieselbe Anzahl noch einmal direkt gegenüber. Diese Doppelreihe gab es gleich zweimal darin, sodass sich gleichzeitig etwa einhundertzwanzig Mann dort waschen konnten. Die Waschbecken waren einfach, aber zweckmäßig. Jeder hatte sogar einen Spiegel für sich alleine. Wer unser erstes schreckliches Gefangenenlager in der Eifel noch in Erinnerung hatte, der hätte sich auch mit viel weniger zufriedengegeben. In unseren Schlaf- und Aufenthaltsräumen standen unsere Betten nicht direkt nebeneinander, sodass jeder für sich einen kleinen Platz beanspruchen konnte.

Unsere Toiletten waren einfach, aber nicht mehr mit unseren Donnerbalken oder Erdlöchern zu vergleichen. Zugegeben, etwas gewöhnungsbedürftig waren sie schon, denn es konnte keiner die Toilette benutzen, ohne von den anderen dabei gesehen zu werden. Ohne Sichtblenden befanden sich in der Toilettenbaracke etwa zehn Sitztoiletten direkt nebeneinander. Auf der gegenüberliegenden Seite befanden sich die Urinalbecken, ebenfalls ohne Sichtschutz. Dies machte aber keinem von uns wirklich etwas aus, weil wir seit geraumer Zeit ganz andere Verhältnisse gewohnt waren und die jetzigen Zustände nun als Bereicherung, ja sogar als Komfort empfanden.

Einige von uns, die gesundheitlich noch einigermaßen in Ordnung waren, wurden kurz nach unserer Ankunft in die Küche abgeordnet, in der in sehr großen Kochtöpfen das Essen für uns zubereitet wurde. Wir erhielten reichlich und ausnahmslos gutes Essen. Dies mussten wir wieder in einer separaten Baracke einnehmen. In einer solchen Baracke standen etwa zwanzig Tische, an denen jeweils acht Mann sitzen konnten. Hier wurde besonders darauf geachtet, dass wir unseren Tisch sauber deckten und diesen auch wieder sauber verließen.

Zu unser aller Überraschung hatten wir in diesem Lager sogar einen Theatersaal. Dort wurden uns auch Spielfilme gezeigt und die eine oder andere Musikshow präsentiert. Ab und zu wurden auch wir durch die Lagerkommandantur aufgefordert, ein Theaterstück einzustudieren und selbst vorzuführen. Dies hatte wohl den Zweck, dass keine Langeweile für uns aufkommen sollte. Wir waren nämlich dann zu beschäftigt, um auf dumme Gedanken, wie Flucht aus dem Lager, zu kommen.

Von diesen Theaterstücken ist mir noch ein Stück ganz besonders in Erinnerung geblieben, weil wir herzlich lachen konnten und von unserem eigentlichen Schicksal, zumindest für ein paar Stunden, abgelenkt waren.

Vier deutsche Soldaten studierten ein Instrumentalstück ein, in dem diese als Clowns auftraten, von denen jeder ein anderes Musikinstrument spielte, aber keiner von denen wirklich Noten lesen konnte. An einem anderen Abend führten zwei Kameraden ein Theaterstück auf, das uns alle ein wenig melancholisch machte. Es wurde ein Stück aus unserer Heimat gespielt. Ein Stück aus dem Schwarzwald.

Die Kameraden, die länger im Camp Atterbury blieben, gründeten später ihr eigenes Orchester. Diese durften sogar nach Ende der Gefangenschaft die Instrumente mit nach Hause nehmen.

Selbst für unsere Gesundheit wurde gesorgt. So hatten wir nicht nur die Möglichkeit, uns ärztlich versorgen zu lassen, es wurde sogar von der Lagerleitung darauf bestanden, dass wir uns sportlich betätigten. Was lag da näher, als gleich mehrere Fußballgruppen zu gründen, die dann gegeneinander antreten konnten?

Die freie Zeit im Camp Atterbury verbrachten auch manche Kameraden mit Malereien, Schnitzereien und Schreibarbeiten.

Dass gerade die Holzschnitzerei mich später noch beschäftigen und auf mich und mein Leben Einfluss nehmen würde, hätte ich zu diesem Zeitpunkt auch nicht gedacht.

Um unseren Angehörigen zu Hause mitteilen zu können, dass wir noch am Leben waren, durften wir und das wurde sogar von der Lagerleitung unterstützt, Fotos von einzelnen Kameraden oder Gruppen machen, die dann später mit Unterstützung des Roten Kreuzes nach Deutschland an die Angehörigen geschickt wurden.

Ich schickte über das Rote Kreuz vom Camp Atterbury eine „Message-Express“, wie sie offiziell genannt wurde an meinen Bruder Ernst nach Fischbach, einem kleinen Ort in der Nähe von Saarbrücken, der zum damaligen Zeitpunkt in der französischen Zone lag. Ich hatte nicht viel Platz für meine Nachricht. So blieben mir nur die Sätze: „Meine Lieben, will Euch kurz mitteilen, dass es mir noch gut geht, was ich auch von Euch hoffe. Auf ein baldiges Wiedersehen, Euer Willi.“

Warum ich diese Nachricht damals an meinen Bruder Ernst adressierte, weiß ich selbst nicht mehr. Vielleicht wollte ich meine Eltern nicht beunruhigen und hoffte, dass mein Bruder diese Nachricht meinen Eltern behutsam beibringen könne. Es wusste ja niemand, dass ich in amerikanischer Gefangenschaft war und dass ich mich in Amerika befand. Erst viel später erfuhr ich, dass ich zum damaligen Zeitpunkt schon als vermisst registriert war und eigentlich niemand mehr damit gerechnet hatte, dass ich je wieder nach Hause kommen würde.

Neue Kriegsgefangene kamen nun fast täglich mit dem Schiff in Amerika an. Diese Gefangenen wurden dann mit der Eisenbahn in die Lager, die über ganz Amerika verteilt waren, weitertransportiert. Da Amerika nicht nur in Deutschland mit der großen Zahl der Kriegsgefangenen überlastet war, wurden eiligst in den verschiedensten amerikanischen Bundesstaaten Gefangenenlager errichtet. Bis zum Ende des Krieges entstanden so etwa einhundert dieser Lager.

Die Gefangenen, die in unser Camp kamen, wurden von uns freudig am Bahnsteig empfangen und gleich befragt was es Neues aus der Heimat gab.

Total überrascht wurden wir in unserem Camp jedoch von der Großzügigkeit der Lagerverwaltung. Diejenigen Gefangenen, die sich nach einer gewissen Zeit immer noch ordnungsgemäß an die Lagervorschriften hielten, bekamen einen Passierschein ausgestellt. Dieser berechtigte sie, natürlich mit einer Aufsicht, in die nahe gelegene Stadt zu gehen. Dort konnten wir dann das Geld ausgeben, das wir bei unseren Arbeitseinsätzen bei den Farmern verdienten.

Ja, wir wurden tatsächlich auch noch für unsere Arbeit bezahlt. Zum Teil erhielten wir Geld, nicht viel, aber zumindest etwas. Zum Teil erhielten wir aber auch „POW scrips“, eine Art Gutschein, den wir im lagereigenen Einkaufsshop gegen Zigaretten oder Limonade einlösen konnten. Einen Teil unseres Geldes mussten wir allerdings auch an die Lagerverwaltung abgeben. Damit trugen wir einen Teil zu unseren Verpflegungskosten bei.

Durch all diese Großzügigkeiten seitens der Verwaltung sahen unsere Baracken schon beinahe heimisch aus. Fast jeder von uns fing an, seinen Platz individuell zu gestalten. Sei es mit selbst gemalten Bildern oder mit Postkarten aus der Heimat, die der eine oder andere in der Zwischenzeit erhalten hatte. Alles wurde dazu verwendet die kahlen Barackenwände zu verzieren.

Aber es wurde auch auf Ordnung und Sauberkeit geachtet. So wurde strengstens darauf bestanden, dass die Baracken täglich gekehrt wurden und dass einmal in der Woche die gesamte Baracke nass ausgewischt wurde. Ganz besonderen Wert wurde auf die Sauberkeit der Toilettenanlagen und der Waschräume gelegt. Da war die Lagerverwaltung sehr penibel und ließ nichts durchgehen. Wenn in diesem Bereich etwas zu beanstanden war, gab es von den Aufsehern so lange kein Pardon, bis der Mangel abgestellt war. Doch schon in unserem eigenen Interesse waren wir deutschen Soldaten für Ordnung und Sauberkeit. Dies hatten wir ja auch schon während unserer Ausbildung gelernt.

Natürlich gab es auch hie und da einmal diverse Streitigkeiten zwischen den Soldaten selbst. Ganz besonderes zwischen den Bewohnern der verschiedenen Baracken. Doch diese Streitigkeiten wurden durch die Lagersprecher, das waren von den deutschen Soldaten gewählte Kameraden jeder einzelnen Baracke, schnell wieder beigelegt und selbst geregelt, sodass die Lagerverwaltung nicht, oder nur selten einschreiten musste.

Aus Dankbarkeit für die gute Behandlung wurde im Lagerinnenhof auf einem großen freien Platz von den Gefangenen die amerikanische Flagge aus vielen kleinen Kieselsteinen zusammengesetzt. Dies wurde von Seiten der Lagerverwaltung wiederum mit Respekt angenommen und positiv registriert.

Insgesamt bestand unser Lager aus etwa einhundert Baracken für die Unterkünfte und aus etwa zwanzig Versorgungsbaracken, die allesamt aus Holz gezimmert worden waren.

Dass es im Camp für uns besonders menschlich zuging, machte eine Geschichte deutlich, die mir noch bestens in Erinnerung geblieben ist.

Nachts wurde in den Baracken durch die Bewacher immer ein Kontrollgang durchgeführt. Alle Gefangenen mussten dann zu diesem Kontrollzeitpunkt in ihren Betten liegen. Eines Abends, einige der Gefangenen schliefen schon, führte ein Aufseher die Kontrolle durch und sah, dass einer der schon fest schlief, seinen Fuß nicht unter der Bettdecke hatte. Der Bewacher ging zu ihm hin und deckte ihn richtig zu. Am nächsten Abend, es hatte der gleiche Aufseher Dienst, musste er zu seiner Überraschung feststellen, dass fast alle Insassen dieser Baracke schliefen, oder sich zumindest schlafend stellten und alle ihre Füße nicht zugedeckt hatten.

In diesem Lager ging es mir sehr gut. Doch nach etlichen Wochen wurde ich mit einigen anderen Kameraden weiter in das Camp nach Fort Knox in Kentucky gebracht. In diesem Kriegsgefangenenlager mussten wir auch arbeiten.

Dort wurde ich in einer großen Wäscherei der US-Armee an der Heißmangel und daneben auch wieder als Erntehelfer eingesetzt.

Bei dem Farmer bei dem ich eingesetzt war, bauten wir damals eine Tomatenfarm auf, die regelrecht aus dem Dickicht gestampft werden musste. Dabei mussten wir auch mehrere Baumriesen umsägen. Doch diesen Auftrag führte ich sehr gerne aus, da ich so durch diese harte Arbeit von meinen Gedanken an die Heimat abgelenkt wurde. Denn das große Heimweh fürchtete ich wie das Fegefeuer.

Die Arbeit machte mir Spaß, weil ich auch eine gute Behandlung durch die Aufseher und die Farmer erfuhr. Wir alle fühlten uns eigentlich schon gar nicht mehr als Kriegsgefangene. Allerdings mussten wir uns immer wieder gegenseitig mit einer großen Schablone die Buchstaben P und W auf den Rücken der Jacke und auf die Rückseite der Hosenbeine aufmalen, sobald diese Buchstaben nicht mehr richtig erkennbar waren. PW stand für „Prisoner of War". Jeder, ob Zivilist oder Militärangehöriger, konnte uns dadurch natürlich sofort als Gefangener erkennen.

In das Lager in Fort Knox kamen viele Kameraden, die dem Afrikakorps angehört hatten. Diese hatten als Erkennungszeichen eine Palme an ihren persönlichen Sachen angebracht. Manche von ihnen hatten sich dieses Symbol sogar auf den Arm tätowieren lassen. Wie in allen Heeresgruppen waren auch in dieser Gruppe viele Handwerker. Das machte sich natürlich die amerikanische Armee in Fort Knox zum Nutzen und setzte diese kostenlosen Arbeitskräfte als Handwerker dort ein, wo sie benötigt wurden.

So waren unter den Kameraden vom Afrikakorps auch Kaminbauer. Diese wurden natürlich ihrer Fähigkeit nach eingesetzt. Was die amerikanische Führung nicht bemerkte war jedoch, dass überall dort, wo diese etwas aufbauten oder auszubessern hatten, ihr Symbol, die Palme, anbrachten.

Ich konnte mir damals schon gut vorstellen, dass viele Jahre später, wenn der Krieg einmal zu Ende sein würde, der ein oder andere Hauseigentümer durch Zufall ein solches Symbol findet und durch entsprechende Recherchen erfahren wird, wem er dieses zu verdanken hat und was dies zu bedeuten hatte.

Wir hatten wieder Freizeit, konnten uns auch sportlich betätigen, hatten auch hier eine Theatergruppe gegründet und durften uns innerhalb des Camps einigermaßen frei bewegen. Wir hatten die Möglichkeit, im lagereigenen Kiosk das einzukaufen, was wir benötigten oder was dort zu haben war. Natürlich bekamen wir keinen Alkohol.

Die große Angst vor dem bösen Feind, die wir in Form von Propagandameldungen als junge Soldaten in der Heimat erfahren hatten wich sehr schnell der Freude, diesen fürchterlichen Krieg überlebt zu haben und „nur“ in amerikanische Kriegsgefangenschaft geraten zu sein.

Viele Jahre später erfuhren wir wie es unseren Kameraden ergangen war, die in russischer Gefangenschaft gewesen waren – unvorstellbar schlechter. Viel schlimmer und grausamer. Etliche von denen kamen erst viele Jahre nach Kriegsende nach Hause. Viele aber auch leider überhaupt nicht mehr, weil sie die Gefangenschaft nicht überlebten.

Bei einem meiner Arbeitseinsätze auf einer Farm bemerkte ich in dem Wirrwarr von Gebüsch und Gestrüpp ein altes Holzkreuz. Es stand schief und wackelig im weichen Waldboden. Eine Entzifferung der grob geschnitzten Buchstaben war mir unmöglich, da das Kreuz wohl schon einige Zeit hier im Wald zu stehen schien und sehr verwittert war. An vielen Stellen war es schon morsch und fing an, auseinanderzufallen. Möglicherweise aber war es noch gar nicht so alt wie es auf den ersten Blick schien. Denn es war ja auch möglich, dass nur durch die ständige Feuchtigkeit, die im Wald herrschte, das Holz schnell morsch wurde und das Kreuz dadurch verfallen war. Das Kreuz war mit Moos überzogen und um die überwucherten Bretter rankten Dornen. Ringsherum standen Vergissmeinnicht-Blumen. Es schien so, als wollten diese Blumen meine Aufmerksamkeit erregen und sagen: „Fremder, geh nicht achtlos an uns vorbei.“

Ich ging auch nicht achtlos an dieser Stelle vorbei. Dieses Kreuz berührte mich so stark und es zog meine Gedanken ganz und gar in seinen Bann. Noch nie im Leben hatte ich ein solch starkes Gefühl verspürt.

In Gedanken versunken stand ich nun vor einem mir unbekannten Schicksal und ich hatte unwillkürlich das Gefühl, dass sich hier ein Drama abgespielt haben musste. Denn dieses Kreuz stand so versteckt im Dickicht, dass es normalerweise keine Menschenseele bemerken konnte oder vielleicht auch nicht bemerken sollte, zumal hier fast wieder der reinste Urwald sein Recht zurückgeholt hatte.

Es gab einen kleinen Hügel an diesem Ort. Rings um diesen Hügel standen sehr dicke, alte Baumriesen.

Ich weiß nicht wie lange ich an dieser Stelle verharrt hatte. Aber ich konnte mich des Gefühls nicht erwehren, dass ich irgendwie mit diesem Kreuz verbunden war. Etwas eigenartig Ergreifendes ging von diesem Kreuz auf mich aus. Es war unbeschreiblich.

Leise und behutsam, um die Totenruhe nicht zu stören, beugte ich mich nieder und konnte am Fuß dieses Kreuzes noch zwei Buchstaben erkennen, die ich als M und J deutete. Mit inniger Freude bemerkte ich, dass sich meine kleine Entdeckungsreise doch gelohnt hatte, obwohl ich noch keine Ahnung hatte, was sich an dieser Stelle einmal vor langer Zeit abgespielt haben musste.

Auf Zehenspitzen verließ ich das fast undurchdringliche Dickicht und ging vorsichtig zurück auf die bereits gehauene Lichtung, so als könnte ich durch lautes Auftreten diese geweihte Stätte und den dort in Frieden Ruhenden stören.

Von diesem Moment an war ich wie gefesselt von meiner Entdeckung und meine Gedanken kreisten ständig um diese.

Natürlich würde ich meinen Kameraden nichts erzählen und dieses Geheimnis wie ein Kleinod bewahren, da ich die Vorstellung hatte, dass durch das Wissen anderer diese Stelle entweiht werden könnte. Die aufgescheuchten bunten Vögel, deren Namen ich nicht kannte, flogen nach meinem Fortgehen wieder zurück an ihren Platz, so, als wollten sie diese friedliche Stelle nun weiter beschützen und aufpassen, dass nicht durch meine Entdeckung ein Geheimnis preisgegeben würde. Das Vogelgezwitscher machte diese Stille noch friedlicher, als sie ohnehin schon war.

Ob ich wollte oder nicht, ich konnte mich einfach nicht mehr mit meinen Gedanken von diesem Kreuz lösen. Wenn ich nachts im Lager auf meiner Pritsche lag und die tropische Nachtschwüle mich nicht zur Ruhe kommen ließ, schwebten mir die Buchstaben M und J in meinen Träumen vor. Dabei sah ich dieses traurige verlassene Kreuz, als wollte es zu mir sprechen und mir sein Geheimnis offenbaren. Man könnte fast glauben, dass es Gott so gewollt hatte, dass es sich an einer solch versteckten Stelle verborgen hielt, um möglichst lange dem Wetter standzuhalten, bis eines Tages jemand kommen und sein Geheimnis lüften würde. Unwillkürlich musste ich an meine Familie zu Hause und ganz besonders an meine Schwester, die ich nie kennenlernte, denken. Denn sie war bereits von zu Hause fortgegangen, als ich noch ein Kind war.

Viele Tage begab ich mich an dieses scheinbar verlassene oder vergessene Kreuz. Aber immer wieder verließ ich vorsichtig diesen Ort, um ja nicht von meinen Gefangenenkameraden bemerkt zu werden. Sie wären bestimmt wie eine Elefantenherde achtlos über diese stille Stelle getrampelt und hätten damit ihren rätselhaften Zauber gestört.

Obwohl ich gerne in Amerika geblieben wäre, wurde ich nach zwei Jahren, es war irgendwann im Herbst 1946, mit einigen meiner Kameraden bei Nacht und Nebel und ziemlich überraschend für uns, wieder auf ein Schiff gebracht und zurück nach Europa transportiert. Wir freuten uns weil wir wussten, dass der Krieg nun zu Ende ist und wir wieder zurück zu unseren Familien kommen würden. Doch in Europa angekommen, brachte man uns zunächst in ein französisches Gefangenenlager, wo wir dann zum Teil in Bergwerken arbeiten mussten. Ich wurde aber bald darauf wegen einer Erkrankung aus meiner Gefangenschaft entlassen. Entlassen in eine zerstörte, geschundene Heimat.

Durch die Wiedersehensfreude mit meiner Familie, die jetzt leider vorerst in einer mehr oder weniger stabilen Baracke wohnen musste, weil unser Haus im Krieg total zerbombt worden war und meinem Start in ein neues Leben hatte ich das Kreuz in Kentucky schnell wieder vergessen. Ja ich hatte es tatsächlich bis zu dem Zeitpunkt vergessen, bis die Notjahre nach dem Krieg auch für uns vorbei waren. Nach den entbehrungsreichen Nachkriegsjahren begann ich mich mehr und mehr mit meiner gesamten Familie zu beschäftigen. Ich wollte sie nun endlich alle kennenlernen, wissen wo sie geblieben sind und nach ihren Wurzeln forschen. Denn dazu hatte ich die ganzen Jahre über keine Gelegenheit und wollte dies jetzt nachholen. Seltsamerweise verspürte ich dabei plötzlich Heimweh. Es war ein Gefühl, das ich so bisher noch nicht gekannt hatte. Dieses Heimweh zog mich aber nach Amerika, das ich leider nur als Kriegsgefangener betreten hatte und von dem ich auch nur einen sehr kleinen Teil sehen durfte.

Zu diesem Heimweh gesellten sich Träume, wie ich sie schon damals im Kriegsgefangenenlager gehabt hatte. Diese Träume erinnerten mich immer wieder an dieses Kreuz, das ich bei den Rodungsarbeiten gefunden hatte. Dieses Kreuz ließ mir jetzt keine Ruhe mehr. Es ließ mir so lange keine Ruhe, bis ich eines Tages die Gelegenheit wahrnahm, wieder nach Amerika, nach Kentucky zu reisen und dort das Kreuz wieder zu suchen. Ich war mir sicher, dass dort doch ein Geheimnis auf mich wartet, das von mir endlich gelöst werden musste.

Meinen Wunsch oder meinen Traum um dieses Geheimnis lüften zu können, sollte ich noch viel eher erfüllt bekommen, als ich mir dies überhaupt vorstellen konnte.

Durch ein vorsichtiges Räuspern wurde ich aus meinen Gedanken aufgeschreckt und in die Gegenwart zurückgeholt. Ich sah nun wieder das hübsche junge Mädchen mit einem Tablett neben mir stehen, auf dem unsere Getränke standen, die der alte Mann für uns bestellt hatte. Das Mädchen Lona lächelte mich freundlich an und bemerkte, dass ich wohl mit meinen Gedanken anderswo gewesen war. Ja, ich war tatsächlich ganz weit weg gewesen und ich war mir in diesem Moment auch gar nicht bewusst, dass ich in einer Kneipe in der Kennedy-Road, irgendwo in Kentucky, saß und dass dieses Mädchen auch meine Sprache spricht. Ich musste ein sehr überraschtes Gesicht gemacht haben als ich so aus meinen Träumen aufgeschreckt wurde. Denn einige der Gäste die uns zufällig beobachteten, lächelten, ohne jedoch eine Bemerkung zu machen. Sie wollten wahrscheinlich nicht unhöflich sein, da sie mich doch als Fremden erkannten. Nun vernahm ich auch wieder die Stimme des alten Mannes der mir gegenüber saß und ich kam erst jetzt wieder richtig in die Wirklichkeit zurück.

„Wohl geträumt?“, fragte mich der alte Mann.

„Ja. Entschuldigen Sie bitte. Ich war tatsächlich in meinem Traumland versunken und kramte ganz tief in meinen Erinnerungen“, erklärte ich ihm, wobei ich lächeln musste. Wie seltsam. Wie eine längst vergangene Zeit einen berühren konnte.

Meine Gedanken und Erinnerungen kreisten um meine Erlebnisse von der damaligen Zeit. Aber ich war mir nicht sicher, ob ich diese Erinnerungen dem alten, aber durchaus sympathischen Mann verraten oder anvertrauen konnte. Sollte ich mit ihm über mein bis jetzt wohlbehütetes Geheimnis sprechen oder nicht? Er macht ja durchaus einen vertrauenserweckenden Eindruck auf mich und ich dachte mir deshalb, dass ich mich sicherlich bedenkenlos an diesen Menschen wenden könne. Denn ich war ja auch auf die Hilfe der hier lebenden Menschen angewiesen. Wenn ich das Rätsel um dieses Kreuz lösen wollte, musste ich mich, ob ich wollte oder nicht, jemandem anvertrauen. Gerade zu diesem alten Mann aber fühlte ich mich spontan hingezogen.

Seit der damaligen Zeit meiner Gefangenschaft waren nun schon etliche Jahre vergangen und ich konnte mir vorstellen, nein ich war mir ziemlich sicher, dass sich in dieser Zeit hier einiges verändert hatte. Auch hatte ich nur noch eine vage Vermutung, wo ich nach diesem stillen Ort mit dem alten Holzkreuz suchen müsste. In meiner Zeit der Gefangenschaft war ich zwar ab und zu außerhalb des Lagers gewesen, aber diese Zeit reichte damals nicht aus, um das gesamte Umland kennenzulernen. Geschweige denn in Erinnerung zu behalten.

Der Alte schien meine Gedanken erraten zu können. Denn er lächelte und nickte mir aufmunternd zu. Er hatte eine Art an sich, die in der Regel nur alte, lebenserfahrene Menschen an sich haben. Es war wie eine Art Zuneigung, die man nicht mit Worten beschreiben kann.

Da ich nicht viel Zeit zu verlieren hatte, nahm ich deshalb spontan all meinen Mut zusammen und vertraute mich ihm an. Dabei beugte ich mich leicht zu ihm rüber, so, als müsste ich sehr leise über mein Geheimnis mit ihm sprechen. „Sie haben mich scheinbar schon durchschaut und bemerkt, dass ich kein Globetrotter und auch kein Abenteurer bin. Ich bin extra aus Europa, aus Deutschland, wieder hierher zurückgekommen, weil ich vor etlichen Jahren Kriegsgefangener im Camp Fort Knox war und weil ich hier noch eine bestimmte Aufgabe habe, die ich unbedingt erfüllen muss."

„Sprich nur weiter. Vielleicht kann ich dir ja dabei behilflich sein, dein Ziel zu erreichen. Ich lebe nun schon seit langer Zeit hier und kenne Land und Leute besser als mancher Einheimische", ermunterte er mich, weiter zu sprechen.

Seine Stimme tat wohl und er hatte so etwas Gutmütiges in seiner Art, dass ich ihn unbedingt für meinen Plan, den ich mir in meinen schlaflosen Nächten zu Hause zurechtgelegt hatte, gewinnen musste. Auch bestätigte mir seine spontane Hilfsbereitschaft das, was ich damals als Kriegsgefangener hier erlebt hatte. Ich erfuhr eine herzliche Freundlichkeit und eine liebevolle Fürsorge.

Darum erklärte ich ihm, dass ich seine Hilfe bestimmt gut gebrauchen könnte. Um ihn für meine Pläne zu gewinnen, bot ich ihm vorschnell, leichtsinnig und vielleicht auch unüberlegt Geld an. Er sollte mir bei meiner Arbeit helfen. Es war nicht gerade viel Geld, das ich ihm anbieten konnte, doch sollte seine Hilfe nicht umsonst sein.

Plötzlich veränderte sich das ruhige Gesicht des Alten schlagartig. Mit barscher, respektloser Stimme sagte er zu mir: „Behalte dein dreckiges Geld. Willst du dich auf die gleiche Art und Weise reich machen wie so viele andere hier in der früheren Zeit?“

„Aber nein doch, guter Mann. Entschuldigen Sie bitte. Ich wollte Sie doch nicht beleidigen. Ich bat doch nur um Ihre Hilfe und dachte mir, dass ich Ihre Hilfe nicht umsonst haben kann.“

„Geld ist immer dreckig und manchmal klebt auch Blut daran. Ich kenne dein Geld nicht und ich habe auch keine Ahnung, wo du dein Geld her hast. Das will ich auch gar nicht wissen. Nur das eine kann ich dir sagen, biete mir ja kein Judasgeld an. Das habe ich schon einmal in meinem Leben angenommen.“ Er schrie fast und wurde zorniger. Die Adern an seiner edlen Stirn schwollen bedrohlich an, als er weiter zu mir sprach: „Ich habe schon einmal Geld von einem angeblichen Freund angenommen. Der wollte auch nur mein Bestes. Dafür muss ich mein Leben lang büßen.“

Überrascht, dass der Alte mir dies erzählte, weil wir uns doch eigentlich noch gar nicht richtig kannten, nicht einmal namentlich, bemerkte ich, dass er immer mehr in Erregung geriet. Er hatte plötzlich Tränen in den Augen. Und kurz darauf rannen ihm dann die Tränen in Strömen über das durchfurchte Antlitz. Aufschluchzend ließ er seinen Schädel auf die Tischplatte fallen und weinte dabei wie ein bedauernswertes Kind.

Erschreckt schaute ich mich um, da ich schon im nächsten Moment befürchtete, dass sich die anderen Gäste hier in dieser Bar, die scheinbar alle Einheimische waren, auf mich stürzen würden. Ich hatte aber doch nichts Böses getan. Ich wollte den Alten doch nur für meine Pläne gewinnen, da er einen guten Eindruck auf mich gemacht hatte. Vor Schreck über diese plötzliche Wandlung des Alten zitterten mir regelrecht die Knie. Nervös und etwas unsicher versuchte ich ihn zu beruhigen und rückte mit meinem Stuhl seitlich etwas näher an ihn heran. Ich fasste ihn leicht am Arm und hatte ein unendliches Mitleid mit ihm. Ich saß ratlos neben ihm und hatte für sein plötzliches Benehmen keine Erklärung. Gleichwohl war ich zornig auf mich selbst, da ich dachte, mit Geld alles regeln zu können.

Doch in diesem Moment spürte ich wieder das Gefühl das ich hatte, als ich damals das Kreuz fand. Seltsam, gerade jetzt in diesem Moment wieder an diese Zeit erinnert zu werden.

Lona die in der Zwischenzeit mein Getränk und auch dem alten Mann sein Stammgetränk hingestellt hatte, blieb neben uns stehen und lauschte unserem Gespräch, so als ob es das Natürlichste auf der Welt sei, den Gästen zuzuhören. Ich schob dem Alten das Getränk näher und versuchte nochmals ihn zu beruhigen.

Nun hob er sein ergrautes Haupt und schaute mich mit blutleeren Augen an. Um ihn zu beschwichtigen, sagte ich: „Entschuldigen Sie bitte. Ich wollte Sie auch wirklich nicht kränken. Ich will Sie auch nicht fragen, weshalb Ihnen mein Angebot so nahegegangen ist. Schmutziges Geld will ich Ihnen schon gar nicht anbieten. Ich wollte nur Ihre Hilfe, mehr nicht."

„Nun denn. Wie soll denn diese Hilfe aussehen, die du von mir willst?", fragte er mich nun und schaute mir dabei streng in die Augen.

Ich merkte, dass er sich wieder etwas gefasst hatte, weil er wieder das väterliche „du“ in einer Art benutzte, dass ich spüren konnte, dass er sich jetzt wieder etwas beruhigt hatte. Nun erzählte ich ihm genau wie, wo und wann ich das Kreuz gefunden hatte und war in meinen Erzählungen so im Eifer, dass ich gar nicht bemerkte, dass der Alte die Farbe im Gesicht verlor. Er schaute mich mit immer größer werdenden Augen an. Plötzlich schrie er mit einem Wehlaut auf, wie ich es bei einem Mann von diesem Format noch nicht gehört hatte.

Er sprang auf, starrte mir fest in die Augen und sagte mit bebender Stimme: „Weißt du denn überhaupt, von was du hier redest?“

Erschrocken über sein Verhalten erklärte ich ihm: „Nein. Ich weiß nur, dass ich dieses Kreuz wiederfinden muss. Und dazu brauche ich Hilfe. Ich weiß, dass ich selbst keine Ruhe finden werde, bevor ich nicht zumindest versucht habe herauszufinden, was es mit diesem Kreuz auf sich hat.“

„Komm, wir gehen auf die Straße und setzen uns an einen ungestörten Platz. Dort will ich dir etwas mehr erzählen. Nein, ich glaube, ich muss dir wohl viel mehr erzählen und dir auch etwas mehr über mich erzählen. Dann wirst du mich und auch meine Reaktion verstehen.“

Ich bezahlte schnell bei Lona, wir tranken aus und verließen die Bar, wobei ich mich nach den anderen Gästen umdrehte, die mich scheinbar nun böse zu mustern schienen. Ich meinte sogar eine drohende Faust in der hintersten Ecke der Kneipe gesehen zu haben. Nun wurde mir unheimlich zumute und ich war in meinen Gedanken hin- und hergerissen. Ich straffte meinen Körper und versuchte so gleichgültig wie möglich durch die Schwingtür zu gehen, als hätte ich diese versteckten Drohungen nicht bemerkt.

„Schnell, schnell“, flüsterte der Alte, als ich neben ihm auf der Straße stand, wo immer noch die Sonne unbarmherzig brannte, „wir müssen schnell fort von hier, sonst gehen die da drinnen uns nach. Die Drohungen waren nicht gegen dich gerichtet, sondern gegen mich. Keiner kann mich hier leiden, außer der kleinen Lona. Sie hat das Herz am richtigen Fleck und sie allein weiß über meine Taten Bescheid und fühlt mit mir, da ich ihr die ganze Geschichte schon sehr oft erzählt habe. Wenn kein Gast in der Kneipe ist und Lona etwas mehr Zeit für mich hat, dann setzt sie sich immer zu mir und sagt zu mir: „Onkel John, erzähl doch bitte wieder diese Geschichte von Oma Johanna.“

Während wir weitergingen und uns von der Kneipe entfernten, sagte er zu mir: „Immer und immer wieder erzählte ich ihr diese Geschichte und sie konnte nie genug davon hören. Ich verstehe zwar nicht, warum Lona sie immer wieder hören will, aber vielleicht weiß sie, dass sie mir damit hilft, meine damaligen Fehler besser zu verarbeiten“, erklärte mir der alte Mann. „Und es ist ja auch ein Teil ihrer eigenen Geschichte“, fügte er nach einer kurzen Pause hinzu.

Den Zusammenhang zwischen dem Alten, Lona und dem Holzkreuz im Dickicht konnte ich mir nicht erklären und war total darüber verwirrt, was ich in dieser kurzen Zeit, seit ich diese Kneipe betreten hatte, erlebt und erfahren hatte. Ich konnte es kaum fassen, dass ich so plötzlich und unter solchen Umständen zu meinem Ziel kommen sollte. Irgendwie wurde ich immer mehr in meinem Gefühl bestätigt, dass ich dieses Geheimnis, das mich so sehr berührte, lüften musste.

Wir gingen auf den nahe gelegen Wald zu und setzten uns nebeneinander auf einen Baumstumpf, der mich wegen seines riesigen Umfangs gleich wieder an die vielen großen Bäume erinnerte, die ich hier als junger Kriegsgefangener gefällt hatte.

Wir konnten damals so richtig unseren Frust darüber abarbeiten, dass wir so fern der Heimat waren und in Gefangenschaft bleiben mussten. Um auf andere Gedanken zu kommen war damals körperliche Arbeit das Beste was uns passieren konnte. Einen solchen Baumriesen der einen so großen Umfang hatte, dass mehrere Männer die Arme darum ausbreiten konnten, zu fällen, war schon eine richtige Herausforderung für uns. Jeder Schlag mit der Axt musste genau sitzen, damit man einen kleinen Erfolg seiner Arbeit sehen konnte. Die Arbeit mit der riesigen Bogensäge war Teamarbeit. Aber nach dem Fällen des Baumes ging es erst richtig los. Dann musste dieser vor Ort so weit zerlegt werden, dass er auch noch transportiert werden konnte. Denn außer ein paar Kaltblütern hatten wir nichts zum Ziehen und zum Schleppen. Ohne diese Pferde wäre nichts gegangen. Mit den Lastwagen konnte man nämlich gar nicht so einfach in den Wald hereinfahren, da diese sonst ziemlich schnell im weichen Boden eingebrochen wären und keiner hätte es mehr geschafft, sie herauszuziehen. Erst wenn wir es fertiggebracht hatten den Baumstamm auf den Waldweg zu bringen, konnte er auf einen Lastwagen verladen werden. Dann wurde der Stamm auf diesem verspannt und gesichert und ins Sägewerk abtransportiert. Im Sägewerk wurde dieser später zu stabilen Brettern und Bohlen verarbeitet, um daraus Häuser bauen zu können.

„Nun erzähl mir noch einmal, warum du extra wieder aus Europa hierher in diese Gegend gekommen bist“, forderte der Alte mich nun auf. Ich erzählte ihm die ganze Geschichte noch einmal, diesmal aber etwas ausführlicher. Dabei hatte ich bald den Eindruck, dass er von mir nur etwas Neues hören oder wissen wollte, etwas, das ich ihm bisher noch nicht erzählt hatte.

Lange Minuten saß er nun da und starrte vor sich hin, bevor er zu sprechen begann. „Hör mal, mein Junge“, begann er, „ich kann deine Neugierde jetzt nicht befriedigen. Vorhin war ich nur deshalb erschrocken, weil der Ort, an dem dein gesuchtes Kreuz steht, viele Jahre mein Zuhause gewesen war. Bevor ich dir nun aber von diesem Ort und von den Menschen die dort leben erzähle, will ich zuerst einmal wissen, mit wem ich es überhaupt zu tun habe. Denn bis jetzt hast du mir noch nicht einmal deinen Namen verraten, obwohl wir schon so viel voneinander erzählt haben.“

Nun erst erinnerte auch ich mich daran, dass ich mich noch nicht einmal vorgestellt hatte und wollte dies schnell nachholen. „Ich heiße Willi und komme aus Deutschland. Genauer gesagt aus Saarbrücken, einer kleiner Stadt an der deutsch-französischen Grenze ...“, begann ich.

Der Alte fiel mir gleich ins Wort: „Schluss, Schluss“, sagte er, „mehr will ich vorerst nicht wissen, weil ich spüre, dass ich eine ehrliche Haut vor mir habe. Dein Vorname genügt mir. Zu mir kannst du ruhig John sagen, oder Onkel John, wie du es willst. Du bist ja noch um einiges jünger als ich. Oder sag einfach John zu mir, so wie sie mich alle hier nennen.“

Dies brachte er in einem Befehlston heraus, dass ich dabei laut lachen musste, weil ich ja auch nicht mehr der Jüngste war. Er stimmte in mein Lachen ein, wobei er sich mit der flachen Hand kräftig auf den Oberschenkel schlug.

Doch plötzlich wurde er wieder ernst und schaute mich mit seinen scharfen Augen durchdringend an. „Du hast Glück gehabt, dass du mich in dieser Kneipe angetroffen hast. Du kannst auch dem lieben Gott dankbar sein, dass du nicht einen von diesen Maulhelden nach dem Kreuz gefragt hast. Von denen hättest du nämlich nichts erfahren können. Diese Kerle würden mich am liebsten bei Nacht und Nebel ins Jenseits befördern. Aber dazu hatten sie bis heute keine Courage, weil der alte John zu raffiniert ist, um sich von diesen Kerlen übertölpeln zu lassen“, sprach er mit seiner ruhigen und tiefen Stimme. Er rückte sich auf dem Baumstumpf wieder zurecht, schaute zum Himmel hinauf, dann wieder auf den Boden, als müsse er sich die Worte zusammensetzen, die er mir jetzt sagen wollte. „Ja. Ich habe Fehler gemacht. Aber irgendwann muss einmal damit Schluss sein. Ich kann nicht ewig dafür büßen.“ Er trat dabei einen kleinen Stein mit seinem Fuß fort, so als wolle er ein Problem endgültig beseitigen. Erst nach einer längeren Pause sprach er weiter: „Ich selbst habe mit diesem Kreuz nicht direkt etwas zu tun. Aber ich bin trotzdem sehr stark damit verbunden, weil ich damals, vor vielen Jahren, einen großen Fehler gemacht habe“, begann er dann. „Und schau mich jetzt nicht so groß an und mach deine Klappe zu, sonst fliegt dir noch eine Mücke in den Schnabel", sagte John lächelnd, da ich ihn vor lauter Staunen und Zweifel scheinbar ungläubig anblickte.

Sollte es wirklich wahr sein, dass ich zufällig und so schnell mit dem alten John den Menschen gefunden hatte, der mir helfen konnte? Jedenfalls musste er sehr viel davon wissen, denn er tat sehr geheimnisvoll und machte nicht mehr so einen gebrochenen Eindruck wie in der Kneipe. Nein, er wurde munter und lebhaft und ich hatte die Hoffnung, dass er nun erzählen würde.

Aber er selbst hatte ja mit diesem Kreuz nichts zu tun gehabt. Das war für mich dann auch etwas verwirrend, weil er sich mir jetzt doch so schnell anvertrauen wollte. So schnell wie ich zunächst meinte, sollte ich dann doch nicht zu meinem Ziel kommen.

„Nun hör mir zu", sagte er wieder und ich bemerkte sofort, dass er nun doch noch nicht alles erzählen wollte. „Ich selbst habe mit diesem Kreuz nur indirekt etwas zu tun."

„Ja John. Onkel John. Das hast du mir eben schon einmal gesagt", unterbrach ich ihn.

„So?", fragte er, als hätte er das eben Gesagte schon wieder vergessen. „Ich bin ein alter Mann und habe nicht mehr viel Zeit zu erwarten. Aber jetzt hör mir mal genau zu und schau, was ich hier in der Hand habe." Er wühlte in seinen Taschen herum und holte ein Geldstück hervor, legte es flach auf seine große Hand und hielt es mir hin. „Schau nur her Willi. Es ist eine einfache Münze und an dieser Münze klebt seit Jahrzehnten Blut. Er geht von Hand zu Hand und jedes Geldstück, das ich in meine Hand bekomme ist mit Blut befleckt, sobald ich meine Hand zumache."

Allmählich wurde der Alte mir doch etwas unheimlich und ich fing an daran zu zweifeln, ob er das, was er mir sagte, auch ernst meinte. In seinen Augen glitzerte es wie sprühende Funken. John streckte seine Hand aus und sagte: „Hier, nimm die

Münze und geh damit zum alten Janke. Er wohnt nördlich von hier. Du wirst seine Farm gut finden wenn du dich immer auf dem Waldweg dort hältst.“ Dabei zeigte er nach rechts in Richtung der Sonne. „Dann macht der Weg nach etwa drei Meilen eine scharfe Linkskurve und du kommst vor ein kleines Felsmassiv. Durch die dortige Schlucht musst du hindurch und dann siehst du vor dir ein großes Tal, das von höherem Gebüsch und neu angepflanzten Pappeln umgeben ist. Dort wirst du eine einsame kleine Blockhütte sehen.

Geh aber noch bei Tageslicht dorthin, sonst lässt dich niemand mehr hinein und du kannst im Wald übernachten“, erklärte er mir. Und nach einer kurzen Pause, in der er nachdenklich in die Richtung schaute, die er mir gerade gezeigt hatte, sprach er weiter: „Geh hinein und sei sehr höflich zu dem alten Janke, denn er ist seit langer Zeit jedem gegenüber misstrauisch, der zu ihm kommt. Zeig ihm ...“ Er unterbrach plötzlich seine Erklärung und war auf einmal ganz verlegen: „Äh, hm, ja nun, gib ihm diese Münze in die Hand und sag, dass du bei mir warst und dass ich dich zu ihm geschickt habe.“

„Ja, o.k. Aber soll ich dem alten Janke denn nicht erst von dir erzählen, bevor ich ihm diese Münze gebe? Er könnte mich ja wieder fortschicken und dann ist die Münze weg“, fragte ich ihn.

„Ja, sieh mal, Willi. Ich kann dir das jetzt nicht näher erklären. Mach es einfach so wie ich es dir gesagt habe und du wirst dann schon merken, was los ist“, antwortete er mir etwas unwirsch.

„Nun, mir soll es ja recht sein. Ich gehe zu ihm. Aber warum gehst du nicht hin oder kommst gleich mit mir?“, fragte ich ihn.

„Frag nicht so viel“, erwiderte er barsch, „ich komme später. Vielleicht in drei Tagen. Das kannst du dem alten Janke übrigens schon einmal sagen. Oder nein. Gib die Münze wieder her“, sagte er in einem etwas bissigen Ton, so als hätte ich ihn jetzt um diese betrogen. „Nun mach schon! Gib mir die Geldmünze wieder. Es war ja nur eine fixe Idee von mir“, sagte er mehr zu sich selbst, „das würde der alte Janke sicherlich nicht verstehen, was ich damit meine.“

„Gut John. Ich gebe dir das Geldstück zurück und du sagst mir jetzt aber endlich einmal was hier eigentlich los ist und was das mit dem Kreuz zu tun hat, das ich suche“, erwiderte ich ihm nun etwas nervös und ungehalten, aber tat ihm den Gefallen und kramte die Münze wieder aus meiner Hosentasche, in die ich sie zuvor eingesteckt hatte. Etwas gruselig betrachtete ich dabei das Geldstück, da John doch eben noch von Blut gesprochen hatte.

„Jetzt mach dir mal nicht gleich in die Hose. Ich habe das mit dem Blut nicht wörtlich gemeint. Aber du wirst noch verstehen, was ich damit sagen wollte, wenn du erst einmal meine ganze Geschichte kennst“, sagte er sofort, als er mich dabei beobachtete, wie ich mir die Münze anschaute.

Ich war wieder etwas beunruhigt, weil er scheinbar nochmals meine Gedanken erraten hatte, auch wenn ich nichts zu ihm sagte. Er war schon ungewöhnlich. Ob er jedem auf den Kopf zusagen konnte was dieser gerade dachte? Oder war er so etwas wie ein Schamane? So wie es die Indianer, die hier vor langer Zeit lebten, gewesen waren, die mehrere Meilen vorher schon den Feind herannahen sahen oder hörten? Das sollte mir aber auch egal sein und gab ihm die Münze wieder zurück. Er steckte diese in seine Tasche und begann sein Hemd aufzuknöpfen. Ich erkannte eine stark behaarte Brust, breit und massig, wie ein Kasten, als müsste daran jeder Angriff unweigerlich abprallen.

Man konnte meinen, er wühlte fast mit seinen Händen in dem Gewirr von Haaren herum, wobei er immer wieder seinen langen Bart auf die Seite heben musste. Dabei knurrte er in diesen hinein, als würde er sich über sich selbst ärgern. „Endlich“, rief er triumphierend und zog zwischen dem Urwald von Haaren ein glitzerndes Etwas hervor. Es hing an einer feinen Goldkette, die so gar nicht zu ihm passen wollte und die sicherlich einen großen Wert hatte. Wenn mir jemand gesagt hätte, dass dieser alte Mann eine solch feine Goldkette um den Hals trage, dann hätte ich ihn vermutlich ausgelacht.

Er zog die Kette über den Kopf und legte sie sich in die flache Hand. Dann warf er sie mehrere Male in die Luft und sagte: „Sieh mal, Willi. Ist das nicht eine schöne Kette? Betrachte einmal den Anhänger. Schau nur her und betrachte ihn dir ganz genau!“

Er streckte mir die offene Hand hin und ich sah wieder eine Münze darin liegen. Aber eine Münze, die in der Mitte durchgeschnitten war. Seltsame Art von Talisman. Dachte ich mir. Das war doch bestimmt einmal eine ganze Dollarmünze.

„Ja da hast du Recht. Dies ist wirklich ein seltsamer Talisman“, sagte er plötzlich, „es war einmal ein ganzer Dollar.“

Ungläubig schaute ich ihn an.

„Nimm diese Kette mit dem Anhänger und gib sie dem alten Janke. Gib ihm dieses Stück in die Hand und du brauchst ihm dann eigentlich gar nichts mehr zu sagen. Doch, sag ihm nur eines, dass ich ihm die zweite Hälfte von unserem Schwur zurückgeben will und ich mich immer noch an unser Wort gebunden fühle. Unser Wort, das wir uns einmal vor langer, langer Zeit gegeben hatten. Wenn er auf unser Wort keinen Wert mehr legen sollte, dann kann er es dir ja sagen und du kommst sofort zu mir zurück und berichtest mir, wie der Alte sich angestellt und was er gesagt hat.“

„Ja Onkel John. Aber was soll denn all dies nun wieder bedeuten? Das hat doch wieder nichts mit dem zu tun, warum ich eigentlich hier bin und ...?“

Wieder fiel er mir ins Wort: „Rede kein so dummes Zeug, du Grünschnabel“, brauste er dann plötzlich auf, „was hast denn du schon für eine Ahnung? Du wirst noch früh genug erfahren, was das alles mit deinem Kreuz zu tun hat, das du damals gefunden hast und jetzt wieder aufsuchen willst. Jetzt sei mal nicht so ungeduldig und tue endlich das, was ich dir aufgebe.

Du hast dir so viele Jahre Zeit gelassen, jetzt musst du dich auch noch ein paar Tage gedulden!"

Überrascht, dass er scheinbar doch nicht vergessen hatte warum ich eigentlich gekommen war, begann der alte Mann mich allmählich immer mehr zu interessieren. Aber er kam mir auch immer noch etwas seltsam vor. Seine Augen funkelten mich wieder an, als hätte er mich nochmals durchschaut. Betreten blickte ich zu Boden, weil ich ihm doch nicht sagen wollte, dass er mir seltsam vorkam und dass ich unsicher wurde, ob ich mit ihm die Hilfe gefunden hatte, die ich für meine Suche so dringend brauchte. Hatte er etwa schon wieder meine Gedanken erraten? Denn er lächelte leise vor sich hin, ohne jedoch ein Wort zu sagen, wedelte nur langsam mit seinen haarigen Fingern vor meiner Nase herum, als sollte ich ja vorsichtig mit meinen Gedanken sein.

„Nun ist es aber Zeit, dass du von hier verschwindest, sonst wirst du noch von diesen Strolchen aus der Kneipe aufgescheucht. Geh in dein Quartier oder sonst wohin. Ist mir auch egal, wo du hingehst. Mich kannst du wieder an diesem Platz hier oder in der Kneipe finden, wenn du mich brauchst. Wenn du mich jedoch nicht finden solltest, dann erkundige dich bei Lona, dem jungen Mädchen aus der Kneipe. Die wird schon wissen wo ich mich gerade aufhalte. Aber geh morgen noch zum alten Janke. Ich sagte dir ja schon, ich habe nicht mehr viel Zeit und", fügte er dann nach ein paar Sekunden nachdenklich hinzu, „der alte Janke aber auch nicht mehr."

Ich reichte ihm zum Abschied die Hand und er packte mit seiner kräftigen Pranke zu, dass ich befürchtete, er würde mir meine Hand gleich zerquetschen. Nur mit Mühe konnte ich einen Schmerzensschrei unterdrücken. Ich war zwar selbst harte Arbeit gewohnt und konnte auch schon richtig zupacken, aber dieser Händedruck überraschte mich dann doch. Du lieber Himmel, dachte ich bei mir, mit diesem Kerl möchte ich keinen Kampf aufnehmen. Auch wenn er schon ein alter Mann ist. Der hat ja Hände wie ein Schraubstock. Der muss wohl sein Leben lang immer hart gearbeitet haben.

„Auf Wiedersehen“, stotterte ich fast und versuchte wieder meine Finger zu richten, die von diesem Händedruck regelrecht weiß geworden waren.

Eilig lief ich den leichten Hang hinunter, an dem wir hochgekommen waren. Während ich lief, schaute ich mich nochmals nach ihm um und sah, dass er mit der rechten Hand leicht an seinen Hut griff, der fast den Umfang eines Wagenrades hatte. Er machte nun wieder einen wehmütigen Eindruck auf mich, so als hätte er in mir nun den letzten Freund verloren. Nein. Mich hatte Onkel John, wie ich ihn nun nannte, nicht verloren, dachte ich bei mir. Ihn will ich wiedersehen, den alten gutmütigen Mann mit seinen unheimlichen Augen, auch weil ich mich zu ihm hingezogen fühle. Ich winkte zurück und rief ihm nochmals ein „Auf Wiedersehen“ zu, wobei ich meine Hand wie eine Muschel an meinen Mund hielt, damit er mich auch hören konnte. Er rief nicht, sondern winkte nur. Nun drehte ich mich um und ging leichten Schrittes in das kleine Städtchen zurück.

Es war ein wunderbares Gefühl, einen Menschen kennenzulernen, den man noch nie in seinem Leben gesehen hatte und in den man sofort ein solches Vertrauen setzen konnte. Mir war, als ob wir miteinander seelenverwandt wären. Wie sonst sollte ich mir dieses Vertrauen, das von der ersten Sekunde an zwischen uns bestanden hatte, erklären? Es war wie ein Gefühl, das ich einmal vor Jahren im Süden Frankreichs erlebt hatte.

Ich fuhr mit meiner Edith in ein kleines Städtchen namens Les-Saintes-Maries-de-la-Mer in der Camarque, am Golfe du Lion. Das Städtchen wird auch das Zigeunerstädtchen genannt, weil sich alljährlich Zigeuner dort zu ihrer Wallfahrt treffen. Edith und ich fuhren auf das Städtchen zu und bevor wir überhaupt in der Stadt angekommen waren konnte ich ihr erzählen, wie es jetzt hinter der nächsten Straßenkehre aussehen würde. Es war so, als ob ich vor langer Zeit dort schon einmal gelebt hätte. Ich konnte ihr spontan jede Ecke und jeden Platz beschreiben und ich hatte das Gefühl, angekommen zu sein. Angekommen an einem Ort, den ich vor langer Zeit einmal, aus welchem Grunde auch immer, verlassen hatte. Und ich fühlte mich geborgen und zufrieden.

Wir hatten uns damals lange über diese Geschichte unterhalten und versucht herauszufinden, ob ich vielleicht nicht doch schon irgendwo etwas über dieses Städtchen gelesen oder gehört hatte, oder ob es einfach nur ein Déjà-vu-Erlebnis war. Aber wir konnten keine Anhaltspunkte finden, zumal ich Teile des Ortes beschreiben konnte, obwohl wir dort noch gar nicht angekommen waren. So blieb uns dies immer ein Rätsel.

Ja und ein solches Gefühl hatte mich jetzt nochmals bei John erreicht. Ein Gefühl, angekommen zu sein. Ein Gefühl der Zufriedenheit und Geborgenheit.

Ich war erst kurze Zeit, tatsächlich waren es erst einige Stunden, hier in der Stadt Brandenburg und ich hatte schon so viele Eindrücke sammeln können, dass ich mich jetzt erst wieder daran erinnerte, dass ich ja noch meine Koffer von dem kleinen Bahnhof abholen musste. Denn ich hatte ja noch gar kein Quartier, wie Onkel John scheinbar angenommen hatte. Das musste ich mir ja auch noch suchen. Insgeheim war ich aber froh, dass ich schon so viel über mein Ziel erfahren hatte und ich beglückwünschte mich selbst, hierher zurückgekommen zu sein.

Nachdem ich meinen Koffer am Bahnhof abgeholt hatte, wollte ich wieder in die Kneipe in der Kennedy-Road gehen und Lona fragen, ob sie eine Unterkunft für mich wüsste. Oder ob es in der Kneipe vielleicht ein Zimmer für mich gäbe. Wie konnte ich doch nur so vergesslich sein und nicht zuerst an diese Kneipe denken? Damit hätte ich ja drei Fliegen mit einer Klappe geschlagen. Erstens, ich wäre in der Nähe von Lona, die mir vielleicht auch etwas über die Geschichte von Onkel John erzählen könnte und zu der ich auch sofort ein vertrautes Gefühl aufgebaut hatte. Zweitens, ich könnte jederzeit mit dem alten John in Verbindung treten und letztendlich könnte ich von dort aus leicht meine Fühler ausstrecken, um das Rätsel um das Kreuz zu lösen. Mit meinem eigenen Plan einverstanden ging ich nun auf direktem Weg zurück in die Kneipe.

Inzwischen war die Kneipe fast völlig leer. Es war schon langsam Abend geworden und die unbarmherzige Sonne ließ es nun zu, dass die einst Durstigen nun wieder auf die Straße zurückkehren konnten. Ich betrat vorsichtig die Kneipe. Lona, die mich auch gleich erblickte, kam freudestrahlend auf mich zu. „Darf ich etwas für Sie tun?“, erklang ihre helle, fröhliche und angenehme Stimme.

Nach der Unterredung mit dem alten John war diese Stimme die reinste Wohltat für meine Ohren.

„Ja. Sie können gerne etwas für mich tun“, erwiderte ich ihr.

Sie konnte mir tatsächlich ein Zimmer anbieten, von dem ihr der Barkeeper gesagt hatte, dass es noch frei sei. Es befand sich in der ersten Etage. Es war ein wirklich kleiner, aber sehr gemütlicher Raum. Das Zimmer hatte nur ein Fenster zur Straße hin das mit dicken Vorhängen zugezogen war. Auf der rechten Seite des Zimmers stand ein rustikal gebautes Bett, bezogen mit einer bunten dicken Decke, die so gar nicht zur jetzigen Jahreszeit passte. Gegenüber dem Bett stand ein kleiner Tisch. Vor diesem stand ein etwas wackelig aussehender Holzstuhl. Daneben, zwischen Tür und Tisch, ein kleiner Hocker mit der Waschschüssel, der Wasserkanne, einem dicken Stück Seife und einem groben Handtuch. Zuerst setzte ich mich auf den Bettrand und probierte die Matratze. Oh, diese war doch härter als bei Muttern zu Hause. Ich wippte mehrmals mit meinen Händen auf der Matratze, die aus gepresstem Stroh zu bestehen schien und legte endlich meine Sachen ab.

Ich hatte gar nicht bemerkt, dass Lona immer noch hinter mir stand und mich dabei heimlich beobachtete, als ich mich in diesem Zimmer umschaute. Ein helles Lachen ließ mich aufblicken. Sie stand im Türrahmen, nickte mir freundlich zu und strahlte mich an. Ihre langen schwarzen Haare hingen ihr weit über die Schultern. Sie trug ein einfaches, schlichtes langes Kleid, das ihre jugendliche Figur besonders betonte. Als sie bemerkte, dass ich sie musterte, nahm sie schnell meinen Koffer und fing an diesen auszupacken. Mit einer Selbstverständlichkeit packte sie meinen Koffer aus, dass ich ihr gedankenverloren zuschaute und dabei leicht den Kopf über diese Freimütigkeit schüttelte, mit welcher diese Leute hier im Norden von Kentucky vorgingen.

Sofort erinnerte ich mich wieder an meine Zeit als Kriegsgefangener und an die Freundlichkeit der Leute. Es war mir nur recht, dass Lona in meiner Nähe blieb, denn ich wollte sie noch etwas über John ausfragen. Ich musste einfach noch etwas mehr über ihn wissen.

Sie gab mir nicht so breitwillig Auskunft, wie ich es eigentlich von ihr erwartet oder gehofft hatte. Ich erfuhr von ihr nicht viel, hatte aber den Eindruck, dass sie gern einmal jemand anderem die Geschichte von Onkel John erzählt hätte. Aber vielleicht wollte Lona dies doch lieber John selbst überlassen. Denn schließlich war es ja sein Leben, das er ihr offenbarte und seine Geschichte, die sein Leben prägte. Nur verstand ich nicht, warum John von den übrigen Leuten nicht sehr gerne gesehen wurde, was mir nun auch Lona bestätigte.

„Von manchen Leuten wird er schon fast gehasst“, meinte sie so leichthin, als ob dies das Selbstverständlichste der Welt sei, „aber Onkel John ist nicht so schlecht, wie über ihn geredet wird. Ich kenne seine Geschichte. Ich habe sie schon hunderte Male gehört und ich glaube sie ihm auch. Er ist ein guter Kerl und er ist nur durch ein Missgeschick oder eine Unüberlegtheit in diese Situation geraten“, sagte sie, „er war einfach damals der Überzeugung, dass er alles richtig machte. Er wollte den Menschen helfen und ihnen keinen Schaden zufügen. Nur hatte er den falschen Freunden vertraut. Deshalb wurde er auch so zornig, als Sie ihm so schnell Geld für seine Hilfe angeboten haben. Er wollte den Menschen wirklich schon immer helfen, sie aber nie betrügen.“

Nun, ich konnte Lona in dieser Einstellung zu Onkel John nicht widersprechen, da ich seine Geschichte noch gar nicht richtig kannte. Ich war ja gerade erst im Begriff einiges über John zu erfahren.

Inzwischen war es schon sehr spät geworden und ich wusch mich noch schnell in der kleinen Schüssel mit Wasser, die mir Lona zwischenzeitlich gefüllt hatte. Sie verließ unbemerkt mein Zimmer. Ich musste schmunzeln, da sie bestimmt die Flucht ergriffen hatte, als ich anfing meinen Oberkörper frei zu machen um mich waschen zu können. Ich schnaufte in die Waschschüssel wie ein Pudel der seit Wochen kein Wasser mehr gesehen hatte. Ich genoss diese Abkühlung und spritzte dabei alles um diesen Waschplatz unabsichtlich nass. Da das Zimmer zwar einfach aber sauber eingerichtet war hoffte ich, dass das Wasser auf dem Holzboden bald wieder eingetrocknet sein würde und meine Rumplanscherei nicht so lange zu sehen wäre. Edith hatte schon immer zu mir gesagt: „Wenn du im Bad warst, steht immer alles unter Wasser."

Später, nachdem ich wieder runter in die Kneipe gegangen war und mein Nachtessen zu mir genommen hatte, ich bekam mehrere Scheiben selbst gebackenes Brot mit Schinken und Speck, begab ich mich gleich wieder in mein Zimmer und streckte mich zuerst einmal auf meinem Bett aus. In der Zwischenzeit war es nun schon richtig dunkel geworden und ich schlief mit den Kleidern ein. Irgendwann in der Nacht hörte ich draußen auf der Straße Stimmen von denen ich vermutete, dass sie zu Betrunkenen gehörten. Ich zog meine Kleider aus und nahm mir vor, mich einmal richtig auszuschlafen. Denn seit meiner Ankunft hatte ich vor lauter Aufregung noch kein Auge zumachen können. Selbst auf der langen Überfahrt von Deutschland nach New York war ich ständig so mit meinen Gedanken bei meinem Vorhaben gewesen, dass ich kaum eine Nacht geschlafen hatte. Umso mehr konnte ich die Zeit nutzen, um mir Dokumentationen aus der Schiffsbibliothek über Amerika auszuleihen, die ich in den schlaflosen Nächten las. Auch hatte ich während der Überfahrt zum ersten Mal in meinem Leben die Gelegenheit vieles mehr über den vergangenen Krieg zu erfahren. Ich lernte vieles aus der Sicht der Sieger kennen und nicht nur aus der Sicht der Besiegten. So erfuhr ich auch, dass die alliierten Armeen enormen Respekt vor den deutschen Soldaten hatten. Scheinbar hatte man den deutschen Soldaten Übermenschliches zugetraut.

Aber dass auch wir nur Menschen aus Fleisch und Blut waren, das hatten sie erst festgestellt, als es schon fast zu spät war.

Leicht verärgert über die Störung auf der Straße legte ich mich auf die andere Seite und schlief bald darauf fest ein. Im Dämmerzustand machte ich mir noch Gedanken darüber, warum diese Burschen nur so viel Alkohol tranken, da sie ihn doch scheinbar nicht vertrugen.

## Kapitel 2

Mein Schlaf war mehr oder weniger erholsam. An die harte Matratze konnte ich mich nicht gleich gewöhnen und so blieb es nicht aus, dass ich schon wieder zu früher Stunde wach geworden war. Es war aber noch zu früh, um mich auf den Weg zum Frühstück zu machen und erst recht zu früh, um mich auf den Weg zur Farm zu begeben. So beobachtete ich das beginnende Leben in dieser Straße, machte mich dabei frisch, zog mich an und legte mich dann mitsamt den Kleidern wieder auf mein Bett. Edith hatte mir mein kleines Büchlein, es war das Neue Testament, das ich als Gefangener damals in Fort Knox bekommen hatte eingepackt und gemeint, dass ich ja darin lesen könne, wenn es mir langweilig werden würde. Der wirklich schöne Nebeneffekt dieses Büchleins war jedoch, dass ich immer dann, wenn ich es in die Hand nahm, an Edith denken musste. In diesem Moment wusste ich, dass sie jetzt auch an mich dachte, wie so oft, wenn wir getrennt waren und spürten, dass der andere Sehnsucht nach einem hatte.

Eine Stunde später, nachdem ich gut und ausreichend gefrühstückt hatte, machte ich mich auf den Weg zur Farm, um dem alten Janke die Kette mit der halben Münze von John zu bringen. Hoch oben auf dem Bergrücken stehend, sah ich unten im Tal die angeblich kleine Blockhütte von der John gesprochen hatte. Dass diese Hütte klein sein sollte, das war in diesem Falle wohl sicherlich etwas untertrieben. Denn es handelte sich um eine sehr schöne und recht große Hütte, oder eher ein Blockhaus, so wie man sie von den Büchern und Bildern über den Wilden Westen her kannte. Gebaut aus dicken, gehobelten Baumstämmen, sodass sie den Eindruck vermittelten, dass ihnen keine Naturgewalt etwas anhaben könne. Die Sonne schien mir direkt ins Gesicht und ich musste mir deshalb schützend die Hand vor die Augen halten, um die Umrisse der Farm genau erkennen zu können. Auch von einer kleinen Farm konnte wohl kaum die Rede sein, so wie ich dies auf den ersten Blick feststellen konnte. John schien auch hierbei etwas untertrieben zu haben. Soweit ich sehen konnte, reichte der Zaun um die Farm wesentlich weiter, als man zunächst mit bloßem Auge erfassen konnte. Der Zaun war nicht in unmittelbarer Nähe des

Blockhauses, sondern hatte schon einen respektablen Abstand davon, soweit ich dies von meinem jetzigen Standort aus beurteilen konnte.

Nun hatte ich die Farm des alten Janke zum Greifen vor mir. Was würde nun geschehen, wenn ich vor den alten Janke treten und ihm sagen würde, dass ich John kennengelernt hatte und er mich hierher geschickt hatte? Würde mich der Alte überhaupt anhören? Würde ich ihn überhaupt antreffen? Was, wenn dort mehrere alte Männer wohnen? Und was verband John und Janke letztendlich miteinander?

Und wieder einmal stellte ich mir die Frage, was dies überhaupt mit dem Kreuz zu tun haben sollte das ich damals im Dickicht fand. Würde er mir überhaupt zuhören und mir glauben, was ich ihm über John erzählte? Schließlich kannte er mich doch gar nicht. Vielleicht würde er sogar annehmen, ich habe diese Kette gestohlen oder sei ein Betrüger. Fragen über Fragen, die mich in diesem Moment sehr beschäftigten, als ich von dort oben hinab ins Tal schaute. Es war ein wunderschönes Tal. Unberührte Natur, riesige Bäume und Sträucher. Alles passte so harmonisch zusammen.

Zu Hause in Deutschland sah man überall nach dem Krieg recht schnell die riesigen rauchenden Schornsteine. Die Landschaft wurde bald gnadenlos zubetoniert und von breiten Straßen durchtrennt. Erst sehr viele Jahr später hat man sich in an diese Bausünden erinnert und vereinzelt begonnen, nicht mehr benutzte Fabrikgebäude abzureißen und größere Flächen wieder der Natur zu überlassen. Auf die Umwelt wurde erst viele Jahre später mehr geachtet, weil allen bewusst wurde, dass sie sich sonst ihre eigene Lebensgrundlage zunichtemachten.

In unserem kleinen Deutschland war es nach dem Krieg zunächst notwendig geworden, fast jeden freien Quadratmeter Boden urbar zu machen, die zerstörten Fabriken und Anlagen wieder aufzubauen und die Städte und Dörfer wieder bewohnbar zu machen. Wer fragte damals schon nach Naturschutz und Umwelt? Dies interessierte niemanden wirklich. Wiederaufbau war gefragt, nur das zählte. Wirtschaftliche Erfolge mussten her. Deutschland musste wieder funktionieren. Und es funktionierte ja auch. Vor allem die Frauen halfen beim Wiederaufbau Deutschlands. Sie wurden auch die Trümmerfrauen genannt, weil sie mit bloßen Händen Berge von Schutt und Asche wegräumten, damit die Häuser wieder aufgebaut werden konnten. Die meisten Männer waren entweder im Krieg gefallen, vermisst oder so schwer verwundet worden, dass sie nicht in der Lage waren, überhaupt mitarbeiten zu können.

Hier in diesem Land merkte man aber sofort, dass mit anderen Größenordnungen umgegangen wurde. Hier stand jede Menge freie Fläche zur Verfügung, sodass es zusammenhängende Naturflächen in Ausmaßen gab, von denen man in Europa nur träumen konnte.

Beim genauen Hinsehen stellte ich dann fest, dass die Farm von einem etwa einen Meter hohen Drahtzaun umgeben war und mehrere Schafe auf einer der vielen Wiesen weideten.

Ich weiß eigentlich selbst nicht warum, aber plötzlich lief ich eilig den Berg hinunter, stolperte über Steine, dass ich beinahe hingefallen wäre weil ich im Laufen immer nach der Farm schaute und ihren Eingang suchte. Es zog mich jetzt förmlich dorthin. Dabei stellte sich wieder dieses eigenartige Gefühl bei mir ein, das ich schon verspürte, als ich John und Lona kennengelernt hatte. Diese Farm schien mir auf einmal so vertraut. So vertraut wie das Gefühl, das ich seit meiner Ankunft hier schon so oft verspürt hatte. Das Gefühl, zu Hause angekommen zu sein.

Ich sah nun, dass sich der Eingang der Farm, von mir aus gesehen, auf der linken Seite befand. Es war ein großes Tor, das von riesigen Bäumen verdeckt war und deshalb vom Hügel aus nicht direkt sichtbar war. Das Tor war rechts und links an mächtigen Baumstämme befestigt. Über dem Tor war auf einem dicken Brett, das fast wie eine Tafel aussah, mit einer eingebrannten und zum Teil ausgeschnitzten Holzschrift der Name „Johanna“ zu erkennen.

Ich trat näher und versuchte das große Tor zu öffnen, um mir Zutritt zu der Farm zu verschaffen, damit ich zu dem Blockhaus gelangen konnte. Zunächst drückte ich nur leicht dagegen weil ich meinte, dass es dann schon aufgehen würde. Doch diesen Gefallen tat es mir nicht. So musste ich dann nach mehrmaligen Versuchen feststellen, dass das Tor wohl von innen verriegelt war. Irgendwo durchgreifen, um eventuell einen Riegel oder eine Kette auf die Seite zu schieben oder zu entfernen, konnte ich auch nicht. Die Zwischenräume waren zwar groß genug, um meine Hand durchzustrecken, aber das Schloss blieb trotzdem für mich außer Reichweite.

In der näheren Umgebung des Blockhauses rührte sich zunächst nichts. Ich schaute mich nach allen Seiten um und glaubte schon, dass ich vergebens hierhergekommen war, da niemand da zu sein schien. Aber das konnte doch unmöglich sein. Denn auf einer solch großen Farm musste doch jemand anwesend sein, zumal sich ja auch die vielen Schafe auf der Wiese befanden. Ich rüttelte deshalb nochmals kräftig am Tor, bis plötzlich, wie aus dem Nichts, zwei große kläffende Hunde aus einer Hütte neben dem Haus auf mich zu gerannt kamen. Beim Anblick der beiden Tiere lief mir ein Schauer über den Rücken. Ich malte mir schon aus, was aus mir geworden wäre, wenn sich nicht das verschlossene Tor zwischen uns befunden hätte. Ängstlich schaute ich rechts und links am Zaun entlang und hoffte, dass dort nirgends eine Lücke war, durch die diese beiden Kerle herauskommen könnten. Die beiden Hunde hätten mich wohl zerstückelt, bevor mich irgendjemand hätte retten können. Die Hunde sprangen kläffend an den Zaun, bissen in den Maschendraht, zerrten, bellten, knurrten und fletschten die Zähne. Erschrocken trat ich ein paar Schritte zurück, um sie nicht weiter zu reizen und in der Hoffnung, dass der Zaun den Angriffen der beiden Bestien standhalten würde.

Plötzlich hörte ich einen scharfen Pfiff und die Hunde ließen unverzüglich vom Zaun ab und rannten zu ihrer Hütte zurück. Aus dem Blockhaus kam ein großer, kräftiger Mann fluchend auf das Tor zu.

Am Tor angelangt musterte der Mann mich kurz und fragte mit einer dunklen, klaren Stimme, der man auf Anhieb Beachtung schenken musste: „What do you want, Mister?" Er sah dabei nicht gerade freundlich aus. Alle Achtung, dachte ich mir. Die haben sich hier draußen ja ganz schön verrammelt.

„Ich möchte zu Mister Janke", stammelte ich auf Englisch. „Ich will mit ihm reden und soll ihm auch Grüße von Mister John übermitteln."

„Das glaube ich nicht", antwortete er zu meiner Überraschung auf Deutsch. „Mister Janke redet mit niemandem." Doch statt zu gehen sah er mich weiter skeptisch an. Ich kam mir in diesem Moment vor, als wäre ich auf dem Markt oder auf einem Basar und müsste um eine Kuh handeln. Es schien alles sinn- und zwecklos zu sein. Es schien so, als wollte er mich nicht hereinlassen. Ich erreichte bei ihm scheinbar rein gar nichts und befasste mich schon mit dem Gedanken, mich gleich wieder auf den Rückweg begeben.

Durch die Hunde und durch diesen Mann war ich wohl so irritiert, dass ich zunächst nicht mehr an die Kette mit der halben Münze dachte. Plötzlich fiel sie mir wieder ein. Ich drehte mich um, kramte aus meiner Tasche den halben Dollar hervor, trat dicht an den Zaun heran und streckte ihm meine flache Hand entgegen, auf der dieser Talisman nun sichtbar lag. Der Mann beugte sich leicht vor, schaute auf meine Hand, seine Augen wurden immer größer und mit aufgeregter Stimme fragte er mich sofort: „Wo haben Sie das her? Wer hat Ihnen das gegeben?"

Nachdem ich ihm nochmals gesagt hatte, dass John mich mit dieser Kette zu Mister Janke schickte, sagte er: „Einen Moment, Mister, einen Moment. Ich muss zuerst mit Mister Janke sprechen." Dann drehte er sich um und rannte schnell zur Blockhütte zurück.

Gott sei Dank, dass ich noch an diesen Talisman gedacht hatte. Etwas überrascht über die Verhaltensweise dieses Mannes, der offenbar Jankes Angestellter war, trat ich abwechselnd von einem Fuß auf den anderen und wartete nun vor dem Tor, was jetzt auf mich zukommen, was nun passieren würde.

Die Sonne brannte gnadenlos und ich dachte mir, dass ich jetzt einen guten Drink gebrauchen könnte, da mein Gaumen fast ausgetrocknet zu sein schien. Ich ärgerte mich über mich selbst, weil ich mir nichts zum Trinken mitgenommen hatte. Dann hing ich meinen Gedanken nach, schaute mir wieder die Gegend um die Farm an und fühlte mich sogleich um Jahre zurückversetzt.

Irgendwie kam mir diese Gegend nun bekannt vor.

Die Farm mochte etwa zwei Morgen groß sein. Das Blockhaus stand etwa fünfzig Meter vom Eingangstor entfernt und machte einen grotesken Eindruck, da es so klotzig dastand. Gebaut aus dicken geschälten Baumstämmen, die so geschickt ineinander verkeilt waren, dass keine Lücken und Spalten vorhanden waren, durch die Wind oder Regen dringen konnte. Das Dach des Blockhauses überraschte mich ein wenig, weil es mit Schindeln gedeckt war und dies doch für diese Gegend oder auch für ganz Amerika eher unüblich war. Insgesamt machte das Haus einen sehr stabilen Eindruck und man konnte schnell an eine Festung denken, der man nichts anhaben konnte.

Als ich aber die Umzäunung mit diesem Drahtzaun näher betrachtete, musste ich wieder unwillkürlich an meine Kriegsgefangenschaft denken. Damals war ich froh, dass ich aus solch einer Umzäunung herauskam. Und dieser alte Janke verrammelte sich nun dahinter selbst wie ein Gefangener.

Links neben der Hütte befanden sich Stallungen, die wahrscheinlich für Kleintiere gebaut worden waren, weil sie niedrige Eingangsöffnungen hatten. Daneben war ein niedriges Gatter für die Schafherde errichtet, in dem sich schätzungsweise etwa einhundert bis einhundertfünfzig Schafe befanden.

Rechts neben der Blockhütte befand sich die Hundehütte und neben dieser ein hübscher kleiner Hausgarten. Hieraus konnte man schließen, dass der alte Janke Sinn für Blumen und bestimmt auch für die moderne Kunst hatte, so schön wie dieser Garten angelegt war.

Aber dann kamen mir Zweifel. Denn wenn Janke so alt war wie John, konnte ich mir zwar vorstellen, dass er diesen Garten angelegt hatte, nicht aber, dass er ihn auch noch selbst bewirtschaftete. Dafür sah er zu gepflegt aus. Auch sah ich jetzt in der Nähe des Tores viele veredelte Rosen in allen Farben. Eine fiel mir dabei sofort ganz besonders auf. Es war eine schwarze Rose. Für diese Rose war bestimmt große Liebe und Sorgfalt aufgebracht worden, um sie überhaupt züchten zu können. Ich hatte noch nie vorher etwas von schwarzen Rosen gehört, geschweige denn welche gesehen. Oder etwa doch? Kam es mir ganz kurz in den Sinn. War da nicht einmal etwas? Doch ich verdrängte diesen Gedanken gleich wieder. Denn ich sagte mir, dass ich bisher auch noch nie die Gelegenheit hatte, mich um solche Sachen zu kümmern. Um diese Rosenstöcke herum blühten bestimmt mehrere Hundert Vergissmeinnicht. Von diesen standen auch viele in Blumentöpfen auf der Veranda des Hauses. Entweder war der Alte ein besonderer Blumennarr oder er hatte furchtbare Langeweile in dieser Einöde, dass er sich diesem aufwendigen Hobby widmete. Neben der Veranda standen tropische Gewächse, die ich ebenfalls nie zuvor gesehen hatte und deren Namen mir bestimmt auch nichts gesagt hätten.

Im ersten Moment, als ich auf diese Farm zugelaufen war, war sie mir irgendwie unsympathisch, wohl weil sie so abgesperrt, abweisend und verrammelt wirkte. Jetzt aber, nachdem ich vieles hiervon schon etwas näher und genauer betrachtet hatte, gefiel mir diese stille Idylle immer mehr. Sie machte, vom Zaun und von den Hunden einmal abgesehen, einen sehr netten, gepflegten Eindruck und war wohl mit sehr viel Liebe angelegt worden.

Jetzt fiel mir auch auf, dass rechts neben dem kleinen Hausgarten ein Gemüsegarten angelegt war, auf dem sich mehrere Reihen von Tomatenstöcken befanden. Verteilt über den Gemüsegarten standen mehrere Obstbäume, die voller Früchte hingen. Vieles war aber so ganz und gar untypisch für dieses Land. Amerika war doch für seine Größe bekannt. Alle Farmen hatten doch Ausmaße, die wir uns in Deutschland überhaupt nicht vorstellen konnten. Diese Farm war auf den ersten Blick anders. Wenn mich einer gefragt hätte, hätte ich bestimmt gesagt, dass diese Farm nicht in Amerika, sondern bei uns in Deutschland steht. Es war vieles an und um diese Farm so richtig typisch deutsch.

Nun kam ich auch zu der Überzeugung, dass die Arbeit, die für die Pflege dieser Farm notwendig war, bestimmt nicht alleine von dem Farmer und seinem Gehilfen bewältigt werden konnte. Also mussten noch mehrere Farmarbeiter bei ihm beschäftigt sein. Allerdings konnte ich weit und breit keine Menschenseele entdecken. Vielleicht waren sie auf den Feldern, die man von hier aus nicht einsehen konnte.

Langsam wurde ich ungeduldig und dachte mir schon, der Gehilfe würde mich vor dem Tor stehen lassen, bis ich wieder von alleine gehen würde. Ich war froh, dass ich ihm die Kette mit dem Anhänger nicht ausgehändigt, sondern sie ihm nur gezeigt hatte. Was hätte ich sonst Onkel John erzählen sollen, wenn ich zurückkäme und ihm erklären müsste, dass mich der alte Janke nicht hereingelassen, aber den Talisman behalten hätte? Deshalb rüttelte ich am Tor um wieder auf mich aufmerksam zu machen. Doch statt des Gehilfen kamen sofort die beiden Bestien angerannt, bellten und bissen wieder in den Zaun, sodass es mir jetzt doch so richtig unbehaglich war. Wie lange würde der Zaun wohl halten, wenn diese Hunde so daran weiterzerrten?

Doch so weit kam es Gott sei Dank nicht. Ich sah schon den Gehilfen, der nun schnellen Schrittes auf das Tor zukam, die Hunde zurückpfiff und von Weitem rief: „Schnell Mister. Kommen Sie herein. Mister Hans wartet schon auf Sie."

„Ja, ja“, antwortete ich und war erstaunt darüber, dass jetzt alles so schnell gehen sollte, „aber mach zuerst einmal das Tor auf und stell sicher, dass mir die Hunde nichts tun. Vorher mache ich nämlich keinen Schritt in dieses Gehege“, rief ich ihm schmunzelnd entgegen. „Ich warte ja hier schon fast eine Ewigkeit.“

Tatsächlich hatte ich beinahe eine halbe Stunde dort gestanden und auf Einlass gewartet, wie mir ein Blick auf meine Uhr verriet. Durch meine Beobachtungen hatte ich gar nicht bemerkt, wie schnell die Zeit vergangen war.

Der Mann hantierte nun umständlich an einem dicken Balken hinter dem Tor und ich hörte, wie er eine Kette entfernte, die er seitlich an den Pfosten hing.

„Beeile dich“, brummte ich ihm zu, da ich etwas nervös und unsicher war, „ihr habt euch hier ja verrammelt, als ob der alte Janke der Kaiser von China wäre.“

Warum war ich eigentlich so unhöflich gegenüber dem Mann? Er machte doch nur seine Arbeit und befolgte seine Anweisungen. Ich wusste es selbst nicht und nahm mir vor, ihm gegenüber ab sofort etwas zurückhaltender und höflicher zu sein.

Die Hunde waren auf seinen Befehl hin zur Blockhütte gelaufen, sodass ich ohne Gefahr die Farm betreten konnte, nachdem er das Tor geöffnet hatte. Sofort verschloss er das Tor wieder sorgfältig, als habe er Angst, es könnten ungebetene Gäste das Gelände betreten. Ich wartete bis er damit fertig war und schaute mich derweilen auf Farm um.

Dabei bekam ich das beklemmende Gefühl das ich seit meiner Gefangenschaft immer hatte, wenn ich mich wieder hinter einem Stacheldrahtverhau oder in einem abgeschlossenen Bereich befand. Dann schielte ich mit einem Auge auf das Blockhaus, wo die beiden Hunde hin verschwunden waren.

„Gehen Sie nur. Die Hunde machen nichts wenn ich dabei bin", erwähnte er so nebenbei und ich meinte, auf seinem Gesicht ein leichtes Grinsen bemerkt zu haben. Er wusste wohl um den Respekt den man diesen beiden Tieren zollte.

Kurz vor dem Eingang des Holzhauses überholte er mich und trat vor mir in das Haus ein. Dann stellte er sich seitlich an den Türrahmen und mit einer Handbewegung bat er mich herein, wobei er auf eine weitere Tür innerhalb des Hauses zeigte. Diese war gleich hinter dem Haupteingang. Nun verschloss er sorgfältig die Tür durch die wir gerade gekommen waren und ging an mir vorbei bis zu dieser nächsten Tür. Es kam mir alles so umständlich vor. Aber scheinbar gehörte dies alles zu seinen Aufgaben. In dem kurzen Moment, in dem ich in dem kleinen Eingangsbereich stand, fielen mir sofort die schönen Ölgemälde auf, die an der Wand hingen. Sie zeigten alle ausschließlich Frauen und bärtige Männer. Die Männer trugen derbe Kleider und die Frauen waren im Rokokostiel gekleidet. Jetzt fiel mir ein kleineres Bild auf, das vielmehr eine Schnitzerei und nicht gemalt war. Dieses Bild zeigte eine Landschaft. Völlig überrascht davon bekam ich in diesem Moment eine Gänsehaut. Diese Landschaft faszinierte mich. Sie war so unberührt und urwüchsig, wild und unheimlich zugleich.

Ein Knarren an der Tür schreckte mich aus meinen Gedanken auf und der Gehilfe sagte: „Bitte Mister. Kommen Sie herein." Und er zeigte auf die Zimmertür, in die er kurz zuvor verschwunden war.

Mit klopfendem Herzen betrat ich den Raum und der Gehilfe schloss die Tür hinter mir. Ich schaute mich um, ohne zu bemerken, dass sich noch eine weitere Person in diesem Raum aufhielt.

An der Wand hing ein Porträt einer sehr schönen Frau.

Diese abgebildete Frau hatte ein wunderbares Gesicht und ich schätzte, dass sie etwa fünfundzwanzig Jahre alt war. Ihre dunklen welligen Haare bedeckten anmutig ihre Schultern. Das Gesicht war ebenmäßig und hatte eine gesunde Farbe. Im tiefen

Dekolletee konnte man den Ansatz ihrer Brust erkennen. Um den schlanken Hals trug sie eine feingliedrige Goldkette mit einem Anhänger.

Das Bild war in einem schweren aus Holz geschnitzten Goldrahmen gefasst. An der unteren rechten Seite des Bildes waren die Initialen des Malers, R.W., zu sehen und, wie ich vermutete, die Jahreszahl. Auf der linken Seite bemerkte ich ein kreisrundes Loch, das durch die Leinwand gebohrt zu sein schien. Schade, dachte ich bei mir, ein so schönes Bild. Aber leider wurde es irgendwann wohl beschädigt. Jedenfalls musste der Maler hier sein Meisterwerk vollbracht haben.

Ich erschrak als plötzlich aus einer Ecke eine alte, brüchig klingende Stimme fragte: „Ja, da staunst du. Ist das nicht ein Meisterwerk? Das waren noch schöne Zeiten. Schau sie dir nur genau an", forderte diese Stimme mich auf, die wohl zu einem alten Mann gehörte. Mit einem etwas wehmütigen Ton sprach er weiter: „Das war mal meine Gattin, als sie noch jung gewesen war. Ach, wie habe ich sie geliebt. Und sie war so schön." In leisem Ton fügte er hinzu: „In blinder Eifersucht hat unser schönes Glück ein jähes Ende genommen."

Ich schaute in die Ecke, aus der die Stimme kam und sah in einem Lehnstuhl dann einen alten, bärtigen Mann sitzen, der mir die Hand hinhielt. Schnell ging ich auf ihn zu und nahm seine Hand. Ich schauderte, weil sie sich so kalt und knochig anfühlte, dass ich unwillkürlich das Gefühl hatte, einen längst Verstorbenen vor mir zu haben. Er war trotz der großen Hitze die draußen herrschte, mit einer dicken Wolldecke zugedeckt, sodass ich ihn nicht ganz sehen konnte. Das Gesicht des Alten schien eingefallen zu sein. Er machte auf mich den Eindruck, als sei er krank und bestimmt konnte er sich nicht mehr allein auf den Beinen halten.

Er drückte leicht meine Hand und zog mit der anderen Hand einen Rohrsessel zu sich, um mir einen Platz anzubieten. Nur zögernd ließ er meine Hand los und meinte: „Du scheinst noch sehr jung zu sein und hast das Leben noch vor dir. Ich warte nur noch auf meine Erlösung. Aber der liebe Gott hat mich bestraft und lässt mich deshalb nicht so schnell zu meiner Johanna."

Während ich mich setzte, meinte er: „Nun ja, vielleicht habe ich in meinem Leben vieles falsch gemacht und dafür muss ich jetzt büßen." Nach einer kurzen Atempause fragte er mich dann: „Was willst du eigentlich von mir und wer bist du? Wie bist du zu dieser Kette gekommen?" Als er so zu mir sprach, hatte ich das Gefühl, dass ihm das Sprechen schwerfiel.

„Ich komme von Mister John", antwortete ich ihm und es wurde mir dabei bewusst, dass ich nur den Vornamen von Mister John kannte und seinen Familienname nicht, „und ich soll Ihnen zuerst einmal dies hier überreichen."

Ich zog die halbe Dollarmünze samt der Goldkette aus meiner Tasche und hielt ihm diese hin ohne etwas zu sagen. Ich wollte ihm diesen Talisman geben. Aber er rührte sich nicht und sah immer noch geradeaus. Es herrschte eine Totenstille im Raum und man hätte fast das Gruseln bekommen können. Es schien, als sei eine unendlich lange Zeit vergangen, als ich mich räusperte und abermals sagte: „Hier ist der Talisman von John, Onkel John, wie ich ja zu ihm sagen darf, den er mir gab, damit ich ihn an Sie übergebe. Sie wüssten dann schon, was er damit meint."

Fast erschrocken drehte der Alte seinen Kopf in meine Richtung und hielt mir nun seine rechte Hand offen entgegen. Da erst bemerkte ich, dass er mich gar nicht gesehen hatte und auch den Talisman nicht sehen konnte. Als er mir sein Gesicht vollends zuwandte erkannte ich, dass dort wo die Augen sein sollten, nur noch leere Höhlen waren. Er war blind. Es schien mir, dass nun aus diesen leeren Augenhöhlen Tränen flossen. Ich hatte in diesem Moment ein unendliches Mitleid mit ihm. Ich konnte meine eigenen Tränen nur mit Mühe zurückhalten. Kein Wort konnte ich nunmehr herausbekommen. Es schien fast eine Ewigkeit zu vergehen. Keiner sprach weiter. Bald fragte ich mich, in was ich da hineingeraten war und was ich damit zu tun hatte. Am liebsten hätte ich auf dem Absatz kehrt gemacht und mich sofort wieder auf den Rückweg begeben.

Behutsam legte ich ihm das geteilte Geldstück in seine dürre Hand, ohne jedoch etwas dazu zu sagen. Er schloss krampfhaft seine Hand und lehnte sich in seinem Lehnstuhl noch weiter zurück. Sein Körper begann zu zittern. Gerade wollte ich losgehen um den Gehilfen zu rufen, als der Alte leicht seine Hand hochhielt und leise sagte: „Schon gut, Fremder. Bleib nur sitzen. Ich habe mich nur an etwas erinnert, das mir einst viel Aufregung brachte und ... ja, und mich auch später das Augenlicht kostete."

Sogleich bereute ich, dass ich nur gekommen war um eine Geschichte zu erfahren die mich scheinbar persönlich nichts anging. Durch einen Zufall war ich auf zwei Menschen gestoßen, die mir, aus welchem Grund auch immer, von ihrer Vergangenheit berichten wollten. Dabei konnte ich aber immer noch keinen Zusammenhang zwischen dem alten Kreuz und den beiden alten Männern herstellen. Dennoch hatte ich so ein vages Gefühl, dass irgendwie alle damit verbunden waren, dass irgendwie alles miteinander zu tun hatte. Ich fühlte mich nicht wohl in meiner Haut, da ich hier schon den zweiten Menschen getroffen hatte, den ich nicht kannte und den ich jetzt unbewusst mit seiner Vergangenheit konfrontierte. Nur wunderte ich mich, dass fast alle die ich bisher getroffen hatte und mit denen ich ins Gespräch gekommen war, mir gegenüber so redselig waren, obwohl sie mich doch gar nicht kannten.

„Und warum schickt er dich zu mir und was willst du nun von mir?", schnarrte der Alte. „Du willst doch sicher eine Belohnung für diesen Talisman haben oder was willst du sonst?"

„Eine Belohnung? Nein, nein", entgegnete ich ihm schnell, „ich will doch nichts dafür haben. Ich habe lediglich John durch einen Zufall kennengelernt und bin mit ihm ins Gespräch gekommen. Dabei habe ich ihm erzählt, warum ich nach Amerika gekommen bin und habe ihn gebeten, mir bei meiner Suche zu helfen. Im Laufe dieses Gesprächs hat er mir dann diesen Talisman gegeben und mich aufgefordert, diesen Ihnen zu bringen. Ich weiß ja auch nicht, was es damit auf sich hat. Ich bin aus einem ganz anderen Grund nach Amerika, an diesen Ort hier, gekommen. Eigentlich will ich etwas wiederfinden, das mich schon seit Jahren berührt."

„Nun denn. Dann erzähle mir auch einmal, warum du zu uns gekommen bist?", sagte er barsch und mit einer festen Stimme, so als würde er mir im Moment nicht so richtig glauben wollen.

Etwas überrascht darüber, dass dieser alte Mann mich jetzt nach meinem Anliegen fragte, nahm ich schließlich all meinen Mut zusammen. Ausführlich erzählte ich ihm, wie ich überhaupt an ihn gelangt war und was ich eigentlich hier wollte. Ich erzählte ihm von den Geschehnissen des 2. Weltkrieges, bei dem ich als junger Soldat mitkämpfen musste. Berichtete ihm von meiner Gefangennahme im Rheinland in Deutschland, von meinen Erfahrungen aus der amerikanischen Gefangenschaft, während wir zunächst noch im Heimatland waren und mehr oder weniger wochenlang auf einem Acker hausen mussten. Dann berichtete ich ihm von meinem Transport über den großen Teich, als wir in das Lager Camp Atterbury und später dann ins Lager Fort Knox transportiert wurden. Sehr ausführlich, weil es für mich wichtig war, sprach ich über das gefundene Kreuz im Dickicht. Ich erzählte ihm, dass ich wegen diesem Kreuz wieder nach Kentucky gereist sei und dass ich rein zufällig schon kurz nach meiner Ankunft den alten John getroffen habe, der mich schließlich mit dem Talisman zu ihm geschickt hat.

Ich erzählte ihm alles ruhig, langsam, zum Teil mehr oder weniger ausführlich und versuchte, nichts Wichtiges auszulassen, aber auch nichts Unwichtiges hinzuzufügen.

Lange Zeit schwieg der Alte und hatte seine Hände wie zu einem Gebet gefaltet während ich ihm nun gegenüber saß, ihn betrachtete und auf seine Antwort wartete.

„Ruf Al herein. Aber sei nett zu ihm. Ich kann zwar nicht mehr sehen, aber dafür höre ich umso besser", forderte er mich mit ruhiger Stimme auf, „er ist sein ganzes Leben bei mir. Er ist meine treue Seele. Ich kann mir eine Zeit ohne ihn nicht vorstellen."

Eilig ging ich zur Tür, öffnete sie und wäre fast mit Al zusammengestoßen, da er ganz dicht hinter dieser Tür stand und uns vermutlich belauscht hatte. Al grinste mich frech an, ging an mir vorbei und stellte sich neben den alten Janke.

„Was soll ich tun, Mister Hans?“, fragte er, wobei er mich immer noch mit einem Schmunzeln auf den Lippen anschaute.

„Hol mal drüben aus meinem Schrank eine Flasche Whisky und zwei Gläser. Aber bleib du mit deinen Fingern davon, du gehst sowieso schon heimlich an die Flaschen“, befahl er ihm.

Al verdrehte die Augen wie ein kleines Kind das beim Naschen erwischt wurde, sagte aber nichts dazu. Dann ging er in den Nebenraum, um gleich darauf wieder mit der großen bauchigen Flasche und zwei Gläsern zurückzukommen. Dieser Gauner, dachte ich mir, hat doch tatsächlich noch schnell einen Schluck aus der Flasche genommen. Denn die Alkoholfahne die er nun hatte, war leicht zu bemerken. Er schaute mich an, ein kurzes Lächeln huschte über sein Gesicht, stellte die Flasche und die Gläser ab, nachdem er eingeschenkt hatte, und verließ schnell wieder den Raum.

„Dieser Gauner“, lachte der Alte und dieses Lachen hatte so etwas Angenehmes, Beruhigendes an sich, „hat er doch noch schnell einen Schluck genommen. Aber ich trage es ihm nicht nach. Er ist ein Schlitzohr. Er hat auch vorhin vor der Tür gelauscht. Aber so ist er eben. Treu bis in den Tod, aber neugierig und gerissen wie eine alte Frau. Aber vor allem passt er gut auf Haus und Hof auf. Ich würde keinem raten, ohne seine ausdrückliche Erlaubnis das Gelände zu betreten. Al und seine Hunde sind nicht zu verachten.“

„Das habe ich auch schon gemerkt, dass die Hunde nicht zu verachten sind“, entgegnete ich ihm.

Der alte Janke griff zielstrebig nach seinem Glas, prostete mir zu und trank es in einem Zug leer. Erst nachdem auch ich mein Glas geleert und abgestellt hatte, der Whisky brannte mir ein wenig im Hals, begann er wieder zu reden.

Ich füllte die Gläser, nachdem er mit der Hand zuerst in Richtung der Flasche und dann auf die Gläser zeigte. „So, nun sag mir erst einmal deinen Namen“, forderte er mich auf. „Du hast mir ja vorhin schon so viel von dir erzählt, aber ich möchte dich auch mit deinem Namen ansprechen können.“

Ich holte schnell das Versäumte nach. Doch bevor der Alte weiterredete, musste ich zuerst meine Neugierde befriedigen. Ich fragte ihn: „Wieso sprechen Sie und Ihr Gehilfe eigentlich meine Sprache? Das ist mir auch schon beim Onkel John aufgefallen, und auch bei der jungen Bedienung in dieser Kneipe. Stammt Ihr alle aus Deutschland? Oder wie kommt es dazu? Hängt es vielleicht damit zusammen, dass nach Kentucky früher die meisten Aussiedler aus Deutschland und Frankreich kamen?“

„Tu mir einen Gefallen und frage jetzt nichts, sondern bleib ruhig auf deinem Sessel sitzen, bis ich dir die ganze Geschichte erzählt habe. Du scheinst mir ein ordentlicher Kerl zu sein und irgendwie habe ich Vertrauen zu dir. Wenn ich mit meiner Geschichte fertig bin, kannst du mich fragen, so viel du willst. Ich würde eigentlich lieber schweigen, aber ich fühle, dass es mit mir nicht mehr so lange geht. Ich muss meinem Herzen Luft machen und will dir deshalb vieles anvertrauen, das nicht für jedermanns Ohren bestimmt ist. Danach kannst du wieder zu John gehen und ihn bitten, dass er unverzüglich zu mir kommt, ehe es zu spät ist.“

Der alte Janke begann zu erzählen.

Kapitel 3

„Ich war, wie man damals so schön sagte, noch nicht richtig trocken hinter den Ohren. Ich war gerade einmal sechzehn Jahre alt, als ich mein Elternhaus verließ. Eigentlich noch ein Kind in der damaligen Zeit, aber mit vielen Träumereien im Kopf. Ich stahl meinem Vater so etwa zwanzig oder dreißig Mark, ja Mark, du hast richtig gehört. Genau weiß ich heute nicht mehr, wie viel Mark es damals tatsächlich waren. Du hast auch schon richtig vermutet, ich komme tatsächlich auch aus Deutschland.

Also, ich stahl meinem Vater Geld. Das war viel Geld für die damalige Zeit. Ich stahl es ihm aus seiner Geldkassette, in der er seine eiserne Reserve aufbewahrte und machte mich morgens in der Früh auf zu meinem Freund Robert. Mein Vater ist damals immer davon ausgegangen, dass niemand in der Familie wusste wo er seine Reserven aufbewahrt hatte. Aber als Kinder hatten wir ihn öfters heimlich beobachtet wenn er, nachdem er unser Geschäft zugeschlossen hatte, in sein Stübchen ging und das Geld vor uns versteckte. Gleich zu Beginn des Monats bekam Mutter einen kleinen Teil davon und musste versuchen, damit die wichtigsten Lebensmittel zu besorgen. Aber das Geld reichte sowieso nie“, erzählte er.

„Robert und ich, wir hatte beide gerade die Volksschule beendet und einer von uns war so faul wie der andere. Wir hatten genug vom Lernen und wollten davon nichts mehr wissen, obwohl unsere Väter immer etwas Größeres mit uns vor hatten. Mein Vater meinte damals immer zu mir, dass ich lernen sollte um dann später einmal richtig viel Geld verdienen zu können. Ja, das hatte er immer und immer wieder gesagt. Aber dazu hatte ich damals keine Lust“, sagte er etwas vorwurfsvoll gegen sich selbst. „Ich hatte immer meine eigenen Ideen und wollte mich nicht in eine Richtung zwingen lassen, die mir keinen Spaß machte. Für mich war immer klar, dass ich einmal etwas anderes, etwas Besonderes machen würde. Mich rief ein anderes Abenteuer. Ich wollte schon als Kind immer die Welt sehen und meine Eltern sprachen damals oft von Amerika, dem Land der unbegrenzten Möglichkeiten. Vielleicht hatten sie ja damit den Grundstein dafür gelegt, dass ich unbedingt in die Ferne ziehen wollte, wenn ich einmal groß wäre. Denn sie erzählten von Abenteurern und vielen Auswanderern aus Deutschland, die schon lange vor dem ersten Weltkrieg nach Amerika übersiedelten. Sie erzählten von Abenteurern und Auswanderern die in dieses Land auszogen und als reiche Männer zurückkamen.

Sie erzählten aber auch, dass manche von diesen ihre ganze Existenz dort verloren hatten und als bettelarme Leute wieder in ihre alte Heimat zurückkehrten. Und gerade diese waren dann dem Spott und Hohn derer ausgesetzt, die damals den Mut nicht aufgebracht hatten, selbst einen solchen Weg zu beschreiten. Lange Zeit habe ich mich damit beschäftigt, etwas über die damalige Auswanderungszeit zu erfahren.

So las ich auch irgendwann einmal, dass etwa einhundert Jahre vorher schon einmal viele Deutsche, besonders aus der Nähe von Frankreich, aus dem Elsass, nach Amerika ausgewandert waren. Besonders aus einem ganz kleinen Ort namens Niederrödern wurde berichtet. Dort waren so viele Menschen ausgewandert, dass tatsächlich nur noch so wenig Bürger übrig geblieben waren, die man an einer Hand abzählen konnte und die das kleine Dorf mehr oder weniger am Leben hielten. Aber das waren eigentlich nur noch die Alten und Kranken. Die Jungen wanderten aus, weil sie vor Armut nicht mehr weiter wussten und es in ihrer ehemaligen Heimat fast nichts mehr zu Essen gab. Die Armut ging dort sogar so weit, dass die Menschen sich aus Holz Blasrohre bauten, sich aus Ton kleine Kugeln formten und damit Vögel von den Bäumen schossen, um diese anschließend zu rupfen, zu braten und zu essen.

Mich packte aber trotz meiner Angst die Abenteuerlust.

Von der Buchhandlung die meine Eltern damals führten, wollte ich nichts wissen. Das war für mich eine zu trockene Materie. Bücher und immer wieder Bücher. Regale voller Bücher. Ganze Schränke und Zimmer voller Bücher. Das konnte mich damals nicht überzeugen. Ich hörte nur das Gute und Schöne von dem fremden fernen Amerika.

Vielleicht war ja mein Vater selbst schuld daran, dass ich quasi von zu Hause weggelaufen bin. Er verlangte ja von mir, dass ich mich in jeder freien Stunde mit den Büchern beschäftigte. Und was lag da näher als gerade die Bücher zu lesen oder in ihnen zu blättern, die über die fremde ferne Welt berichteten?

Ja, ich komme tatsächlich auch aus deiner Heimat Deutschland. Aus unserer Heimat. Ich würde heute alles darum geben, wieder dort zu Hause zu sein. Deshalb kann ich auch heute noch unsere Muttersprache und habe sie mir immer bewahrt, weil ich, seit ich hier in Amerika bin, ständig Bücher aus unserer Heimat las. Bis ich dann bei einem schweren Unfall mein Augenlicht verlor", ergänzte er nun sichtlich traurig. „Mein Gehilfe, Al, er ist eigentlich nicht mein Angestellter, er ist in Wirklichkeit mein guter Freund, nein, in Wirklichkeit ist er noch mehr als ein Freund für mich, viel mehr, er begleitet mich schon lange hier in der neuen Welt. Ihm habe ich die deutsche Sprache beigebracht und deshalb kann er sie heute auch ziemlich gut sprechen. Aber das hast du ja schon mitbekommen. Ach, papperlapapp", sagte er mehr zu sich selbst, „du willst ja meine Geschichte hören." Und so erzählte er weiter.

„Eines Tages hatte ich meinem Freund John, ja, der John, den du durch Zufall kennengelernt hast, eigentlich heißt er ja Robert, meinen Plan verraten, dass ich abhauen und nach Amerika auswandern wollte. Er war sofort Feuer und Flamme und so begeistert, dass er unbedingt mitkommen wollte. Wir waren schon immer unzertrennlich gewesen. Wir hatten dann einen Tag festgelegt, an dem wir abhauen wollten. Deshalb stahl er damals auch seinen Eltern am Abend vorher einen kleineren Geldbetrag und wir machten uns dann quasi bei Nacht und Nebel auf und davon."

„Einfach so?", fragte ich. „Da gehört doch viel Mut dazu, sich so mir nichts, dir nichts, davonzuschleichen?"

„So ganz einfach war das ja auch nicht", lenkte der Alte ein, „wir hatten schon die Hosen gestrichen voll. Aber in unserem kleinen Städtchen Torgau gab es einen Bahnhof. Vielleicht hast du ja von dieser Stadt schon etwas gehört. Sie ist im Osten

Deutschlands, nicht weit vom Erzgebirge. Vom Bahnhof aus wollten wir dann weitersehen, wie wir nach Hamburg an den Hafen kommen.

Ganz schön unerfahren waren wir damals. Dass sich Mutter zu Hause die Augen ausweinen und Vater gleich die Polizei verständigen würde, daran hatten wir in unserem jugendlichen Leichtsinn überhaupt nicht gedacht. Aber daran wollten wir ja auch gar nicht denken, wir wollten nur weg, weg in die große weite Welt. Auf dem Weg zum Bahnhof gingen wir allen aus dem Weg, die uns hätten erkennen können. Denn wenn jemand uns zwei junge Burschen gesehen hätte, wie wir mit unseren Rucksäcken daher gingen, hätten die uns sicher angehalten und gefragt, was das soll und wo wir überhaupt hin wollen. Schließlich hat in unserer kleinen Stadt jeder jeden gekannt und da wäre niemand an uns vorbei gegangen und hätte nichts unternommen. Ich glaube nicht, dass es uns jemand geglaubt hätte, wenn wir dem erzählten, dass wir in ein Ferienlager fahren würden. Denn wenn wir in ein Ferienlager gefahren wären, dann hätten uns unsere Eltern um diese Zeit mit Sicherheit zumindest bis zum Bahnhof begleitet. Auch wenn wir gerade die Schule beendet hatten, für unsere Nachbarn waren wir ja immer noch die kleinen Jungs von nebenan, auf die jeder aufgepasst hatte, so, als ob es die eigenen Kinder wären."

Der Alte nahm einen großen Schluck aus seinem Glas, atmete tief und schwer durch und erzählte dann weiter: „Wir konnten schon die Lichter vom Bahnhof sehen und hofften, dass der Zug pünktlich abfahren und nichts mehr dazwischen kommen würde. Ob wir Amerika überhaupt erreichen würden und ob wir dort überhaupt zurechtkämen, zumal keiner von uns gut englisch sprechen konnte, darüber machten wir uns zu diesem Zeitpunkt keine Gedanken. Überhaupt, dass wir eine andere Sprache gut können müssten, um uns in einem fremden Land durchschlagen zu können, daran hatten wir noch keine Minute gedacht", meinte er und schüttelte leicht den Kopf, so als könne er heute überhaupt nicht mehr verstehen, was sie beide damals unternommen hatten.

„In der Schule hatten wir keinen Englischunterricht. In der damaligen Zeit war das unvorstellbar. Es sei denn, man hat eine höhere Schule besucht. Mein Vater war aber ganz stolz darauf, dass Robert und ich bei einem befreundeten Lehrer freiwillig ein paar Englischstunden nahmen und wir ab und zu versuchten, uns in dieser Sprache zu unterhalten. Wir konnten danach so schön von dieser fremden fernen Welt träumen. Aber ob die wenigen Kenntnisse ausreichen würden um uns dann in dieser Welt auch wirklich verständigen zu können, davon hatten wir keine Vorstellung.

Auf jeden Fall gingen wir zielstrebig zum Bahnhof und keiner von uns war sich seiner Sache mehr so ganz sicher. Natürlich hatten wir Schiss“, ergänzte er. Dann sprach er leise und bedacht weiter: „John war damals enorm dick angezogen, er trug eine von seiner Mutter selbst gestrickte Zipfelmütze, die er seinem kleinen Bruder Bernd geklaut hatte. Weil er sie ihm vorher schon öfters geklaut hatte, schor ihm sein Vater eines schönen Tages den Kopf kahl und alle nannten ihn nur noch den Mond. Aber warum er ausgerechnet diese Mütze auf unserer Flucht mitnahm, wird mir wohl immer ein Rätsel bleiben.“ Er lachte. „Ich denke, das war wohl so ein Stück, das ihn immer an die Heimat, an die Familie, erinnern sollte.“

Bevor er weitererzählte, schmunzelte er, so als würde er sich über etwas ganz besonderes freuen: „Im Moment fiel mir gerade eine kleine Episode ein, die seine Eltern immer erzählten. Robert wollte schon einmal von zu Hause ausreißen. Da war er so acht oder neun Jahre alt. Er hatte sich über irgendetwas fürchterlich geärgert und wollte einfach nur weg. Seine Mutter hielt ihn aber zu seiner Überraschung nicht zurück. Sie sagte ihm lediglich, er solle halt seine Sachen packen und dann könne er gehen. Tatsächlich packte Robert, jetzt wohl aus lauter Verzweiflung weil seine Mutter ihn nicht zurückgehalten hatte, seinen Rucksack. Da er sich damals nicht so recht bewusst war, was er überhaupt packen sollte, stopfte er alle seine Socken in den Rucksack. Letztendlich war er dann doch froh, dass er bleiben durfte und seine Mutter ihm deswegen auch nicht mehr böse war. Ja, so war er damals“, schloss er diese Episode.

Dann hielt er wieder inne, als müsse er sich erst auf das Wesentliche konzentrieren und sprach weiter: „Glücklicherweise konnten wir damals von unserem geklauten Geld gleich die Fahrkarten lösen und uns auf die große Reise nach Hamburg begeben. Der Fahrkartenschaffner am Schalter fragte damals nur, ob wir auf einer Ferienreise seien. Mehr nicht. Wir hatten an diesem Morgen ein unheimliches Glück gehabt. Denn der Schaffner, der sonst immer dort Dienst hatte, hätte uns sicherlich nicht fortgelassen. Denn dieser kannte uns und wohnte in unserer Nachbarschaft. Aber der hatte an diesem Tag keinen Dienst und wurde durch einen anderen Schaffner vertreten, der nicht aus Torgau war. An solche Sachen hatten wir überhaupt nicht gedacht und wegen solcher Kleinigkeiten hätte unsere Flucht damals leicht scheitern können, bevor sie eigentlich begonnen hatte.“ Etwas nachdenklicher fügte er hinzu: „Als sich damals der Zug ruckend langsam in Bewegung setzte, war es uns gar nicht mehr so wohl, weil wir wussten, dass es jetzt kein Zurück mehr gab. Wir schoben die schweren Fenster nach unten, beugten uns weit hinaus und schauten uns die Gegend ein letztes Mal an. Der Zug nahm langsam immer mehr Fahrt auf und ratterte schneller und schneller werdend über die Gleise aus dem Bahnhof heraus. Keiner von uns sagte dann ein Wort. Ich kann mich noch sehr genau an diesen Moment erinnern.“

Wieder machte er eine kurze Pause, als müsse er sich nochmals alles in Erinnerung rufen. „Der Zug fuhr an den letzten Häusern von Torgau vorbei und sehr genau schauten wir uns zum letzten Mal die Gegend an, in der wir aufgewachsen waren.

Da war der Spatzenhügel, wie wir ihn nannten. Im Winter sind wir dort mit unseren Schlitten heruntergefahren. Ganze Horden von Schuldfreunden waren wir und jeder wollte schneller sein als der andere.

Dann sahen wir den kleinen Weiher, in dem wir im Sommer badeten. Ich habe sogar dort das Schwimmen gelernt. Vater hielt seinen Arm unter mich und ich musste dann die Schwimmbewegungen machen. Beinahe abgesoffen wäre ich, als ich merkte, dass er seine Hand schon lange wieder weggenommen hatte. Aber seither konnte ich schwimmen. Es gab viele Erinnerungen, die plötzlich in uns wach wurden, als wir losfuhren.

Nur langsam ließen wir uns auf die Sitzbänke gleiten und wehmütig wurde uns bewusst, dass wir die Heimat und die Eltern verlassen hatten. Wenn uns jemand gefragt hätte, ob wir nicht lieber doch wieder zurückgegangen wären, hätte sicher keiner von uns laut nein gesagt. Aber wir hatten ja auch unseren Stolz und nicht nur Angst davor, was uns zu Hause erwartet hätte, wenn wir wieder umgekehrt wären. Wir schauten uns nicht an, weil keiner die Tränen des anderen sehen sollte, die er verschämt und heimlich wegzuwischen versuchte. Wir waren doch die Großen. Und Große heulen nicht. Tja, mein Junge, so wurden wir damals erzogen", sprach er zu mir, so wie ein guter alter Freund, der gerade einen Ratschlag erteilt hat. „Obwohl wir hundemüde waren, schlummerten wir nur ein wenig dahin, begleitet von dem gleichmäßigen Rattern der Räder.

An der nächsten Station kamen weitere Fahrgäste in unser Abteil. Bei uns saß damals eine dicke Frau, sie wurde von einem wunderschönen Mädchen begleitet. Nur ganz langsam und schüchtern kamen wir mit dem Mädchen ins Gespräch, wobei wir erfuhren, dass ihr Name Inge war. John, den ich in der Schule wegen seiner Begabung sehr schön malen zu können schon immer bewundert hatte, kramte plötzlich seinen Zeichenblock hervor, auf den er wohl nicht verzichten wollte. Dann begann er Inge zu skizzieren. Schon ein paar Minuten später überreichte er ihr sein Blatt, das sie leicht verlegen, aber scheinbar doch gerne entgegennahm. Ja, John konnte immer schon sehr gut malen."

Langsam merkte ich dem alten Janke an, dass er von den Erzählungen müde wurde. Deshalb fragte ich ihn: „Wird es Ihnen nicht zu viel, mir das alles zu erzählen?"

„Nein", antwortete er langsam, „ich sagte doch schon, meine Zeit geht langsam zu Ende und ich muss einfach die Geschichte loswerden. Und weil du aus meiner alten Heimat kommst, scheinst du mir der Richtige zu sein. Also hör einfach zu."

So ernst wie er dies nun zu mir sagte, getraute ich mich nicht ihm zu widersprechen.

„Viele Jahre später erfuhren wir, dass unsere Eltern zwischenzeitlich bemerkt hatten, dass wir nicht mehr zu Hause und auch unsere Rucksäcke fort waren. In beiden Häusern war der Teufel los und alle waren schrecklich in Aufruhr. Meine Mutter rannte zu Frau Wilkens die nahe daran war, einen Nervenzusammenbruch zu erleiden. Mein Vater muss damals auch ganz schön rumgetobt haben. Sogar so schlimm, dass er vor lauter Zorn ein Tintenfass das auf seinem Schreibtisch stand, gegen die Wand geschleudert hatte. Hätte er mich damals in die Finger bekommen, ich weiß nicht, was er dann alles mit mir angestellt hätte. Der Rohrstock saß bei ihm nämlich ziemlich locker. Sie gingen damals sogar zur Polizei. Aber die meinte nur, dass wir bestimmt bald wieder zurückkommen würden und alles ein dummer Jungenstreich sei. Die Polizei nahm lediglich unsere Personalien von unseren Eltern entgegen und das war es dann auch schon. In der damaligen Zeit konnte sich keiner wirklich vorstellen, dass sich zwei Jungs so einfach auf und davon machten. Das passte auch eigentlich gar nicht in diese Zeit“, sagte er kopfschüttelnd. „Es hatte ja auch keiner gedacht, dass wir im Zug nach Hamburg saßen. Wahrscheinlich gingen alle davon aus, dass wir irgendwo im Nachbarort oder vielleicht noch gar nicht aus Torgau fort waren und uns nur in der Nähe vom Haus aufhielten. Oder waren wir vielleicht nur bei Freunden? Hätten unsere Eltern zu jener Zeit gleich etwas unternommen, vielleicht wäre alles anders gekommen.“

Als am folgenden Tag die Sonne fast aufgegangen war, begann damals in Torgau das alltägliche Leben mit viel Lärm und Getue. Der Milchmann fuhr wie immer mit seinem Fuhrwerk durch die Straßen und vor den Haustüren standen die Leute mit ihren Kannen und Töpfen, um frische Milch zu kaufen. An diesem Tag hatte jedoch seine Runde etwas länger gedauert. Er hatte auch erfahren, dass wir bei Nacht und Nebel abgehauen waren und er musste dies sicherlich weitererzählen. Wie sonst auch, wenn er etwas Neues in Erfahrung gebracht hatte. Der Zeitungsträger ging wie gewohnt von Haus zu Haus und schob hie und da eine Zeitung unter die Tür, während die ersten Kinder schon mit ihren Taschen und Tafeln unterm Arm in Richtung Schule schlenderten. Zwei Jungs waren aber an diesem Tag schon auf dem Weg in die weite ferne Welt. Doch das ahnte wohl keiner von den Erwachsenen. Er rückte sich wieder auf seinem Liegestuhl zurecht und fuhr mit seiner Erzählung fort: „Nach mehrmaligem Umsteigen waren wir in Hamburg angekommen. Da wir erfahren hatten, dass Inge mit ihrer Mutter auch nach Hamburg wollte, hatten wir uns ihnen mehr oder weniger angeschlossen. Das heißt, für einen Außenstehenden hat es damals bestimmt so ausgesehen, als ob eine Mutter mit ihren drei Kindern auf einer Reise war. Wir hatten ein schlechtes Gewissen und gingen jedem aus dem Weg, der eine Uniform trug, um ja nicht angesprochen zu werden. Erst als wir das Bahnhofsgelände verlassen hatten, machten wir uns alleine auf den Weg zum nahe gelegenen Hafen. Inges Mutter fragte uns noch, ob wir alleine zurechtkommen würden und wunderte sich, dass wir nicht von einem Erwachsenen abgeholt wurden. Sie hatte nämlich angenommen, dass unser Ziel zwar Hamburg sei, aber dass wir dort einen Verwandten treffen würden, der uns am Bahnhof in Empfang nehmen wird.

Von Weitem sahen wir die ersten großen Schiffe. Nun erst wurde es uns richtig bewusst, auf was wir uns da eingelassen hatten. Wie sollte es eigentlich jetzt weitergehen? Wir hatten überhaupt keine Ahnung, wie wir auf ein so großes Schiff kommen sollten und wussten auch gar nicht, welches dorthin fuhr, wo wir eigentlich hin wollten. Da standen wirklich eine Menge dieser riesigen Pötte im Hafenwasser. Auf Bildern oder in der Zeitung hatten wir schon so große Schiffe gesehen. Wenn man aber unmittelbar vor einem solch riesigen Pott steht, das war dann doch schon sehr beeindruckend für uns. Langsam wurden wir richtig müde. Der Tag neigte sich schon dem Ende zu und wir wollten uns zunächst einen Schlafplatz suchen. Wir liefen durch das riesige Hafengelände, vorbei an großen Lagerhallen. Nachdem wir eine dieser riesigen Hallen passiert hatten, sahen wir die Viktoria. Ein enorm großes Passagierschiff, das wir mit weit aufgerissenen Augen bestaunten. Ich hatte damals zu Hause gehört oder irgendwo gelesen, dass dieses Schiff öfters von Hamburg nach New York fahren würde. Deshalb war uns sofort klar, dass wir irgendwie auf dieses Schiff kommen mussten. Wir drückten uns weiter an diesen riesigen Lagerhallen herum und suchten einen Platz, wo wir für diese Nacht bleiben konnten. Doch wir hatten kein Glück. Das war mal wieder diese typisch deutsche Ordnung und Sauberkeit. Die Lagerhallen waren verschlossen und dazwischen oder davor gab es keinen Platz, wo wir uns hätten verkriechen, geschweige denn einmal ausschlafen könnten.

Aber auch da sollte uns das Glück dann doch noch hold sein, wie scheinbar auf der ganzen Reise. Ein Matrose der zur Besatzung der Viktoria gehörte, wie wir erst später erfuhren, sah uns und sprach uns an. Heute glaube ich, dass dieser ganz genau gewusst hatte, was wir suchten und dass wir seine Hilfe benötigten. Er war ein noch junger Matrose der, wie er uns im Laufe des Abend erzählte, auch einmal von zu Hause ausgerissen war um die große weite Welt für sich zu entdecken. Er verstand uns deshalb in unserer momentanen misslichen Lage. Zunächst nahm er uns mit in eine Kneipe, die wir nur durch den Hintereingang betreten durften, damit uns keiner sehen konnte. In dieser Kneipe hatte er eine kleine Kammer, wo er, wenn er im Hamburger Hafen war, schlafen und seine Habseligkeiten hinterlegen konnte. Der Wirt war ein guter Freund von ihm, der früher selbst zur See gefahren war, aber aufgrund eines schweren Unfalls den Beruf als Seemann nicht mehr ausüben konnte. Diese Kammer war eigentlich für uns drei viel zu klein. Weil wir total müde waren, schliefen wir aber sehr schnell auf seinem Bett ein. Vorher hatte er uns noch ein paar Stullen gebracht und gemeint, dass wir es uns ruhig gemütlich machen sollen, er gehe noch an die Bar. Am nächsten Morgen, wir hatten geschlafen wie zwei Murmeltiere, half er uns auf unser Schiff, die Viktoria, zu kommen. Dort zeigte er uns, wo wir uns zunächst verstecken sollten. Wir sollten so lange im Versteck bleiben, bis das Schiff aus dem Hafen gelaufen sei. Das Ziel sei New York. Unser Versteck war nicht besonders bequem. Außerdem durften wir uns nur in Begleitung unseres neuen Freundes auf dem Schiff bewegen. Aber Gott sei Dank hatte die Viktoria nur noch zwei Tage Aufenthalt in Hamburg und stach dann wieder in See.

Erst auf hoher See wurden wir dem Kapitän des Schiffes gegenübergestellt. Unser Freund meinte damals, dass es das Beste für uns sei, wenn der Kapitän uns jetzt sehen würde. Denn erstens würde der Kapitän nicht extra wegen uns wieder zurück nach Hamburg fahren und zweitens wäre es für uns dann wesentlich einfacher, weil wir uns dann frei bewegen konnten und uns nicht mehr verstecken müssten. Ich kann mich noch gut erinnern, wie der damals losgebrüllt hat, der Kapitän Snob, der mit richtigem Namen Schnorpfeil hieß. Ich dachte damals, viel schlimmer hätte es eigentlich auch nicht kommen können, wenn mein Vater mich wieder zwischen seine Finger bekommen hätte. Nur die anderen Besatzungsmitglieder hatten wohl das leichte Lächeln gesehen, das über das Gesicht des Kapitäns gehuscht war. Wir wurden in die Kombüse abgeordnet und der Kapitän sagte uns, dass er uns erst auf der Rückfahrt wieder in Hamburg vom Schiff lassen würde, es sei denn, wir würden nicht parieren. Dann wolle er uns nämlich gleich über Bord werfen. Wir hatten einen enormen Respekt vorm Kapitän und trauten uns eigentlich nie, ihn richtig anzuschauen. Er hatte eine Art an sich, die einem Respekt einflößte, ohne dass er selbst noch viel dazu tun musste.

Auf der langen Fahrt lernten wir einige Matrosen kennen und wir wurden die Maskottchen der Besatzung, weil jeder unsere Geschichte hören wollte. Einige von ihnen machten sich einen Spaß daraus, uns die reinsten Schauermärchen von Piraten und Überfällen zu erzählen. Sie erzählten das sogar so spannend, dass wir sie schon fragten, wo wir uns wieder verstecken sollten, wenn wir überfallen würden. Doch als der eine oder andere anfing zu lachen, kamen selbst uns Zweifel, ob das alles so stimmte, was sie uns erzählten. Zumindest bekamen wir einen ersten Eindruck davon, was es heißt, wenn einer Seemannsgarn spinnt. Wir erfuhren aber auch, dass viele von denen, die hier auf dem Schiff arbeiteten, ein ähnliches Abenteuer wie wir hinter sich hatten.

Jakob, der junge Matrose, der uns half, auf das Schiff zu kommen, wurde von allen nur Jack genannt. Er wurde auf der langen Überfahrt unser bester Freund. Er erzählte uns von seinem Abenteuer und half uns, uns auf dem großen Schiff zurechtzufinden. Wenn die anderen Matrosen es mit ihrem Seemannsgarn zu weit trieben, nahm er uns auf die Seite und beruhigte uns wieder. Er erklärte uns, was wirklich mit manchen Ausdrücken und Gepflogenheiten gemeint war oder dass es nur ein Spaß oder wieder nur Seemannsgarn war, was uns die anderen Matrosen erzählten.

Unser Tagesablauf auf dem Schiff ist schnell erzählt.

Hauptsächlich waren wir für das Kartoffelschälen verantwortlich. Wir mussten aus allen Kajüten der Matrosen den Müll wegtragen, und da kam eine Menge zusammen, wir mussten die Küche putzen, den Boden schrubben und die Kajüte des Kapitäns sauber machen. Die Viktoria war ja nicht gerade ein kleines Schiff und deshalb legten wir täglich einige hundert Meter zurück, wenn wir unsere Arbeit verrichteten. Ab und zu hatten wir ein paar Stunden für uns, konnten uns auf dem Schiff frei bewegen und bereiteten uns auf unser weiteres Abenteuer vor. Der Kapitän erlaubte uns in der Bordbücherei Bücher über Amerika zu lesen und uns über die Leute und das Land zu informieren. Er meinte, das könne uns nichts schaden und wenn er uns in Hamburg wieder von Bord lassen würde, dann könnten wir unseren Freunden zu Hause zumindest erzählen, was wir gelesen hatten. Vielleicht würden uns unsere Freunde ja glauben, dass wir tatsächlich in Amerika gewesen wären. Am meisten faszinierten uns die Artikel über die Indianer. Wir stellten uns vor, wenn wir in Amerika ankamen, dass wird dann dort von wilden Indianern empfangen werden. Ach, was waren wir noch so naiv.

Zwei Tage, bevor wir an unserem Ziel New York ankamen, fragten wir Jack, ob er uns nicht doch helfen könnte wieder das Schiff zu verlassen, ohne dass der Kapitän etwas mitbekommen würde. Wir wollten ja nicht wirklich wieder zurück nach Deutschland. Er meinte damals nur, dass wir uns keine Sorgen machen sollten, er werde das schon irgendwie regeln. Doch Sorgen machten wir uns schon, da uns der Kapitän oft genug sagte, dass er uns erst in Deutschland wieder an Land gehen lassen würde. Wir waren davon sehr überzeugt, dass er dies auch wirklich ernst meinte.

Tatsächlich konnten wir dann ganz unbehelligt in New York von Bord gehen, wobei uns Jack natürlich auch wieder behilflich war, da wir spätestens an der Einwanderungsbehörde gescheitert wären. Er schmuggelte uns auch dort erfolgreich vorbei. Wir mussten uns zwischen den riesigen Abfallbehältern verstecken, als das Schiff entladen wurde. Dabei hatten wir den Eindruck, dass er dies nicht zum ersten Mal machte. Die Einreisebestimmungen waren streng und niemand konnte so einfach durch die Kontrollen kommen. Anschließend fuhr Jack mit uns zusammen aus New York heraus, auf einen kleinen Bauernhof. Hier in Amerika nennt man dies ja Farm und nicht Bauernhof. Und hier nennen sich die Bauern alle Farmer. Zunächst hatten wir keine Ahnung, wo Jack mit uns hinwollte. Doch zu unser beider Überraschung war Jack auf dieser Farm gut bekannt und wurde freudig und herzlich begrüßt. Wie sich später herausstellte sollte, hatte Jack die ersten Jahre seines eigenen Abenteuers auch auf dieser Farm verbracht. Nun verstanden wir, wieso er es schaffen konnte, uns an der Einwanderungsbehörde vorbeizuschmuggeln. Wir waren wohl nicht die Ersten, denen er half und werden wohl auch nicht die Letzten gewesen sein. An die Zeit auf dieser kleinen Farm habe ich lange nicht gedacht. Mal sehen, ob ich noch alles zusammenkriege“, meinte der alte Janke nachdenklich.

„Wir blieben dort tatsächlich für fast vier Jahre und gehörten schon richtig zur Familie. Zunächst lernten wir einmal die neue Sprache. Dies war auch nötig, um sich in unserem Traumland überhaupt behaupten zu können. Unsere Ersatzeltern kümmerten sich rührend um uns und wir lernten auch noch den einen und anderen Ausreißer kennen, der bei ihnen landete. Ich weiß heute noch, dass wir damals sehr enttäuscht waren, als wir unsere neue Heimat Amerika zum ersten Mal sahen. Da war nichts von der schönen neuen Welt. Auch hier rauchten die vielen Schornsteine. Die meisten Menschen hatten einfache und zum Teil schmutzige Kleider an und nichts, einfach nichts stimmte mit unserer Erwartung überein. Nach mehreren Jahren und ziemlich viel Ärger mit den Behörden hatten wir es dann doch noch geschafft, dass wir unseren Stempel bekamen und offiziell in Amerika bleiben durften. Diese Großzügigkeit Amerikas war damals auch nicht ganz uneigennützig. Denn dieses Land brauchte dringend Menschen, die anpacken und etwas bewegen konnten. Schließlich war Amerika ja noch in den Jahren des Aufbaus. Und irgendwann kamen John und ich auf die Idee selbst etwas auf die Beine zu stellen und uns eine eigene Farm aufzubauen. Wir waren inzwischen so um die zwanzig Jahre alt. Das sollte dann aber doch noch ein langer und beschwerlicher Weg für uns werden."

Sichtlich traurig sprach er weiter: „Nachdem wir uns damals von unseren Zieheltern verabschiedet hatten, machten wir uns auf den Weg nach Kentucky. Es fiel uns verdammt schwer sie zu verlassen. Wir hatten uns dort wirklich wie zu Hause gefühlt. Nein, es war in dieser Zeit wirklich unser Zuhause geworden. Wir machten uns also auf den Weg hierher nach Kentucky, weil wir hörten, dass es gerade in diesem Teil von Amerika viel Arbeit für die Farmer gab", schloss er. Nach einer langen Pause meinte er: „Seit dieser Zeit lebe ich jetzt schon hier."

## Kapitel 4

Es war inzwischen Nacht geworden. Der alte Janke hatte mir seine Geschichte so wirklichkeitsnah erzählt, dass ich nicht bemerkt hatte wie schnell der Tag vergangen war. Fasziniert hatte ich ihm zugehört. Dabei war ich öfter als einmal ins Träumen gekommen, weil es mich doch so sehr an meine Kindheit erinnerte, wenn ich zusammen mit meinen Freunden von der großen weiten Welt fantasierte, ohne zu ahnen, wie schnell so etwas Wirklichkeit werden konnte.

„Aber wie ging es denn dann weiter?", wollte ich nun unbedingt wissen, weil mich diese Geschichte in ihren Bann gezogen hatte.

„Das erzähle ich dir morgen, mein Junge. Für heute soll es jetzt erst einmal reichen. Du siehst ja selbst, ich bin ein alter Mann und brauche jetzt wieder ein wenig Ruhe um mich zu erholen. Glaube mir, in mir kommen immer wieder die Emotionen hoch, wenn ich an unsere Vergangenheit zurückdenke. Heute Nacht bleibst du selbstverständlich hier bei uns auf der Farm. Sag Al, dass er dir ein Zimmer herrichten soll. In der Dunkelheit kannst du nämlich nicht alleine zurück in die Stadt. Das ist zu weit und zu gefährlich. Du kennst dich hier in dieser Gegend nicht genügend aus. Ich würde mir nur noch zusätzliche Vorwürfe machen, wenn ich dich jetzt gehen lassen würde und dir würde etwas passieren."

Ich merkte ihm an, dass er tatsächlich ziemlich erschöpft war und wollte ihn deshalb nicht mehr länger mit meinen Fragen beanspruchen. Ich bekam von Al in der Küche ein köstliches Abendessen serviert. Für die Nacht hatte er mir ein gemütlich und geschmackvoll eingerichtetes Zimmer vorbereitet. Al blieb bei mir während ich aß. Langsam wurde er mir immer sympathischer. Dann fing er sogar ein kleines Gespräch mit mir an.

„Mister Hans ist schwer krank“, begann er. „Ich arbeite nun schon fast mein ganzes Leben lang für ihn und zusammen mit ihm. Er hat sich schon immer gewünscht, dass irgendwann einmal jemand kommt, dem er seine ganze Geschichte erzählen kann. Er meinte immer, dass er nur dann seinen Frieden finden wird.“

„Vielleicht findet er ihn ja jetzt bald. Ich weiß zwar nicht warum, aber ich komme mir fast wie sein Beichtvater vor“, antwortete ich ihm etwas spaßhaft.

Nach einer kurzen Schweigeminute fuhr ich fort: „Ich fühle mich merkwürdigerweise mit diesem Kreuz das ich suche, ganz stark verbunden. Irgendwie bekomme ich immer mehr das Gefühl, dass diese ganze Geschichte die der alte Janke mir soeben erzählt hatte, auch ein Teil meiner Geschichte oder meines Lebens ist. Oder vielleicht nicht direkt meines Lebens? Ach, ich weiß gar nicht, wie ich mich ausdrücken soll. Vielleicht ist es die Geschichte meiner Familie. Ja, das könnte eher zutreffen, dass es ein Teil der Geschichte meiner Familie ist. Ich bin wieder aus Deutschland hierher zurückgekommen, weil ich einfach wissen muss was es mit diesem Kreuz auf sich hat. Irgendwie habe ich das Gefühl, dass alles was ich seit meiner Ankunft hier erfahren und während meiner Kriegsgefangenschaft erlebt habe, mit meinem eigenen Leben und der Geschichte meiner Familie zusammenhängt.“

Die Nacht auf der Farm verlief ruhig. Ich hatte einen guten und tiefen Schlaf und freute mich auch schon auf das Frühstück das mir Al gleich servierte, als ich in die Küche kam. Der alte Janke saß schon am Tisch.

„Setz dich hin und frühstücke erst einmal, bevor ich dir die Geschichte weitererzähle ... und übrigens, ich heiße Hans. Du kannst ruhig Onkel Hans oder auch nur Hans zu mir sagen. Wie du willst“, sagte er mit seiner ruhigen Art.

Jetzt, nachdem er mir seinen vollständigen Namen genannt hatte, war mir jedoch plötzlich gar nicht mehr so wohl zumute. Nein, im Gegenteil. Im Moment hatte ich eine Gänsehaut von Kopf bis Fuß, so wie ich es am Tag zuvor schon erlebt hatte, als ich das Bild von dieser Gegend sah. Hatten mir nicht damals meine Eltern etwas von einem Hans Janke aus Torgau erzählt, der irgendwann einmal ausgewandert war und mit dem wir irgendwie verwandt waren?

Mein Vater hatte, weil er immer meinte, dass sein Vater aus dem Norden Deutschlands, aus der Nähe der polnischen Grenze kam, einmal angefangen nachzuforschen, wo seine Vorfahren herkamen. Dies war zum damaligen Zeitpunkt gar nicht so leicht, weil wir eine einfache Familie waren, die in der Regel ja nur ihre üblichen Papiere, wie Geburtsurkunde oder Familienstammbuch, hatte und sonst nichts. Kein Adel oder so etwas. Mein Vater recherchierte aber sehr lange um herauszufinden, wo mein Großvater aufgewachsen war. Zu seiner Überraschung fand er dann aber heraus, dass mein Großvater eben nicht aus dem Norden Deutschlands stammte, sondern aus Frankreich, ganz in der Nähe seines eigenen Wohnortes. Er nahm mich damals als kleinen Jungen bei seinen Recherchen ab und zu mit. Weil er keine Unterlagen in der Familie fand, hoffte er in der kleinen Gemeinde wo sein Großvater geboren war, einen Hinweis auf seine Vorfahren zu finden. Tatsächlich fand er damals auf einem kleinen Friedhof in Ingwiller, einem kleinen französischen Ort, ein Grab, auf dem es Hinweise gab, die ihn zu seinen Vorfahren führten. Er recherchierte weiter und fand zu seiner Überraschung heraus, dass sein Ururgroßvater ein Findelkind war, das zu Beginn der französischen Revolution in einem kleinen Korb am Eingang einer Kirche abgelegt wurde. In diesem Korb befand sich ein Zettel, auf dem stand, dass der Name des Kindes Jean-Pierre sei. Das Kind wurde damals vom Küster namens Bertram aufgenommen, getauft und großgezogen. Weil viele Familien, die in dieser Gegend wohnten, den Familiennamen Simon hatten, gab man auch Jean-Pierre den Namen Simon. Mein Vater wusste, dass es nun nicht mehr möglich war, etwas über seine noch früheren Vorfahren zu erfahren. Immerhin verfügte er nun über eine Urkunde, die ihn doch etwas stolz machte, weil er jetzt nachweisen konnte, wo seine Familie väterlicherseits her stammte. Dann versuchte er, die Vorfahren der Familie Janke, eine Seitenlinie, aus Torgau zu finden, die Seite seiner Großmutter väterlicherseits. Diese Suche sollte weitaus schwieriger werden als er dachte. Er fand zwar einige Hinweise und Dokumente die eine Zugehörigkeit zur Familie belegten, aber er konnte hauptsächlich nur aufgrund von mündlichen Überlieferungen nachweisen, dass ein Teil der Vorfahren nach Amerika ausgewandert war. Wo sie in Amerika geblieben waren und was aus ihnen geworden war, das hatte er damals nicht mehr herausgefunden. Deshalb traute ich mich schon gar nicht mehr weiterzufragen, als ich den Namen Janke und den Namen Torgau hörte. Aber war ich nicht gerade deshalb hergekommen, um dies alles herauszufinden? Denn der Name Hans Janke passte sehr wohl in unsere Ahnenreihe.

„Danke, Onkel Hans“, meinte ich nur etwas zögerlich und nun verunsichert. Aber ich hatte noch nicht den Mut ihm meine Gedanken zu verraten. Er hätte mich sicherlich für verrückt erklärt oder mich vielleicht für einen Hochstapler oder Betrüger gehalten. Das konnte doch nur Schicksal sein und kein Zufall. Gestern Abend fiel mir der Name Torgau schon einmal auf, nur hatte ich den Zusammenhang noch nicht erfasst. Es war einfach alles zu viel auf einmal. Ich entschloss deshalb, zunächst einmal alles auf sich beruhen zu lassen, zu frühstücken und mir dann seine Geschichte weiter anzuhören.

Gerade hatte ich den ersten Bissen zu mir genommen, da fuhr Onkel Hans auch schon fort: „John und ich kamen nach einer langen Reise hierher und wir suchten uns gleich einen Job. Auf unserem Weg arbeiteten wir auf vielen Farmen, um dort eine Übernachtungsmöglichkeit zu bekommen. Geldsorgen hatten wir damals zunächst keine. Das durften wir aber nicht nach außen hin zeigen, sonst hätten so ein paar Halunken bestimmt eine Möglichkeit gefunden, uns um unser Erspartes zu erleichtern. Die Wanderzeit war damals kein Zuckerschlecken. Vielen denen wir begegneten waren nicht unbedingt auf unser Wohlergehen bedacht sondern hätten uns schnell beraubt, wenn sie gewusst hätten wie viel Geld wir besaßen. Wir konnten zwar nicht mit dem Geld herumwerfen, aber unsere Zieheltern hatten auch für uns etwas gespart, das sie uns damals überließen. Unsere Zieheltern, das waren schon liebe und großzügige Leute. Sie hatten uns damals immer gesagt: ‚Wenn ihr hier wohnen wollt, müsst ihr auch arbeiten'. Aber sie sagten uns nicht, dass sie das Geld, das sie uns eigentlich für unsere Arbeit auszahlen wollten, nachdem sie Kost und Logis abgezogen hatten, für uns ansparten. Sie wussten, dass wir früher oder später weiterreisen würden. Warum sie dies alles machten und sich um Auswandererkinder kümmerten, wussten wir nicht und haben es auch nie erfahren. Wir vermuteten lediglich, dass es etwas mit ihrer eigenen Familie zu tun haben könnte. Aber darüber gesprochen hatten sie nie und deshalb beließen wir es auch dabei und fragten nicht nach, nachdem wir gemerkt hatten, dass sie bei diesem Thema immer ganz still und nachdenklich wurden. Dankbarkeit für ihre Hilfsbereitschaft und das Versprechen sie nie zu vergessen und sie immer in unsere Gebete einzuschließen, das war alles was wir ihnen geben konnten.

Wir fingen damals beide in der Nähe von Fort Knox, hier am Rande unseres Städtchens Brandenburg, auf einer Farm an. Die nächste größere Stadt ist Louisville, wo wir aber zunächst eher seltener hin kamen. Wir arbeiteten hart für einen Farmer, der, wie es hier üblich ist, Gemüse, Tomaten und auch Tabak anbaute. Wir waren von früh bis spät auf den Feldern und halfen auch als Erntehelfer auf anderen Farmen. Zwischendurch arbeiteten wir beim Kohleabbau, der hier im Tagebau betrieben wird. Schnell merkten wir jedoch, dass dies nicht die Arbeit war, die wir machen wollten und die wir uns einmal vorstellten. Bei unseren Zieheltern hatten wir die Farmarbeit gelernt und das war auch die Tätigkeit, die uns beiden besser lag. Deshalb kehrten wir auch wieder ziemlich schnell zu dieser Arbeit zurück. Wir wohnten immer bei den jeweiligen Farmern und nutzten alle Möglichkeiten um unser Geld zu vermehren und weitere Erfahrungen zu sammeln. Zwar hatten wir schon viel von unseren Zieheltern gelernt, aber um eine eigene Farm führen zu können, gehörte schon etwas mehr dazu.

‚Ich habe eine Idee‘, sagte damals John zu mir. Ich nannte ihn immer nur John, weil es sich so schön amerikanisch anhörte.

‚Hast du die kleine Hütte gesehen, die dort drüben, unten am Hang steht‘? fragte er mich, als wir wieder eines Morgens auf die Felder zogen, um den Tabak zu ernten.

‚Ich habe gestern Abend noch mit dem Farmer gesprochen und der sagte, dass die Hütte schon seit langer Zeit leer steht. Dort hatte auch mal ein Aussiedler aus Europa sein Glück versucht und ist kläglich daran gescheitert weil er meinte, es gehe alles von alleine. Die Hütte steht seit einiger Zeit schon zum Verkauf, aber es will sie keiner haben. Als ob ein Fluch auf ihr liegen würde‘.

Ich fragte damals John, wie groß sie sei und was die Hütte kosten sollte. Er antwortete nur: ‚Das weiß ich nicht. Aber wir könnten uns einmal darum kümmern. Vielleicht wäre das ein richtiger Anfang für uns beide‘.

Wir waren zu jener Zeit in der Stadt schon bekannt und gut angesehen weil wir keine Arbeit scheuten und überall zupackten, wo es zuzupacken galt. Darum hatten wir auch schnell beim Bürgermeister erfahren, wie viel die Hütte kosten sollte. Die Bank half uns dann mit einem kleinen Kredit. Wir lebten damals fast wie in einem Traum. Wir, als junge Burschen von zu Hause ausgerissen um in unser Land der Träume zu gelangen, mussten dann aber schnell feststellen, dass einem hier die gebratenen Tauben auch nicht ins Maul flogen. Wir haben gearbeitet und geackert und auf einmal waren wir Besitzer einer fünf Morgen großer Farm. Wir nannten unsere Farm später, die ‚Farm Johanna‘, weil, da gab es in der Stadt so ein Mädchen ...“ Der alte Janke wurde plötzlich wieder ganz still.

Um ihn auf andere Gedanken zu bringen, fragte ich ihn: „Hattet ihr beide eigentlich gar kein Heimweh? Es kann doch nicht sein, dass ihr damals so einfach von zu Hause ausgerissen seid und nie mehr an eure Eltern dachtet?“

„Und ob wir an unsere Eltern dachten. Ich glaube es vergingen in diesen Jahren kaum Tage, an denen wir kein Heimweh hatten. Mein lieber Willi, du musst dir einmal vorstellen, wir kamen mit nichts aus Deutschland hierher und konnten deshalb auch nicht so einfach wieder in die Heimat zurück. Wir hatten ja gerade erst damit begonnen, uns unsere eigene Existenz aufzubauen. Wir waren erst ganz am Anfang. Deshalb haben wir uns, als wir Eigentümer unserer Farm geworden waren, nach über fünf Jahren entschlossen unseren Eltern mitzuteilen, wo wir uns aufhielten und was aus uns geworden war. Wir schrieben jeder einen Brief nach Hause und dachten uns, dass sich unsere Eltern freuen würden, nach so langer Zeit zum ersten Mal etwas von uns zu hören. Wir entschuldigten uns bei ihnen dafür, dass wir damals einfach von zu Hause ausgerissen sind und wir schrieben ihnen, wie es uns jetzt gehe, was wir hier machten und dass wir unser Ziel erreicht hätten. Wir hofften, dass sie uns verstehen würden. Verstehen, weil wir uns erst so spät bei ihnen melden und ihnen jetzt erst zum ersten Mal schreiben würden um ihnen unser Erlebtes nun nach so vielen Jahren mitzuteilen."

„Haben sie sich gefreut, etwas von euch zu hören?"

„Erst Monate später bekamen wir unsere ersehnten Antworten. Als wir hörten, dass wir Post bekommen hatten fuhren wir schnell zum Postamt um die Briefe in Empfang nehmen zu können. In dieser kleinen Stadt hatte sich dies natürlich schnell herumgesprochen. Denn es war ja nicht an der Tagesordnung, dass Post aus Deutschland hier zu diesem Ort kam. Wir warteten mit dem öffnen der Briefe bis wir wieder auf der Farm waren, damit wir sie ungestört lesen konnten. Denn als uns ein paar Bewohner von hier auf dem Postamt sahen, wussten sie gleich um was es ging und wollten natürlich, vorwitzig wie sie waren wissen, welche Nachrichten wir erhalten hatten. Tja und dann lasen wir was unsere Eltern uns geschrieben hatten. Die Mitteilungen die sie uns machten, waren mehr als ernüchternd.

Mein Vater war kurze Zeit nach meinem Verschwinden an einem Herzinfarkt gestorben. Vermutlich weil er sich doch zu sehr aufgeregt hatte. Meine Mutter schrieb mir nur, dass sie es nie verstehen werde, dass wir so lange nichts von uns hören ließen und dass sie sich lange Zeit überlegt hatte, ob sie mir überhaupt antworten sollte. Aber ihr ging es so weit gut und sie wünschte mir alles Gute. Aber sie schrieb kein Wort von einem Wiedersehen.

Johns Eltern antworteten auch. Aber mit einem noch kürzeren Brief. Sie teilten ihm mit, dass sie ihn immer noch vermissten und ihm auch nicht mehr böse seien weil er damals verschwunden war. Nur musste er auch Schlimmes erfahren. Sein Bruder Bernd war bei einem Verkehrsunfall schwer verletzt worden und musste für den Rest seines Lebens im Rollstuhl sitzen. Das hat John damals schwer getroffen", sagte er nickend, „aber keiner, weder meine Mutter noch seine Eltern schrieben, dass wir wieder zurückkommen sollten. Irgendwie hatten wir das doch erwartet, oder? Wir wollten es uns ja nicht eingestehen, dass wir Heimweh hatten und deshalb hatte jeder von uns gehofft, dass sie etwas vom Wiedersehen schreiben. Dann hätten wir einen Vorwand gehabt, um noch einmal die alte Heimat besuchen zu können."

„Und später, habt ihr euch noch öfter geschrieben?"

„Anfangs ja. Aber dann hörte ich irgendwann nichts mehr von meiner Mutter und über Johns Eltern erfuhr ich, dass sie einsam und allein gestorben sei. Das war schon ein Schock für mich. Gerade weil es uns zum damaligen Zeitpunkt schon sehr gut ging und ich mich immer häufiger mit dem Gedanken befasste, einmal meine Familie in Deutschland zu besuchen. Vor allem, weil ich meine Mutter noch einmal sehen wollte."

„Ist John noch einmal zurückgegangen?"

„Nein. Er hatte zwar auch ab und zu einmal die Absicht geäußert. Aber dann hatte er doch keinen Mut mehr dazu aufgebracht. Er schickte seinem Bruder ab und zu Geld, vielleicht um sein Gewissen zu beruhigen. Irgendwann aber wurden die

Antwortbriefe die er bekam immer seltener und dann hörte er nichts mehr von zu Hause. Er hat nie nachgefragt. Er hat auch nie mehr darüber gesprochen. Ich glaube, das hat ihn damals mehr mitgenommen, als ich dachte. Heute glaube ich, dass es der Anfang vom Ende war, weil wir uns nie so richtig ausgesprochen hatten. Wir machten zwar alles zusammen. Aber die wirklichen Probleme, die Probleme die jeder in seinem Herzen trug, die besprachen wir nie."

„Und ihr, also du und John, habt euch dann hier zusammen die Farm weiter aufgebaut?", fragte ich ihn, um auf die alte Geschichte zurückzukommen und um ihn auf andere Gedanken zu bringen. Denn ich bemerkte, dass ihm diese Erzählungen und Erinnerungen doch sehr zu Herzen gingen.

„Ja", sagte da plötzlich Al, der sich nun auch zu uns an den Tisch setzte. „Ich habe es Ihnen ja schon gestern Abend gesagt. Ich lebe mit Mister Hans jetzt schon sehr lange zusammen und ich bin ihm einiges schuldig", begann er.

„Was haben Sie damit zu tun?", fragte ich ihn erstaunt.

„Nennen Sie mich einfach Al, wie alle anderen auch. Mein richtiger Name ist Alfred und ich bin in diesem Land geboren und aufgewachsen. Meine Mutter soll damals aus Frankreich, aus Metz, in der Nähe der deutsch-französischen Grenze hierher ausgewandert sein. Aber ob das stimmt, weiß ich nicht. Sie soll sich hier in einen Mann verliebt haben. Als sie dann mit mir schwanger wurde, soll sich mein Vater aus dem Staub gemacht haben. Ich weiß bis heute nicht, wer mein Vater ist. Er hat sich nie gemeldet und ich habe auch nie nach ihm gefragt oder gesucht. Meine Mutter soll vor langer Zeit in Armut kurz nach meiner Geburt gestorben sein und Mister Hans und Mister John, den Sie Onkel John nennen, zogen mich auf und gaben mir Gelegenheit, auf ihrer Farm zu arbeiten. Auch meine Mutter hatte hier schon gearbeitet, bis sie meinen Vater kennengelernt hatte. Eure Sprache spreche ich auch, weil sich Mister Hans und Mister John immer in ihrer Muttersprache unterhielten, solange sie noch zusammen waren."

„Das ist ja interessant. Und du hast mitgeholfen? Du hast geholfen, diese Farm aufzubauen? Und nenn mich bitte auch Willi, okay?“

„Okay, Willi. Ja ich war eigentlich von Anfang an mit dabei und habe, als ich dann langsam erwachsen wurde, hier Höhen und Tiefen miterlebt, von denen sich ein Außenstehender kaum eine Vorstellung machen kann“, sagte er nachdenklich und blickte auf den alten Janke.

Hans dem es sichtlich schwerfiel zuzuhören, spürte, dass wir ihn gerade anschauten, nickte nur leicht und meinte: „Mein lieber Al, du kennst ja die Geschichte unserer Farm. Erzähle du sie weiter. Ich glaube, das wird mir langsam zu anstrengend.“

Dann nahm er seinen Stock, stand schwer atmend auf und ging leicht gebückt zu seinem Sessel, in dem ich ihn tags zuvor das erste Mal gesehen hatte. Dort setzte er sich, legte die Decke über seine Beine und forderte Alfred auf: „Erzähl weiter. Ich höre schon zu. Wenn du etwas vergessen solltest, werde ich dich schon darauf hinweisen.“

## Kapitel 5

Alfred erzählte nun weiter.

„Die Farm lief anfangs sehr gut. Die beiden arbeiteten jeden Tag vom frühen Morgen bis spät in die Nacht und bald sprach es sich herum, dass sich die beiden Deutschen, wie sie in der Stadt genannt wurden, ein wirklich wunderbares Plätzchen ausgesucht und erarbeitet hatten. Die Ernten waren gut. Die beiden bauten neben Tomaten auch Tabak und Weizen an. Und als sie es sich erlauben konnten auch einmal etwas freie Zeit für sich in Anspruch zu nehmen, begann Mister Hans seine schwarzen Rosen zu züchten. Weitere Auswanderer die ihr Glück im neuen Land suchten, kamen zu den beiden hinzu und arbeiteten auch eine Weile bei ihnen auf der Farm. Nur so lange jedoch, bis diese meinten ihr Glück auch alleine machen zu können und dann wieder weiterzogen. Gerade so, wie es John und Hans selbst vor etlichen Jahren getan hatten. Ein schöner Nebeneffekt war, dass sie durch die Auswanderer, die hauptsächlich aus Europa kamen, auch viel von ihrer alten Heimat erzählt bekamen. Sie erfuhren, dass die politische und soziale Lage in Deutschland sehr schlecht geworden war und dass es schon fast zehn Millionen Arbeitslose gab. Viele der Auswanderer glaubten, dass in Europa bald wieder ein Krieg beginnen wird, weil sich in Deutschland eine Partei war, die von einem Größenwahnsinnigen namens Adolf Hitler geführt wurde. Wenn man hörte, was dieser Mensch für Vorstellungen hatte, musste es einem angst und bange werden. Dieser Gedanke, dass da jemand eine arische Menschenrasse züchten wollte, war einfach nur furchtbar und für kaum jemanden vorstellbar. Aber das brauche ich dir ja nicht zu erzählen. Das kennst du ja alles aus eigener Erfahrung. Du hast ja den Krieg als Soldat hinter dir. Der Erfolg der beiden Ausreißer schien gesichert. Bis, ja bis damals Mister Hans die junge Johanna kennenlernte.

Johanna war ein Mädchen aus der Stadt und aus gutem Hause. Ihr Vater stammte aus Polen und hatte sich wie die beiden auch, von ganz unten hochgearbeitet, bis er eine der größten Farmen in ganz Kentucky besaß. Johanna brauchte nicht auf der Farm zu arbeiten, aber sie wollte auch nicht zu Hause herumsitzen. Deshalb arbeitete sie bei der Armee in Fort Knox, wo sie bald eine leitende Position in der Verwaltung innehatte. Sie war bei ihren Mitarbeitern sehr beliebt und eine der angesehensten Personen in der Stadt.

Miss Johanna war eine bildhübsche und liebevolle Frau die sich auch sehr viel um die Farm bemühte. Sie erledigte den notwendig anfallenden Schriftverkehr und sorgte dafür, dass die Rechnungen pünktlich beglichen wurden. Weiter bemühte sie sich aber auch sehr um die Arbeiter der Farm, dass diese nicht nur ihr Geld pünktlich bekamen, sondern dass denen auch ausreichend Essen und Trinken zur Verfügung stand. Jeder der länger auf der Farm blieb wusste, wo er seinen Platz hatte. Auf dem Bild das neben der Tür hängt, kann man sie heute noch bewundern“, sagte Alfred. Dabei stand er auf und zeigte mit der Hand auf das Bild. Dann fuhr er ganz sachte über dessen Rahmen, so als wollte er Johanna auf dem Bild streicheln. Während er auf seinen Platz zurückging, erzählte er weiter:

„John und Mister Hans hatten damals alles, was sie machten, zusammen besprochen und ausgeführt. Doch eines Tages kam Mister Hans und sagte John, dass er mit der jungen Johanna, die er ein Jahr vorher kennengelernt hatte, eine Familie gründen wolle. Er fragte ihn, ob er sich vorstellen könnte, dass sie alle zusammen auf der Farm leben würden. ‚Gut, Hans‘, sagte damals John, ‚aber das ändert doch nichts zwischen uns. Wir haben uns hier unsere Zukunft aufgebaut und alles läuft so weiter wie bisher‘. Überrascht, dass John dies sofort akzeptierte, blieben Hans zunächst die Worte weg und er antwortete erst kurze Zeit später: ‚Ja sicher. Wir werden vielleicht das eine oder andere umorganisieren müssen und dann geht das schon irgendwie weiter. Du verstehst dich ja gut mit Johanna und da wird es schon zu machen sein, dass wir gemeinsam hier auf der Farm leben können‘.

Aber so gut verstanden sich Hans und John dann doch nicht mehr. Denn was Mister Hans damals nicht wissen konnte war, dass John sich schon einige Zeit, bevor Hans überhaupt Johanna kennengelernt hatte, in diese verliebt hatte. Damals als John sich in Johanna verliebte, schien zunächst für ihn alles so zu laufen wie er es sich vorstellte. John und Johanna hatten sich einige Male in der Stadt getroffen und gingen zusammen aus. Bis sie ihm eines Tages den Laufpass gab. Warum sie ihm den Laufpass gab, hatte er nie verstanden. Aber wer versteht schon die Frauen. Dass John Johanna schon lange vorher gekannt, er aber von ihr einen Korb bekommen hatte, verschwieg er Hans natürlich.

Mister Hans hatte Johanna kennengelernt, als er bei der Militärverwaltung in Fort Knox vorsprach, weil er weitere Grundstücke kaufen wollte. Es handelte sich um Grundstücke, die im Besitz des amerikanischen Staates standen."

Die Art und Weise, wie Alfred nun die Geschichte der beiden weiter erzählte war so beeindruckend für mich, dass meinte, selbst dabei gewesen zu sein.

„Guten Tag, mein Name ist Janke. Hans Janke. Ich hatte gestern mit Frau Jablonsky wegen des Grundstücks telefoniert", sagte er zu der Sekretärin.

„Moment bitte ... Frau Jablonsky, Herr Janke ist da, wegen des Grundstückskaufs. Kann er reinkommen?"

„Ja bitte."

„Guten Tag Frau Jablonsky. Mein Name ist ..."

„Ja guten Tag Herr Janke. Wir hatten ja gestern schon telefoniert. Sie kommen wegen der Grundstücke?"

„Ja. Wir, also mein Partner John Wilkens und ich, interessieren uns für die Grundstücke westlich unserer Farm. Soviel wir wissen, ist die Militärverwaltung für den Verkauf zuständig."

„John? Er ist Ihr Teilhaber?“

„Hauptsächlich mein Freund ... und Teilhaber. Wir haben uns die Farm vor ein paar Jahren zusammen aufgebaut. Aber das ist eine lange Geschichte. Warum, kennen Sie ihn?“

Leicht errötend meinte sie darauf nur: „Ja. Ich glaube ich habe ihn bereits kennengelernt.“

„Dieses Schlitzohr. Davon hat er mir überhaupt nichts erzählt. Eine so wunderschöne Frau zu kennen ... oh, Entschuldigung. Ich wollte nicht persönlich werden.“

„Macht doch nichts. Oh und danke für das Kompliment“, meinte sie daraufhin nun lächelnd.

Und jetzt war Hans derjenige der errötete und verlegen wurde.

Ein Vertrag über die besagten Grundstücke war anschließend schnell geschlossen, da Hans und John über genügend finanzielle Mittel verfügten und Fort Knox diese Grundstücke nicht mehr benötigte. Durch den Grundstückskauf konnte sich die Farm erweitern. Die Farm vergrößerte sich dadurch nicht unerheblich.

„Willst du meine Frau werden?“ fragte Hans Johanna eines Abends, als sie zusammen am Kamin saßen, „wir sind jetzt schon so lange zusammen und ich meine, es ist an der Zeit, dass wir an unsere gemeinsame Zukunft denken und ... ich liebe dich.“

Johanna schlang ihre Arme um seinen Hals und flüsterte ihm ins Ohr: „Ja, mein Schatz. Nichts würde ich lieber tun“, wobei ihr eine kleine Freudenträne die Wange herunter lief.

„Aber“, gab sie zu bedenken, „wie sollen wir hier denn leben? Ich meine, wir können doch nicht zusammen mit John unter einem Dach leben?“

„Lass das nur meine Sorge sein“, sagte er und sie küssten sich leidenschaftlich. „Ich habe mit John schon darüber geredet und wir haben uns entschlossen, dass wir uns trennen werden.“

„Das könnt ihr doch nicht machen. Ihr habt euch das hier alles zusammen aufgebaut. Ihr habt von morgens bis abends gearbeitet und alles gemeinsam gemacht. Ihr könnt das doch nicht alles so einfach aufgeben!“

„Aber wer spricht denn hier von aufgeben?“, fragte er sie lächelnd, wobei er ihr zärtlich durch ihre langen schwarzen Haare strich und dabei ausschaute wie ein kleiner Junge, der gerade das schönste Geschenk seines Lebens erhalten hat, „wir wollen uns doch nur räumlich trennen. Wir bauen uns noch ein zweites Haus. Unsere Farm ist groß genug“, erklärte er, stand auf und ging an seinen Schreibtisch, öffnete die oberste Schublade und entnahm ihr einen großen Bogen Papier. Es war mehr eine Skizze als ein Plan der gesamten Farm. Doch man sah die einzelnen Felder, die farblich gekennzeichnet waren. Grün, wo der Tabak angebaut wurde, gelb, wo der Mais angebaut wurde, rot wo die Tomatenfelder waren, braun die Geräteschuppen, die Lagerhallen, das Haus, in dem sie sich jetzt gerade aufhielten und auch ein kleineres Haus, in dem die Arbeiter wohnten, die das ganze Jahr über auf der Farm beschäftigt waren und wo die Erntehelfer wohnten, die eben nur zur Erntezeit kamen. Im nördlichen Teil der Farm war auf der Übersicht eine Skizze von einem wunderbaren Haus mit einem kleinen Garten, mit vielen verschiedenen Obstbäumen.

„Ja, das ist ja wunderschön, du Gauner“, sagte sie freudestrahlend und fiel ihm um den Hals.

„Aber eine Bitte hätte ich doch noch an dich“, ergänzte er etwas kleinlaut, „ich hätte gerne, dass du deine Arbeit im Fort endgültig aufgibst und hier auf der Farm bleibst. John und ich verdienen inzwischen so gut, dass es keiner von uns mehr nötig hat, unbedingt selbst weiterzuarbeiten. Wir kümmern uns zwar weiter gemeinsam um die Farm, aber selbst ernten, säen oder roden wollen und brauchen wir nicht mehr. Hierfür haben wir unsere Arbeiter und Angestellten.“

„Wenn du mich vor ein paar Monaten gefragt hättest, hätte ich dir sicherlich eine klare Abfuhr erteilt, weil ich meinen Beruf gerne ausübe und meine Selbstständigkeit genieße, die mir die amerikanische Verwaltung erlaubt. Aber seit in Europa der Krieg tobt und wir auch Kriegsgefangene bei uns in Fort Knox haben, gefällt mir das schon lange nicht mehr", sagte sie nachdenklich. „Gerade letzte Woche kam wieder ein ganzer Transport mit deutschen Gefangenen vom Camp Atterbury, die hier zu uns verlegt wurden. Wenn ich jetzt an eure Herkunft denke habe ich immer ein schlechtes Gewissen, wenn ich die armen Kerle sehe, so total ausgemergelt und fertig, fern der Heimat, ohne zu wissen, was mit ihren Angehörigen passiert ist."

„Ja, das geht mir auch so. John und ich haben uns auch schon darüber unterhalten und uns unsere Gedanken darüber gemacht. Deshalb haben wir auch gleich einen Antrag bei der Armee gestellt als wir davon erfuhren, dass wir Gefangene als Erntehelfer bekommen können. Die Armee wird froh sein, wenn die Gefangenen beschäftigt werden und sie so etwas zu ihrer Unterbringung beitragen können. Sie können bei uns arbeiten, bekommen ein gutes Essen und erhalten auch einen kleinen Lohn dafür. Diese Männer sind ja so dankbar, dass sie noch am Leben sind und stellen auch sonst keine Ansprüche.

Erst vor ein paar Tagen hat mir einer von denen, so ein junger Kerl ein Bild geschenkt, das er aus Holz geschnitzt hat. Wir fühlen uns auch verpflichtet, etwas für unsere ehemaligen Landsleute zu tun. Ich finde es ja so fürchterlich was da drüben in Europa zurzeit alles passiert. Wenn die Gefangenen jemals wieder in ihre Heimat zurückkehren, liegt dort doch alles in Schutt und Asche. Gerade letzte Woche stand in der Zeitung, dass sie Leipzig zerbombt haben. Unvorstellbar. Was kann die arme Zivilbevölkerung dafür, dass man ihr so etwas antut? Wenn man sich nur vorstellt, wie es wahrscheinlich jetzt in Europa und ganz besonders in Deutschland aussieht. Manchmal denke ich auch an meine Verwandten und meine Familie dort drüben, die ich ja zum Teil gar nicht mehr kenne. Aber irgendwie gehört man doch zusammen. Man ist doch eine Familie, oder etwa nicht?"

Ein kurzes Klopfen an der Tür und John kam um die Ecke: „Na, ihr Turteltauben, was gibt es Neues?“, fragte er, wobei er es vermied, Johanna direkt anzuschauen.

Sie sprang regelrecht von ihrem Stuhl auf, ging auf John zu, umarmte ihn und sagte überglücklich: „Hans hat mir soeben einen Heiratsantrag gemacht. Jetzt bist du bestimmt sprachlos, oder?“

„Na, hat er sich nun endlich doch noch getraut?“, fragte John. „Er hat sich ja lange genug Zeit damit gelassen. Dachte mir schon, der bringt den Mut wohl nie mehr auf. Aber ich habe ihm letzte Woche schon gesagt, wenn er dich jetzt nicht endlich fragt und dich heiratet, werde ich das für ihn tun“, sagte er lachend, wobei es ihm in seinem Innern wohl nicht zum Lachen war, da er liebend gerne Johanna für sich gehabt hätte. Nur Johanna hatte den ganz kurzen Blick in Johns Augen richtig gedeutet, den er ihr bei diesen Worten zuwarf.

„Das hätte dir so gepasst“, meinte Hans, „such dir selbst eine Frau. Oder soll ich das für dich tun?“, fragte er ihn spaßeshalber.
„Habt ihr schon geplant, wann der große Tag sein soll?“

„Nein“, sagte Johanna noch immer strahlend, „aber jetzt gehen wir das Ganze einmal langsam an, nachdem sich Hans endlich getraut hat“, sagte sie lächelnd und warf Hans einen verliebten Blick zu.

„Wir haben doch vor einiger Zeit besprochen, dass ich mir selbst ein Haus bauen will. Hier, schau mal. So in etwa habe ich mir das vorgestellt.“ Hans zeigte John den Plan.

„Dort oben im nördlichen Bereich. Nicht weit vom Eingangstor entfernt ist ein schöner Fleck. Dort will ich bauen. Einverstanden?“ Er stellte diese Frage mehr rhetorisch.

„Wo ist das Problem? Klar, hatten wir doch so besprochen, oder?“, antwortete John darauf. Die Antwort kam vielleicht einen Bruchteil einer Sekunde zu schnell, sodass Johanna kurz überrascht aufschaute.

„Ihr zwei habt wohl auch schon festgelegt, was ich dann alles so machen soll?“, fragte nun Johanna die beiden.

„Ganz klar. Mindestens fünf Kinder bekommen, aufziehen und hüten, Haus und Hof sauber halten, mich verwöhnen, wenn ich todmüde von der Feldarbeit komme, und so weiter und so weiter und so weiter.“

„Das würde dir so gefallen!“, sagte sie und boxte Hans leicht in die Seite.

Ein Termin für die Hochzeit war schnell festgelegt und besprochen, weil sie sich auch nach der Feldarbeit richten mussten. Säen oder die Ernte einbringen, diese Arbeiten ließen sich nicht verschieben und mussten dann durchgeführt werden, wenn die Natur dazu bereit war. Gott sei Dank konnte noch kein Mensch die Natur in seinem Sinne beeinflussen.

Die Erntehelfer und die fest angestellten Arbeiter auf der Farm wurden beauftragt das Gelände, auf dem das neue Haus stehen sollte, zu roden und einen Weg zum Eingang der Farm anzulegen. Die deutschen Soldaten die zur Farmarbeit abgestellt wurden, sollten Bäume auf einem Teil der Farm fällen, den John später als zusätzliche Ackerfläche hinzunehmen wollte. Hans widersprach John jedoch immer wieder energisch und meinte, er solle doch diesen Teil des Geländes einfach brachliegen lassen.

„Wir müssen uns doch einen Teil der ursprünglichen Natur erhalten“, waren immer die Worte von Hans.

Aber John setzte seinen Willen durch, da er die Meinung vertrat, dass um die Farm herum noch genügend ursprüngliche Natur vorhanden sei.

Die deutschen Gefangenen arbeiteten fleißig und zügig und so war sehr schnell genügend Holz vorhanden, um das neue Haus zu bauen. Damit Hans endlich Ruhe gab, ließ John die Rodungsarbeiten in diesem Bereich der Farm daraufhin einstellen.

Erst einige Jahre später, der Zweite Weltkrieg war bereits zu Ende und die deutschen Gefangenen waren wieder nach Europa zurücktransportiert worden, wurde das Grab mit dem Kreuz durch Farmarbeiter entdeckt. Weil niemand so recht wusste, was es mit diesem Kreuz auf sich hatte, wurde es zwar hergerichtet, weiter kümmerte sich vorerst aber keiner mehr um diese Stelle.

Johanna hatte ihre Arbeit beim Fort Knox aufgegeben. Sie musste ihrem Arbeitgeber aber versprechen wieder zu ihrem Arbeitsplatz zurückzukommen, sobald sie keine Lust mehr hätte, nur noch als Farmersfrau zu leben. Die tägliche Konfrontation mit den Kriegsgefangenen und dem Schicksal dieser Menschen machte ihr jedoch die Entscheidung leicht, weil sie wusste, dass sie auf der Farm viel für diese Gefangenen tun konnte.

Einen Plan für die Einrichtung und Gestaltung ihres neuen Hauses hatten sie schnell zusammen. Die Arbeiten am Blockhaus gingen auch zügig voran, zumal unter den Kriegsgefangenen mehrere Zimmermänner, ein Schreiner und mehrere Maurer waren. Gerade diese Männer waren froh, wieder in ihrem Beruf arbeiten zu können und dankbar für jede Abwechslung. Johanna sorgte dafür, dass die Gefangenen, die Aufseher und natürlich auch die eigenen Arbeiter der Farm stets gut versorgt waren. Man konnte Tag für Tag zusehen, wie das Blockhaus weiter wuchs. Johanna versäumte es hierbei aber nicht, ihre eigenen Wünsche und Ideen beim Hausbau selbst mit einzubringen. So wurde z. B. ein wunderschöner Kamin im Wohnzimmer gebaut und der Eingangsbereich großzügig ausgelegt.

Nach der Fertigstellung des Kamins im Wohnbereich sah Johanna auf dessen Innenseite eine im Stein eingravierte Palme. Durch ihre Arbeit bei der Armee wusste sie was dieses Zeichen bedeutete und akzeptierte die Gravur, in der Hoffnung, dadurch immer wieder an das Schicksal dieser Menschen die hier während ihrer Gefangenschaft gearbeitet haben, erinnert zu werden.

Schnell hatte sie sich auch dafür entschieden, neben dem Haus eine kleine Gartenanlage errichten zu lassen, wo sie ihre Lieblingsblumen Vergissmeinnicht, züchten wollte.

Etwa vier Monate später war ihr Haus so weit fertig gestellt, dass Johanna und Hans in fast allen Zimmern einziehen und diese einrichten konnten.

Ihre Hochzeit fand wenig später in der Kapelle des Fort Knox statt. Es nahmen außer den eigenen Leuten von der Farm auch die ehemaligen Arbeitskolleginnen von Johanna und die meisten der in der Nachbarschaft wohnenden Farmerfamilien an den Feierlichkeiten teil. Als das Brautpaar aus der Kapelle heraustrat, mussten sie durch ein Spalier mit großen Sonnenblumen gehen, die von den Gefangenen in den Händen gehalten wurden.

Die Farmer waren alle eine große Familie. Jeder half seinem Nachbarn, wenn es notwendig war.

Es konnte jedoch nicht bestritten werden, dass viele Farmer mit etwas Neid auf Hans und John schauten, die sich innerhalb von wenigen Jahren aus eigener Kraft eine solch große Farm aufgebaut hatten. Ihr Fleiß, ihr Mut und ihre Ausdauer wurden einhellig anerkannt. Die beiden hatten aber auch gerade in der Aufbauphase sehr viel Glück gehabt, da sie von keinen Missernten betroffen worden waren und sie auch noch davon profitieren konnten, dass sie die vielen Kriegsgefangenen als Erntehelfer auf die Farmen abgeordnet bekamen.

Gerade unter diesen Arbeitern waren sehr viele Fachkräfte, die auch ihr Bestes gaben als sie erfuhren, auf welche Farm sie abgestellt wurden. Nachdem es sich unter den Prisoners of War, den POW's, wie sie offiziell genannt wurden, herumgesprochen hatte, dass es da zwei Deutsche gab die hierher ausgewandert waren und sich eine Farm aufgebaut hatten, wollte natürlich jeder deutsche POW zu diesen abgeordnet werden.

Die Enttäuschung war bei vielen zunächst doch recht groß, als sie unter Bewachung der amerikanischen Soldaten auf die Farm kamen und keinen von den beiden Deutschen zu Gesicht bekamen. Den Gefangenen war es auch vorerst untersagt, mit Privatpersonen Kontakt aufzunehmen. Sie wurden auf die Farm gebracht und dort einem eigens eingeteilten Arbeiter zugeordnet, der ihnen sagte, was sie zu tun hatten. Auch den Farmern wurde es untersagt, Kontakt zu den Gefangenen aufzunehmen, weil man anfangs befürchtete, dass diese die Kontakte für eine eventuelle Flucht ausnützen könnten. Einige Zeit später wurde ein großer Teil dieser Vorschriften gelockert.

Hans und John, die sich völlig auf ihre Farm konzentrierten wussten zwar, dass in Fort Knox Kriegsgefangene aus Europa inhaftiert waren, befassten sich aber nicht sonderlich viel damit. Ihnen reichte es zunächst einmal, dass sie ihnen Arbeit auf ihrer Farm geben konnten und die POW's somit die Gelegenheit hatten, aus ihrem Lager heraus zu kommen. Vielleicht hatten sie auch dieses Thema, das ihre alte Heimat betraf, im Unterbewusstsein etwas verdrängt. Erst Johanna, die Hans eines Tages darauf angesprochen hatte und ihm sagte, dass es sich fast ausschließlich um deutsche Gefangene handelte, brachte den Stein erst richtig ins Rollen. Erst danach bemühten sich die beiden intensiver um die Gefangenen. Dank der guten Kontakte Johannas zum Fort Knox war es dann sehr leicht für sie gewesen, die strengen Vorschriften etwas milder auszulegen und auch Kontakte zu den POW's aufzunehmen. Viele der deutschen POW's nutzten die Gelegenheit und arbeiteten doppelt so viel auf der Farm, weil sie gut verpflegt wurden, die Bewachung nicht mehr so streng war und auch der eine oder andere die Möglichkeit hatte, eine Nachricht an seine Familie in der Heimat schicken zu lassen. Später wurde es sogar erlaubt, dass einzelne Gruppen der POW`s auf der Farm über Nacht bleiben durften und sie so nicht mehr so oft ins offizielle Lager zurück mussten.

Die Hochzeit war nicht übermäßig pompös. Aber die Trauung in der kleinen Kapelle doch sehr romantisch. Johanna, die ihre langen schwarzen Haare nur mit einem kleinen Schleier bedeckt hatte und ein schneeweißes langes Kleid trug, sah wunderschön aus. Hans, der hinsichtlich seiner Kleider nie großen Aufwand trieb, hatte lediglich seinen besten Anzug aus dem Schrank genommen und ihn aufbügeln lassen. Ausnahmsweise zog er eine Fliege an. Selbst hierzu musste Johanna ihn mehrmals bitten. Nach der Feier in der Kapelle zogen alle zusammen in einem Konvoi aus Fahrzeugen und Pferdekutschen zur Farm, wo die Arbeiter schon das Fest vorbereitet und vor dem neuen Haus Tische und Stühle aufgebaut hatten. Die Frauen der Arbeiter hatten die Tische mit den Lieblingsblumen Johannas, den Vergissmeinnicht, geschmückt. Jeder einzelne Stuhl und jeder Platz am Tisch war liebevoll geschmückt. Kaum einer der Gäste traute sich einen Platz einzunehmen, weil er befürchtete, diese wunderschöne Dekoration zu beschädigen.

John, der Trauzeuge der beiden war, wozu er sich zunächst gar nicht bereit erklären wollte, hatte für Hans eine ganz besondere Überraschung vorbereitet. Diese Überraschung ging Hans sehr zu Herzen, da er dadurch an seine Kindheit erinnert wurde.

Hans hatte als kleiner Junge schon immer gerne Sauerkraut und Blut-, Leber- und Bratwürste gegessen. Aber dieses Essen kannte man hier in Amerika selbstverständlich nicht so. John hatte deshalb die Gelegenheit genutzt, als er erfuhr, dass unter den deutschen POW's auch ein Metzger war. Dieser Metzger musste dem Koch der Farm beibringen, wie man ein Schwein schlachtet und wie man die Würste herstellt. Man konnte fast meinen, dass Hans von dieser Überraschung mehr gerührt war als von der ganzen Festlichkeit zusammen. Es erinnerte ihn doch sehr an seine Eltern, die er gerne bei diesem großen Tag dabeigehabt hätte.

Hans, der für Romantik jedoch noch nie viel übrig gehabt hatte, sah auch die ganze Hochzeit mehr von der praktischen Seite. Nachdem Johanna seinen Antrag angenommen hatte, lebten sie schon Tage später zusammen, sodass die eigentliche Hochzeitsfeier für ihn nur noch eine reine Formsache war. Dies ließ er sich natürlich Johanna gegenüber nicht anmerken und er bestätigte ihr immer wieder, wie sehr er sich auch auf diesen Tag freuen würde.

Hans erhob das Glas und klopfte sanft mit einem kleinen Löffel dagegen, sodass jeder ein helles Klingen hörte. Die Hochzeitsgäste verstummten und schauten das Brautpaar an: „Und jetzt, meine liebe Johanna und meine lieben Gäste, möchte ich euch mein Hochzeitsgeschenk zeigen“, sagte Hans, nahm strahlend seine Johanna an der Hand und führte sie Richtung Eingangstor.

Lachend fragte ihn Johanna: „Mein Hochzeitsgeschenk? Ich habe doch schon alles, was ich will. Ich habe dich, wir leben auf einer wunderschönen Farm und ich habe diesen wunderschönen Ring hier. Was willst du mir noch schenken?“

„Frag nicht. Lass dich überraschen.“ Die Hochzeitsgästen forderte er dann auf: „Und ihr kommt jetzt alle einmal mit“, und führte sie vor das Eingangstor der Farm.

Neben dem Tor standen zwei der Arbeiter. Seitlich daneben standen zwei große Leitern und zwischen den beiden Arbeitern befand sich ein großer Gegenstand, der mit einem Tuch abgedeckt war. „Auf geht’s. Macht es fest. Aber lasst das Tuch noch darüber hängen“, forderte er die beiden Arbeiter auf, die dann sogleich damit begannen, rechts und links des Eingangs die Leitern anzustellen. Die beiden Männer fassten den großen Gegenstand jeder auf einer Seite und so stiegen sie den Leitern empor. Oben angekommen befestigten sie das Ganze an den vorbereiteten Halterungen. An der rechten Seite des Tuchs war ein Seil angenäht, das nun lose bis zum Boden herunterhing. Die Arbeiter stiegen wieder herab und stellten die Leitern auf die Seite.

„So, mein Schatz, jetzt kommt meine Überraschung und mein Geschenk an dich“, strahlte Hans, nahm das Seil in die Hand und reichte es Johanna. „Und ihr“, meinte er zu den übrigen Hochzeitsgästen, „geht alle einmal ein Stück zurück und passt auf.“

Die Gäste traten ein paar Schritte zurück und schauten erwartungsvoll zum Tor.

Seitlich neben Hans stand John und schaute ungläubig zum Tor und dann wieder zu Hans. „Was wird das?“, fragte er Hans.

„Warte es ab. Gleich siehst du es“, sagte er nur kurz, und zu Johanna blickend sagte er: „So mein Schatz. Jetzt zieh einmal fest am Seil!“

Johanna zog an dem Seil und das Tuch fiel herunter. Dabei klatschten und jubilierten die Hochzeitsgäste und Johanna musste schnell zur Seite springen, um nicht von dem großen Tuch bedeckt zu werden. Dann schaute sie hoch und sah die Überraschung, „Farm Johanna“ stand da in großen Lettern, eingeschnitzt und zum Teil eingebrannt in Holz.

Die Gäste jubelten und klatschten weiter. Johanna fiel Hans um den Hals und küsste ihn.

John der ein paar Schritte zurückgegangen war und nur stumm dabei stand, konnte man ansehen, wie er die Gesichtsfarbe wechselte.

Während die Hochzeitsgesellschaft noch am Eingangstor stand und sich über die Namensgebung unterhielt, ging John unbemerkt und tief betrübt zurück ins Haus. Er ging direkt zur Bar und goss sich einen Whisky ein. Es war nicht der Erste an diesem Tag, auch nicht der erste Drink in den letzten Wochen und Monaten, den er in einem Zug zu sich nahm. John, der Johanna insgeheim immer noch liebte, versuchte sich mit dem Griff zur Flasche davon abzulenken. Bisher hatte es noch niemand gemerkt, dass er wesentlich mehr trank, als er eigentlich vertragen konnte.

„Lasst uns wieder zurückgehen und weiter feiern“, forderte Hans seine Gäste auf. Er hatte zu diesem Zeitpunkt noch nicht bemerkt, dass John fehlte. Johanna küsste Hans auf die Wange und sagte leise zu ihm: „Das war ganz lieb von dir, dass du die Farm auf meinen Namen getauft hast. Jetzt brauchen die anderen Farmer auch nicht mehr ‚die Farm der beiden Deutschen' zu sagen."

Die Flasche war wieder einmal leer. Aber John wusste, wo Alfred, der für den Haushalt verantwortlich war, die Vorräte aufbewahrte und griff sich die nächste Flasche Whisky.

Hans und John wurden von den anderen Farmern immer „die beiden Deutschen" genannt. Alfred war stolz und glücklich, dass er bei diesen beiden Deutschen aufwachsen konnte und bei ihnen Arbeit und Brot fand. Schnell lernte er ihre Sprache, weil sie sich zusammen immer nur auf Deutsch unterhielten, um ihre Muttersprache zu erhalten. Alfred machte sich nützlich und sorgte für das Essen, das er hervorragend zubereiten konnte. Geschickt machte er sich bei beiden unentbehrlich. Die Feldarbeit war zwar nicht seine Sache, aber immer wenn es irgendetwas zu erledigen oder zu regeln gab, einzukaufen oder Ordnung zu machen, dann war Alfred zur Stelle. Schon bald wollten Hans und John nicht mehr auf ihn verzichten. Alfred gehörte zur Familie.

Alfred indes war froh und glücklich, bei den beiden bleiben zu können, da er sich alleine nie so richtig in der Welt zurechtgefunden hatte. Er wusste es auch besonders zu schätzen, nachdem er einmal als Jugendlicher die Farm wieder verlassen hatte, weil er zu diesem Zeitpunkt meinte, doch alleine zurechtzukommen. Vielleicht hing es aber auch damit zusammen, dass er zunächst als Kind immer wieder von einer Farmerfamilie zur nächsten abgeschoben wurde, nachdem seine Mutter kurz nach seiner Geburt gestorben sein soll.

Er galt immer als sehr verschlossen und ließ niemanden an sich heran. Nach wenigen Tagen kehrte er wieder zu Hans und John zurück, die ihn ohne lange zu fragen sofort wieder auf ihrer Farm aufnahmen. Vielleicht deshalb, weil sie ja als Jugendliche selbst einmal von zu Hause verschwunden waren, um auf eigenen Füßen stehen zu können. Besonders Hans freute sich, dass Alfred wieder nach seinem kurzen Ausflug zurückgekommen war.

Nichtsdestotrotz war Alfred aufgefallen, dass der Verbrauch an Whisky in den vergangenen Monaten drastisch gestiegen war. Er machte sich so seine eigenen Gedanken darüber. Ihm fiel aber auch auf, dass John nie sehr lange mit Hans zusammenblieb, wenn Johanna dabei war. John zog sich dann immer zurück und fand stets irgendeinen Vorwand.

„Al, weißt du, wo John ist?“, fragte Hans, als sie wieder an der Festtafel angekommen waren.

„Nein, Mister Hans. Aber ich schau mal nach“, antwortete dieser und ging zielstrebig zur Bar.

„Mister Hans hat nach Ihnen gefragt, Mister John“, sagte er, als er ihn dort auch gleich fand. „Mister John, ich finde es nicht gut, dass Sie so viel trinken, das wissen Sie auch selbst.“

„Halte die Klappe, du Grünschnabel. Was geht dich das an?“, widersprach John ihm zornig. Im gleichen Atemzug entschuldigte er sich bei ihm: „Du hast ja recht. Entschuldige bitte. Du passt ja wohl auf alles auf, was?“, fragte er ihn lächelnd.

„Ich kenne Sie beide jetzt schon so lange und vor langer Zeit haben Sie einmal zu mir gesagt, dass ich nun auch zur Familie gehöre. Und darauf bin ich stolz. Ich habe doch nur Euch beide“, sagte Alfred und es schien John so, als sehe er in dessen Augenwinkel etwas glänzen. „Ich merke schon seit Langem, dass die Flaschen immer schneller leer werden. Davon habe ich aber Mister Hans nichts gesagt, auch nicht, als er mich das letzte Mal danach fragte. Aber seit Miss Johanna im Hause ist, da ...“, er brach ab, zuckte mit den Schultern und war sich wohl bewusst, dass er doch nicht zu viel sagen durfte, da es ihn ja nichts anging, was John machte.

„Okay. Ist schon in Ordnung. Gehen wir einmal nachschauen, was die da draußen machen“, antwortete John ihm. Dabei klopfte er Alfred auf die Schulter und sie gingen gemeinsam zur Tür hinaus.

„Wo warst du?“, fragte Hans gleich, als er die beiden kommen sah. „Wie gefällt dir der Name und das Schild? Du hast ja noch gar nichts dazu gesagt?“

„Ganz gut. Es ist schon in Ordnung“, erwiderte er nur kurz, wobei Hans sofort auffiel, dass irgendetwas nicht stimmte, so wie John ihm dies geantwortet hatte.

„Was ist los?“, fragte er ihn deshalb gleich.

„Nichts, nichts ist los.“

„Nein. Das kannst du mir nicht vormachen! Du hast doch etwas! Also los, raus damit!“, forderte er ihn auf.

„Na ja. Bisher haben wir alles gemeinsam gemacht. Warum hast du mich nicht gefragt, ob ich auch mit der Namensgebung einverstanden bin?“

„Oh nein“, mischte sich da schnell Johanna ein. „Wenn es daran liegt, so können wir doch den Namen nochmals ändern. Ich wusste davon nichts, sonst hätte ich Hans sofort darauf hingewiesen und ihm gesagt, dass er sich mit dir abstimmen soll“, ergänzte sie.

„Hans weiß ganz genau, dass wir uns einmal einen anderen Namen für unsere Farm aussuchen wollten. Einen Namen, der uns immer an unsere alte Heimat erinnern sollte. Scheinbar sind wir jetzt an einem Punkt angelangt, wo wir uns wohl nicht mehr über alles unterhalten und nur noch einer hier entscheidet“, platzte es aus ihm heraus.
„John, du weißt doch ...“

„Ach, lass mir doch meine Ruhe. In der letzten Zeit ist gar nichts mehr, wie es einmal war. Es ist wohl der Zeitpunkt gekommen, dass ...“

„Hör auf zu spinnen“, widersprach Hans ihm zornig, „jetzt mach uns nicht die ganze Feier kaputt. Wir unterhalten uns morgen darüber. Du weißt ganz genau, dass es nicht so ist. Lass es jetzt gut sein, bevor unsere Gäste noch etwas mitbekommen. Dann haben wir hier anschließend eine Tratschgeschichte, die in der ganzen Stadt herumgetragen wird. Morgen reden wir darüber. Ich glaube, wir müssen uns eh einmal über so manches unterhalten.“

„Hans, das wollte ich nicht“, sprach Johanna ihn an, „mir macht es wirklich nichts aus, wenn wir den Namen wieder ändern. Ich will nicht, dass ihr beide meinetwegen Ärger habt.“

„Das gibt keinen Ärger. Ich muss sowieso einmal mit John über ein paar Sachen reden. Lass uns dieses Thema für heute beenden. Komm, unsere Gäste schauen schon rüber“, stellte er fest und nahm sie an der Hand. Dann gingen sie wieder an die wunderschön gedeckte Tafel zurück und feierten und tanzten bis in die späten Abendstunden hinein.

## Kapitel 6

„Gibt es das Bild noch, Onkel Hans? Das geschnitzte Bild, das dir der Gefangene einmal geschenkt hat? Darf ich es einmal sehen?“, fragte ich ganz vorsichtig.

„Aber ja doch. Das gibt es noch. Al, bringe mal bitte das Bild. Das muss doch noch irgendwo im Haus hängen.“ Al begab sich gleich auf die Suche danach.

„Warum? Was ist mit diesem Bild? Warum hast du daran so ein Interesse?“

„Onkel Hans, ich glaube, wir kennen uns schon sehr viel länger, oder besser gesagt, ich glaube wir haben uns schon früher einmal gesehen. Ich habe dir doch erzählt, dass mir dies hier alles so vertraut vorkommt, so als ob ich alles kennen würde. Ja, ich glaube, ich kenne hier wirklich alles!“

„Hier ist das geschnitzte Holzbild.“ Alfred kam zur Tür herein und trug das Bild vor sich her.

„Mein Gott. Das gibt es doch gar nicht“, konnte ich nur sagen. Und ich glaube, ich wurde dabei ganz bleich. „Wisst ihr, wer das hier gemacht hat? Wisst ihr, was die beiden Buchstaben hier bedeuten?“, fragte ich und nahm mit zittrigen Händen das Bild entgegen. Ich streichelte es sanft und es flossen mir Tränen der Freude und Erinnerung an den Wangen herab. „Mein Bild. Das kann ich fast nicht glauben, mein Bild. Dass es mein Bild immer noch gibt“, sagte ich mehr flüsternd und mit etwas weinerlicher Stimme.

„Was soll das heißen?“, fragte Hans, „was meinst du damit?“

„Ja, das würde ich jetzt auch gerne wissen“, forderte Alfred mich auf, der mich ungläubig von der Seite anschaute. „Kennst du das Bild etwa oder was hast du damit zu tun?“

„Und ob ich das Bild kenne. Wisst ihr, was die beiden Buchstaben bedeuten? W und S? Willi Simon. Das ist mein Bild“, konnte ich nur noch sagen und ich begann laut zu heulen wie ein kleiner Junge.

„Nein, das kann ich nicht glauben“, sagte Hans und stand schwer aus seinem Sessel auf, ging auf mich zu, fasste meinen Arm und fragte: „Du hast das damals geschnitzt und du hast es uns geschenkt? Jetzt weiß ich auch, warum ich sofort ein so großes Vertrauen in dich setzte, als du gestern zur Tür hereinkamst.“

Alfred stand nur daneben und konnte gar nichts mehr sagen. Er hatte jetzt auch einen dicken Kloß im Hals und seine Augen glänzten.

„Ihr habt mir und meinen Kameraden damals die Möglichkeit gegeben, hier zu arbeiten und uns ein paar Dollar zu verdienen. Wir waren froh irgendetwas machen zu können um ja nicht an die Heimat denken zu müssen. Ich habe gestern schon ein so seltsames Gefühl gehabt, als ich in die Nähe der Farm kam. Mir kamen so viele Dinge bekannt vor. Aber ich wusste sie nicht richtig einzuordnen. Es hat sich in den vergangenen Jahren so manches, so vieles hier verändert. Wir konnten zwar damals aus dem Lager Fort Knox zu den Farmern, aber wir wurden immer auf Lkws transportiert. So richtig bekamen wir von der Gegend ja gar nichts mit. Wir wussten eigentlich nie so genau, wo wir waren. Aber das war uns ja auch egal. Die Hauptsache war, dass wir aus dem Lager herausgekommen sind. Als ich vor ein paar Tagen hier in Brandenburg angekommen bin, da habe ich auf der Straße von Louisville und Nashville wieder die Brücke gesehen, über die wir vom Fort aus immer mit den Lastwagen gefahren sind. An diese Brücke erinnere ich mich deshalb so gut, weil unser Lastwagen, der uns zu den Farmern brachte, genau auf dieser Brücke einen Plattfuß bekam. Wir hätten dort beinahe einen Unfall gehabt. Bis der Fahrer damals den Reifen gewechselt hatte, nutzte einer von uns die Gelegenheit, seinen Namen dort an dieser Steinbrücke zu verewigen. Ich glaube er hieß Schmidt oder so ähnlich. Wenn ich Zeit habe, werde ich mir diese Brücke noch einmal näher anschauen, ob ich seinen Namen wieder finden kann. Die Brücke ist ja noch da und es sieht nicht so aus, als ob sie in den letzten Jahren erneuert worden wäre."

„Das ist ja fantastisch, an was du dich noch erinnern kannst", sagte Hans. „Aber es ist ja auch kein Wunder, Willi. Denk einmal an eure Zeit von damals. Du kamst in deiner Gefangenschaft hierher und warst froh, den Krieg heil überlebt zu haben. Die haben damals etliche Bilder in der Zeitung von euch und unserer gemeinsamen zerstörten Heimat gezeigt. Da wurde es einem Angst und Bange. Viele fragten sich, wieso trotz allem so viele von euch mit heiler Haut aus diesem Chaos herausgekommen waren. Einige waren aber so ausgehungert, dass sie einem wirklich leid taten. In den Jahren nach Kriegsende kamen so viele von euch rüber nach Amerika, beziehungsweise wurde hierher gebracht, dass unsere Regierung damit total überfordert war und nicht wusste, was sie mit euch hier anstellen sollte. Deshalb kam unser Präsident auf die Idee, euch als Arbeiter einzusetzen und ihr solltet für euer eigenes Wohlergehen auch eure Arbeitsleistung geben. Schnell merkte man damals, dass ihr nicht nur ausgehungert ward. Ihr wart auch dankbar und froh für die Abwechslung arbeiten zu können. Gerade hier in Kentucky konnten wir euch als Erntehelfer gut gebrauchen und so war schnell entschieden, dass wir euch auf Anforderung bei der Armee einsetzen konnten. Ihr leistetet uns gute Arbeit. Die Leute hier verstanden jetzt, was ‚Made in Germany' hieß. Bisher hatten sie diese Bezeichnung ja nur gekannt, wenn es auf einem Gegenstand oder einem Gerät stand, der in Deutschland hergestellt worden war. Zum Fort Knox, wo euer Lager war, hatten wir einen guten Draht. Deshalb hatten wir schnell eine Regelung getroffen, wie wir euch beschäftigen konnten", erzählte Hans, „und hier an unserem Haus haben auch einige von euch mitgebaut. Die einen als Maurer und die anderen, indem sie Bäume fällten, aus denen diese Wände hier gebaut worden sind." Er zeigte dabei auf die dicken, glatt gehobelten Stämme.

„Bei diesen Holzfällern war ich auch dabei, ganz sicher. Jetzt weiß ich auch, warum mir Onkel John so vertraut erschien. Plötzlich erkenne ich so vieles wieder. Die Rosen am Eingang, sind das noch dieselben Züchtungen von damals?“, fragte ich.

„Ja. Sag nur, dass du die auch noch kennst. Sie stammen alle noch aus derselben Züchtung. Nur habe ich heute nicht mehr die Kraft, sie zu pflegen. Ich kann sie ja schon lange nicht mehr sehen, aber jeder Besucher bestätigt mir immer wieder, wie schön sie sind.“

„Aber das ganze Haus und das ganze Land um die Farm herum, alles ist doch so schön angelegt, die Blumen, die Rosen, wer macht das denn alles?“

„Lona kommt ab und zu hier her und kümmert sich darum“, entgegnete Al.

„Jetzt sagt mir bloß nicht noch, dass Lona auch etwas mit der Farm zu tun hat?“

„In der Tat“, antwortete Al, „Lona ist nämlich Mister Hans’ Enkelin.“

„Lona ist also deine Enkelin? Davon hat sie mir gar nichts gesagt. Aber sehr gesprächig war sie ohnehin nicht, als ich sie nach dir fragte.“ Da nun wieder Stille herrschte, nahm ich meinen Mut zusammen und fragte: „Warum ist nun alles so, wie es jetzt ist? Warum wohnt John nicht mehr auf der Farm? Warum muss deine Enkelin in einer solchen Kneipe ihr Geld verdienen?“

Kaum hatte ich diese Frage ausgesprochen, da tat es mir auch schon leid: „Entschuldige bitte“, sagte ich schnell, „ich glaube, das geht mich nun wirklich nichts an. Das betrifft nur euch beide. Ich wollte ja auch nur etwas über das Kreuz erfahren.“ Nach einem Moment der Ruhe sagte ich mehr zu mir selbst: „Aber, dass ich meine Schnitzerei jemals wiedersehe, das hätte ich nun wirklich nicht gedacht. Bei meiner Ankunft hier bei euch habe ich das Bild schon einmal kurz gesehen. Durch alle diese Eindrücke, die da plötzlich auf mich zukamen, ist mir gar nicht richtig bewusst geworden, was ich da vor mir habe. Die Welt ist doch so klein. Was bin ich froh, dass es dieses Bild noch gibt. Daran hatte ich selbst nicht mehr gedacht. Erst als du es vorhin erwähntest, fiel mir wieder ein, dass ich damals ab und zu schnitzte. Die meisten Bilder habe ich an die Aufseher im Camp verschenkt, die sich sehr darüber freuten. Die anderen ließ ich bei meiner Rückkehr in die Heimat im Lager zurück. Vielleicht hat sie ja dort später jemand aufbewahrt."

„Ja, ich glaube. Jetzt kann ich mich auch wieder daran erinnern", ergänzte Hans, der immer noch sichtlich gerührt war und dem das Sprechen jetzt besonders schwerfiel. „Wir durften ja damals zu euch keinen persönlichen Kontakt aufnehmen. Die Armee hatte Angst, dass ihr das ausnutzen würdet und dann bei Nacht und Nebel verschwindet. Du kamst irgendwann zu mir, du warst ja, glaube ich, Dauererntehelfer bei uns und hast mir das Bild mit den Rosen in die Hand gedrückt. Ich hatte gar nicht genug Zeit, um mich bei dir dafür zu bedanken. Wir waren ja auch durch die Ernte ziemlich eingespannt. Als ich später etwas mehr über dich in Erfahrung bringen wollte, warst du schon wieder weg. Ihr seid ja zu jener Zeit ziemlich kurzfristig nach Europa zurückgebracht worden und", ergänzte er nachdenklich, „wir, die Farmer, machten ziemlich lange Gesichter, als ihr weg wart. Denn zu dieser Zeit, es war im Spätherbst, hatten wir eine wirkliche Erfolgsernte und standen plötzlich ohne euch da. Wir mussten alles neu organisieren und uns gegenseitig helfen. Kind und Kegel wurden eingespannt und auf die Felder geschickt. Al war ja ganz besonders begeistert davon." Ein feines Lächeln huschte über sein Gesicht.

„Ich mache ja alles. Fast alles", antwortete Al sofort, „aber im Feld mit der Harke herumzulaufen und Tomaten zu pflücken oder Tabak zu schneiden oder, ach egal, das ist und war noch nie meine Arbeit und wird es auch nie werden", sagte Alfred, „und weil ich das, also die Feldarbeit und so, nicht gerne mache, kommt die Lona öfters her und hält den Garten und die Blumen in Ordnung. Sie erzählt mir stets von Mister John, sodass ich meistens weiß, wie es ihm geht."

„Kann er denn nicht wieder auf die Farm zurückkommen? Warum lebt er eigentlich in der Stadt und ist ein so mürrischer Mensch geworden?“, fragte ich.

„Morgen will er doch kommen, hast du doch selbst zu uns gesagt“, meinte Hans, „also, warten wir es doch einfach einmal ab. Er kann dir ja, wenn er will, das ganze Drama erzählen, wenn er wirklich dazu bereit und einsichtig ist“, ergänzte Hans mit einem mürrischen, leicht zornigen Unterton.

„Mister Hans, ich glaube, es wird Zeit, dass Ihr beide Euch bald wieder vertragt und wieder zusammen kommt. Es sind inzwischen so viele Jahre vergangen und was damals passierte, kann keiner mehr rückgängig machen. Es ist doch sicherlich auch inzwischen gesühnt worden. Ihr seid und wart beide schon immer zwei Dickköpfe und keiner will nachgeben. Das konntet Ihr damals schon nicht“, sagte Alfred fast zornig und etwas lauter, als er es wohl selbst wollte.

„Jetzt aber langsam, Al. Woher nimmst du dir das Recht, so mit mir zu reden?“, widersprach ihm Hans energisch und schlug mit der flachen Hand so fest auf den Tisch, dass die Tassen beinahe umgefallen wären.

„Woher ich das Recht habe? Ich bin jetzt schon so lange hier im Haus und wenn Sie mich nicht mehr wollen, dann sagen Sie es mir, Mister Hans. Dann pack ich meine Siebensachen und verschwinde“, schrie Alfred wütend, stampfte mit dem Fuß auf und ballte die Fäuste. Im Moment sah er aus wie ein kleiner Junge, dem man etwas verboten hatte. Aber mit dem, was er sagte, schien es ihm sehr ernst zu sein und man hätte meinen können, der sechszehnjährige Hans stehe vor seinem Vater, der ihn wieder zur Arbeit in der Bücherei verdonnert hat.

„Ist schon gut“, beschwichtigte Hans ihn gleich, der merkte, dass er ihn etwas zu hart angefasst hatte, „du hast ja recht. Warten wir doch einfach einmal ab, ob John morgen tatsächlich zu uns kommen wird.“

Es war inzwischen später Nachmittag geworden und ich brauchte jetzt einfach wieder einen klaren Kopf. Das was ich heute hier so alles erfahren hatte, war doch ein bisschen viel auf einmal für mich. So sagte ich beiden, dass ich zum Abendessen wieder zurück sein würde und ich jetzt einfach nur mal raus müsste, um wieder klar denken zu können. Ich wollte, nein ich musste mir auch die Gegend anschauen, um meinen Erinnerungen freien Lauf zu lassen und um mich wieder etwas orientieren zu können.

Ich stand auf, rückte meinen Stuhl an den Tisch und ging in Richtung Haustür. Bevor ich diese jedoch öffnete, fielen mir, Gott sei Dank noch rechtzeitig, die beiden Hunde wieder ein, die ich ja gestern, glücklicherweise hinter dem Zaun stehend, erleben durfte. Ich fragte Alfred, wo sie wären und er erklärte mir, dass ich keine Angst zu haben brauchte. Die beiden Hunde seien in Wirklichkeit fromm wie Lämmer, versicherte er mir, öffnete die Tür und pfiff sie heran. Sie kamen wie aus dem Nichts angerannt und ich zog mich sicherheitshalber schnell in den Hausflur zurück. Alfred forderte mich jedoch auf herauszukommen und mit den Hunden zu reden, sie schnuppern zu lassen und sie zu streicheln. Mit einer großen Menge Respekt ging ich auf die beiden Hunde zu und streckte vorsichtig meine Hand aus. Ehe ich mich versah, leckte der kleinere von beiden meine Finger ab und wedelte mit dem Schwanz. Das Eis schien gebrochen und ich konnte sie sogar streicheln. Ben und Wolf, wie die beiden hießen, folgten aufs Wort. Das sei stets eine seiner Lieblingsbeschäftigungen gewesen, erklärte mir Alfred. Er hatte ein Gespür für die Hunde und hatte sie richtig gut abgerichtet. Sie konnten jemanden beschützen oder einen Eindringling von Haus und Hof abhalten, so wie er es ihnen beigebracht hatte.

„Lassen sie mich auch wieder auf die Farm, wenn ich zurückkomme?“, fragte ich. „Ich will mich noch ein bisschen in der Gegend umsehen.“

„Sie lassen dich auf jeden Fall wieder herein, jetzt, wo sie wissen, dass du dazugehörst. Aber das, was du suchst, ist hier auf der Farm. Dafür brauchst du das Gelände nicht zu verlassen", ergänzte er und man konnte kurz ein Lächeln über sein Gesicht huschen sehen.

„Wie? Was? Was meinst du damit?", fragte ich ihn nun doch etwas ungläubig.

„Na ja, ich denke mir doch, dass du das Kreuz suchst. Komm, ich erkläre dir den Weg. Wenn du möchtest, können Ben und Wolf bei dir bleiben. Sie bringen dich nämlich auch wieder zurück, falls du dich verlaufen solltest. Denn der Weg dorthin ist etwas schwierig zu finden."

Alfred erklärte mir den Weg und ich machte mich mit den beiden Hunden auf die Suche. Ab und zu hatte ich das Gefühl, dass Ben und Wolf genau wussten, wohin ich wollte. Sie rannten manchmal vor mir her, machten sich scheinbar einen Spaß daraus, die Schafe zu erschrecken oder sie nur kurz zu jagen. Es war deshalb für mich keine Überraschung mehr, dass sie genau in die Richtung liefen, die mir Alfred erklärt hatte.

Glücklich meinen Gedanken jetzt einmal freien Lauf lassen zu können, versuchte ich alles zu erfassen, was ich gestern und heute über die Farm, Hans, John und Johanna und über Lona erfahren hatte. Es kam mir alles vor wie in einem Märchen. Ich dachte, ich müsse mich selbst zwicken, um in die Wirklichkeit zurückzukommen. Ich dachte, ich würde gleich aus einem Traum aufwachen und befände mich wieder in Saarbrücken, in dem kleinen Häuschen, wohin zurückgekehrt war.

Ich hatte vergessen mir eine Feldflasche Wasser mitzunehmen. Es war noch viel wärmer als die Tage zuvor. Als ob die beiden Hunde meine Gedanken lesen könnten, rannten sie an einen kleinen Bach, den man von diesem Weg aus gar nicht sehen konnte. Sie sprangen ins frische Wasser und liefen dann wie kleine Kinder über die Felder. Ich schöpfte mit der flachen Hand etwas Wasser, trank ein paar Schlucke und fühlte mich gleich wieder besser.

Das waren also die Felder, auf denen ich damals als POW gearbeitet hatte. Da gab es immer noch riesige Tomaten-, Tabak- und Weizenfelder. Hier und da sah man Arbeiter, die ihrer Beschäftigung nachgingen, sich aber nicht weiter um mich kümmerten. Ich sagte mir selbst, dass zu viele Jahre seit meiner Zeit als POW vergangen waren und dass ich sicher nichts mehr erkennen würde. Doch wieder sollte ich mich täuschen.

Ich war etwa eine gute halbe Stunde unterwegs, als ich auf der rechten Seite die kleine Ligusterhecke sah, die mir Alfred beschrieben hatte. Nur ein schmaler Weg, fast ein Trampelpfad, führte mich dorthin. Die Hunde liefen durch eine kleine Öffnung und verschwanden hinter dieser Hecke. Dort sollte ich mich einmal umschauen, hatte Alfred gemeint. Ich würde es dann schon gleich sehen.

Aber zunächst sah ich gar nichts. An derselben Stelle, wo auch die Hunde durch die Öffnung in der Hecke rannten, ging ich ebenfalls hindurch und blickte mich um. Ich sah aber nicht das, was ich insgeheim erwartet hatte. Links, etwas weiter hinten, erblickte ich ein paar Sträucher. Die restliche Fläche war bepflanzt mit Obstbäumen und einer Wiese, die bereits gemäht war. Also ging ich zu den Sträuchern, um dort nachzuschauen. Schon beim Näherkommen blieb mir fast das Herz stehen. Dann sah ich es. Das vergessene Kreuz. Mein vergessenes Kreuz. Ich hatte es endlich wieder gefunden.

Jetzt, nach so langer Zeit stand ich wieder davor. Ich stand davor und war zu Tränen gerührt und merkte nicht, dass mir auch tatsächlich Tränen den Wangen herunter liefen.

Seit Jahren hatte ich davon geträumt und nun stand ich wieder hier. Ganz deutlich konnte man jetzt die Buchstaben M und J erkennen und man sah auch, dass das Holzkreuz zwischenzeitlich mehrmals ausgebessert worden war. Ansonsten war alles noch so, wie ich es in Erinnerung hatte. Vergissmeinnicht standen immer noch herum, um diese Jahreszeit zwar verblüht, aber sie waren noch vorhanden. Der kleine Hügel, der mir von damals noch in Erinnerung war, war zwar verschwunden, aber das Kreuz stand immer noch so da, als hätte es die vielen Jahre nicht gegeben, die seither vergangen waren. Das Dickicht, durch das ich mich damals durchkämpfen musste, war nicht mehr vorhanden und von den Bäumen, die zu jener Zeit drum herumstanden, waren ebenfalls nicht mehr viele zu sehen. Scheinbar war es bald nach meiner Rückkehr nach Europa wieder beachtet und gepflegt worden.

Ich setzte mich vor das Kreuz auf die Wiese. Ben und Wolf kamen wie auf Kommando angerannt und legten sich neben mich. Allein schon aus dem Verhalten der beiden Hunde entnahm ich, dass sie wohl auch öfters an dieser Stelle gewesen waren. Aber mit wem, fragte ich mich. M und J. Die beiden Buchstaben waren der einzige Anhaltspunkt für mich. Was bedeuteten sie? J für Johanna? Nein, das konnte nicht sein. Hans hatte ja von Johanna erzählt. Also war sie noch auf der Farm gewesen, als ich hier in Gefangenschaft war. Und M? Ich konnte mich nicht erinnern, dass mir Alfred beim Erzählen noch einen anderen Namen als den von Johanna genannt hätte. Er sprach immer nur von Johanna. Das würde ich ihn nachher gleich fragen müssen. Ich hatte zwar jetzt das Kreuz wieder gefunden, aber wusste ich, was nun alles dahintersteckte? Eigentlich war ich ja wieder nach Amerika gekommen um das Geheimnis um dieses Kreuz zu lüften. Stand mir das überhaupt zu? Gab es eigentlich ein Geheimnis um dieses Kreuz? Schließlich war es ja nicht mehr versteckt und fast jeder, der Zugang zur Farm hatte, konnte auch an diesen Platz kommen. Mir ging plötzlich so vieles im Kopf herum, das mir irgendwie nicht mehr logisch erschien und auf das ich mir auch keinen Reim mehr machen konnte.

Ich beschloss deshalb noch ein paar Minuten an dieser Stelle sitzen zu bleiben, mich auszuruhen, die Stille zu genießen und mich dann wieder auf den Rückweg zu machen. Ich musste ja immerhin noch etwa eine halbe Stunde laufen. Vielleicht hätte ich dann den Kopf wieder frei und wüsste, wie ich weitermachen, was ich fragen oder ob ich überhaupt nach einem vermeintlichen Geheimnis weitersuchen sollte. Nur konnte ich mich immer noch nicht des Gefühls erwehren, dass da irgendetwas war, das mich berührte und auch mich persönlich betraf. Gut, jetzt war ich wieder in Amerika, sagte ich mir. Du hast durch viele Zufälle das Kreuz wieder gefunden. Waren es überhaupt Zufälle? Oder war es Bestimmung, dass ich so unverhofft auf den alten John in dieser Kneipe traf? Lona, wieso ging sie mir nicht aus dem Kopf? Sicher, sie ist ein sehr hübsches Mädchen und welcher Mann schaute nicht gerne nach solchen Mädchen und kommt dabei ins Träumen? Sie ist ja noch so jung. Ich könnte ihr Vater sein und sie hat ja auch noch ihr ganzes Leben vor sich. Trotzdem war da irgendetwas, das mich mit ihr verband.

Fing ich jetzt zu fantasieren an? Aber nein doch, fiel es mir da wie Schuppen von den Augen. Eigentlich könnte ja Lona mit mir verwandt sein. Zwar um einige Ecken, aber es bestand womöglich eine Verbindung zu meiner Familie. Sie war ja die Enkelin von Hans Janke. Jankes waren vor vielen Jahren nach Amerika ausgewandert. Jetzt müsste ich nur noch eine direkte Verbindung von meinen Jankes zu diesen Jankes herausfinden.

Vielleicht war das Rätsel um dieses Kreuz der Knoten, der uns alle miteinander verband? Ich konnte für mich keine Antwort finden, mit der ich einverstanden gewesen wäre.

Nach ein paar Minuten beschloss ich deshalb, mich auf den Rückweg zu machen, zumal mein Magen zu rebellieren anfing, weil ich seit dem Frühstück nichts mehr gegessen hatte.

„Auf geht's, ihr zwei“, forderte ich die Hunde auf, die schwanzwedelnd hochsprangen und sofort in Richtung Farm losliefen. „Macht mal langsam. Ich will auch noch mitkommen“, rief ich ihnen hinterher. Tatsächlich blieben die beiden dann in meiner Nähe, liefen dann wieder los, um kurz darauf zurückgelaufen zu kommen. Es machte einfach Spaß, solchen Prachtexemplaren zuzuschauen und ich fragte mich, wieso ich noch einen Tag vorher eine solche Angst vor ihnen gehabt hatte.

Auf dem Rückweg schaute ich über die Felder und über die vielen verschiedenen Kulturen, die hier angebaut wurden und freute mich einfach nur. Ich freute mich, dass ich entgegen dem Willen meiner Edith nochmals hierher zurückgekommen war.

Ich hatte endlich meinen Traum verwirklicht. Mama und Papa sagten damals immer wieder zu mir: „Junge, hör auf zu träumen. Vergiss jetzt einmal dieses dumme Kreuz. Du hast dich da in etwas verrannt. Konzentriere dich lieber auf deine Ausbildung und deinen Beruf als Polizeibeamter.“ Ja, das waren immer ihre Worte gewesen. Aber jetzt, wo ich hier war? Jeder Mensch hat doch einen Traum und warum wollten sie mich unbedingt von diesem Traum abhalten?

Gerade nach meiner Rückkehr als POW ging es mir zunächst gesundheitlich nicht so gut, da ich doch etliche Kilos verloren hatte. Ich kam aus Amerika mit einem Leistenbruch zurück. Im Franzosenlager, in das sie uns zunächst einquartierten, als sie uns aus Fort Knox zurücktransportiert hatten, nahmen sie uns erst einmal alle guten Klamotten wieder ab. Dort mussten wir billigste, verschlissene Hosen und Jacken tragen, von denen keiner wissen wollte, wer sie vorher angehabt hatte. Da war die schmutzige Unterkunft und, anders kann man es nicht sagen, dieser unmenschliche Fraß, den man uns als Essen vorsetzte.

Ich hatte ja Gott sei Dank Glück gehabt, dass ich nicht so lange in diesem Lager bei den Franzosen bleiben musste. Ich war aufgrund meines Leistenbruchs für die Arbeit bei den Franzosen nicht mehr zu gebrauchen und wurde deshalb bald darauf in die Heimat zu meinen Eltern entlassen oder eher abgeschoben. Die Franzosen wollten sich nicht mit Kranken belasten und so verfügte der Lagerarzt bei einer Routineuntersuchung, dass ich nicht mehr länger im Lager bleiben musste und in die Heimat entlassen werden konnte.

Andere Kameraden wurden noch viel länger in Bolbec festgehalten und mussten zum Teil noch für etliche Jahre in einem Bergwerk arbeiten. Als Entschädigung für die von Deutschland angerichteten Zerstörungen, wie die Franzosen damals immer wieder sagten. Warum das alles? Das konnte keiner erklären und verstehen. Wir, die kleinen Lanzer, die Soldaten, wir hatten alle doch nur unsere Befehle ausgeführt. Wir waren doch nicht diejenigen, die diesen Krieg wollten. Wir waren doch selbst froh, wenn wir überlebten und uns nichts passierte.

Und was ist mit denen geschehen, die sich damals gegen das eigene Regime in Deutschland auflehnten?

August, mein Bruder August, der hatte sich damals gegen Hitler und das Hitlerdeutschland aufgelehnt. Er wollte nicht zur Wehrmacht und kam deshalb in einer Nacht- und Nebelaktion nach Dachau ins Konzentrationslager, wo er wenig später angeblich an Lungenentzündung verstarb.

Nachdem ich mich bei meinen Eltern wieder erholt hatte, die fast alles verloren hatten, wollte ich nicht mehr in meinem alten ehemaligen Beruf als Eisenbahner arbeiten. Ich wollte nun unbedingt bei der Polizei arbeiten. Ich war vor dem Krieg Heizer auf einer Lokomotive gewesen. Das war ganz schöne Maloche. Ich hatte damals Tonnen von Steinkohle geschaufelt. Aussichten, irgendwann einmal Lokomotivführer zu werden, gab es nicht.

Da mein Berufswunsch zur Polizei zu kommen, in Erfüllung ging und ich die Ausbildung gleich absolvieren konnte, begannen bald auch bessere Zeiten für mich. Ich lernte meine Edith kennen und wir sprachen schon bald von Heirat. Aber ich wollte zuerst wieder zurück. Zurück nach Amerika. Edith war natürlich nicht sehr begeistert über meine Idee. Aber sie kannte mich zu gut und wusste, dass sie mir diesen Traum nicht ausreden konnte. Wenn ich mir etwas in den Kopf gesetzt hatte, dann setzte ich das auch durch, wenn es irgendwie möglich war.

Nur meine Eltern wollten partout nicht, dass ich nochmals über den großen Teich schippere. Warum eigentlich? Ich hatte ihnen doch oft genug von diesem Kreuz erzählt und wie wichtig dies für mich sei. Hatten sie Angst davor, dass ich in Amerika bleibe würde? Das war ja schon einmal mein Wunsch gewesen, der mir nur aufgrund der Vorschriften der Alliierten verwehrt geblieben war.

Leider konnte ich mir erst etliche Jahre nach unserer Hochzeit meinen Traum erfüllen und buchte die große Überfahrt. Edith wollte nicht mit. Sie hatte zu diesem Zeitpunkt arge Probleme mit ihrem Hüftgelenk, musste sich einigen Operationen unterziehen die nicht alle so gut verliefen und sie meinte deshalb, dass ihr eine solch große Reise dann doch zu anstrengend sei. Meinen Traum wollte sie mir aber nicht verwehren und so unterstützte sie mich liebevoll bei meinen Reisevorbereitungen. Sie ließ mich dann auch auf meine Reise gehen, aber nur mit meinem heiligen Versprechen, auch wirklich wieder zurückzukommen. Allein schon wegen meiner drei Jungs, die wir in der Zwischenzeit bekommen hatten, wäre ich sowieso nicht fort geblieben. Denn ich wusste, dass sie mich brauchten, so wie auch ich sie brauchte.

Frau Kämmerer vom Reisebüro fragte mich damals ganz erstaunt, warum ich mir das antue, mit dem Schiff nach Amerika zu fahren und nicht mit dem Flugzeug zu fliegen. Dann wäre ich doch in wenigen Stunden dort und so sei ich über eine Woche alleine schon mit dem Schiff unterwegs. Als ich ihr jedoch erklärte unter welchen Umständen ich schon einmal diese Reise mit einem Schiff angetreten hatte, konnte sie mich verstehen und wünschte mir eine gute Überfahrt.

Bevor ich mir noch mehr Gedanken über diese Zeit machen konnte, musste ich zu meiner Überraschung feststellen, dass ich schon wieder an meinem Ausgangspunkt, dem Farmerhaus von Hans, angelangt war.

Mein Magen rebellierte nicht mehr, er demonstrierte schon. Ich war deshalb froh als ich Alfred wieder sah und er mir zurief: „Abendessen ist fertig."

„Danke. Das ist genau das, was ich jetzt brauche. Ich glaube, wenn das Haus noch hundert Meter weiter entfernt gestanden hätte, hätte ich den Weg nicht mehr gepackt", erwiderte ich ihm lachend.

Wir gingen zusammen ins Haus und die Hunde verschwanden um die Ecke. Wahrscheinlich wussten sie, dass auch ihr Futternapf nun schon gefüllt auf sie wartete.

„Gefunden, was du gesucht hast?“, fragte mich Alfred, als ich ins Esszimmer kam.

„Ja, aber ...?“

„Nichts, ja aber, jetzt wird erst einmal gegessen“, mischte sich da Hans in unser beginnendes Gespräch.

Und so saßen wir drei zusammen am Tisch, aßen und sprachen zunächst kein Wort.

„Wer pflegt das Kreuz?“, fragte ich nach einiger Zeit etwas vorsichtig, ohne direkt Alfred oder Hans anzusprechen. „Ich meine, damals, als ich es gefunden hatte, stand das Kreuz im Gebüsch, umgeben von Bäumen und es war nicht so leicht zu finden oder zu sehen. Jetzt aber ist die Stelle gepflegt und, na ja, es wird doch öfter besucht, oder?“

„So oft leider nicht“, antwortete mir Hans zögerlich, „ich würde gerne häufiger hingehen. Aber das schaffe ich nicht mehr. Der Weg ist mir zu weit geworden. Manchmal fahre ich mit der Kutsche dort hin. Auch das ist schon sehr mühsam geworden. Aber ab und zu, da muss ich einfach wieder hingehen. Es war doch so eine schöne Zeit damals ...“

„Lona kommt von Zeit zu Zeit und kümmert sich um das Grab ihrer Großmutter.“, sagte Al.

„Was ist mit Lonas Mutter?“, fragte ich.

„Johanna und ich hatten zusammen eine Tochter, Marie. Mit siebzehn Jahren, viel zu früh, bekam sie Lona. Marie starb bei der Geburt von Lona und wir wollten natürlich Lona hier aufziehen. Dann kamen die Eltern ihres Vaters, die Familie Trapp, die Eltern von Bill Trapp. Sie haben dann Lona einfach zu sich genommen.“

„Das kann doch nicht sein“, sagte ich zögerlich, „Johanna war doch noch auf der Farm, als ich hier ein POW war.“

„Marie war ein liebes Mädel, bis sie diesen Bill Trapp kennenlernte. Sie war einfach noch viel zu jung und hat zu spät erkannt, dass dieser Halunke es nur darauf abgesehen hatte, sich ins gemachte Nest zu setzen. Er meinte wohl, wenn er Marie zur Frau nimmt, dann kann er hier auf der Farm wohnen und braucht sich um nichts mehr zu kümmern. Dem wollte ich gleich einen Riegel vorschieben“, sprach Hans weiter. „Ich wollte es erst gar nicht so weit kommen lassen, dass die beiden sich zu oft sahen“, fügte Hans zornig hinzu, „ich habe gleich gemerkt, was mit dem Kerl los ist. Aber bevor Marie ihren Kopf durchsetzen konnte, sie hatte einen Dickkopf wie ihre Mutter, ist Bill bei einem Unfall ums Leben gekommen. Er war total besoffen, wie so oft. Seine Farm hatte er schon lange vorher versoffen. Bis heute weiß man nicht, was damals wirklich passierte. Das ist vielleicht auch gut so. Nur war Marie zu diesem Zeitpunkt schon mit Lona schwanger, sodass Bill nie erfahren hatte, dass er Vater wurde.“

Alfred ergänzte: „Wir standen dann zunächst mit dem Baby alleine da, wollten sie aber bei uns aufziehen. Aber Miss Johanna war ja auch nicht mehr da und wir wussten nicht, ob wir es ohne sie schaffen würden.“

„Was heißt, Johanna war ja auch nicht mehr da?“, fragte ich.

„Johanna war zu diesem Zeitpunkt schon lange tot. Sie starb kurz nach Maries Geburt“, antwortete mir Alfred.

„Das ist aber alles ganz schön verwirrend. Was war passiert?“, fragte ich Hans.

„Mein Junge, das ist wieder eine lange Geschichte. Ich glaube, über die unterhalten wir uns morgen. Al kann ja noch bei dir bleiben und ihr könnt euch noch unterhalten. Ich zieh mich jetzt zurück. Ich muss mich ein wenig ausruhen.“ Er stand auf, nahm seinen Stock und verließ das Zimmer.

Ich war jedes Mal überrascht wenn ich sah, wie sicher Hans sich in seinem Haus bewegte, obwohl er doch blind ist. Aber wahrscheinlich kennt man im Laufe der Jahre jede Ecke und findet sich genauso gut zurecht wie alle anderen auch.

Hans hatte das Zimmer verlassen und es war mit einem Mal so still, dass man das leichte Knarren der Holzwände hören konnte, das durch den Einfluss des Wetters verursacht wurde. Jeder schien seinen Gedanken nachzuhängen.

„Was bedeuten die Buchstaben M und J?“, wollte ich von Alfred wissen, nun auch um diese Stille zu unterbrechen, die mir fast unheimlich wurde.

„Maria“, sagte er, ohne zu zögern, „Maria Jablonsky, so hieß Miss Johanna mit ihrem Geburtsnamen“, sagte er nachdenklich. „Ich weiß, das passt alles nicht zusammen. Die beiden waren doch verheiratet und Miss Johanna wurde auch nie mit ihrem zweiten Namen, Maria, gerufen.“ Nach einer langen Pause fügte er hinzu: „Dort ist tatsächlich Johanna beerdigt. Aber sie war damals mit Mister John zusammen und Mister Hans wollte den Namen Johanna nicht mehr hören. Er meinte damals, es müsse der Name Maria Janke aufs Kreuz. Also die Buchstaben M und J. Und wenn du jetzt zu mir sagst, dass M und J doch schon vorher auf dem Kreuz stand, also schon zu dem Zeitpunkt, als du es gefunden hast, so muss ich dir auch recht geben. Das stand tatsächlich schon drauf, als es ein Arbeiter vor Jahren bei Rodungsarbeiten fand, die John angeordnet hatte. Mister Hans ist damals fast ausgerastet, als er erfuhr, dass an dieser Stelle gerodet wurde. Nur er scheint zu wissen, so wird vermutet, was es mit dem Kreuz wirklich auf sich hat. Wenn er aber darauf angesprochen wird, dass es doch schon viel länger dort steht, wehrt er nur ab und sagt, dort liegt Maria. Es stimmt ja auch, Maria, also Johanna Maria, wurde dann auch dort beerdigt, als sie gestorben war. Mister Hans war wie besessen davon, dass sie an diesem Platz beerdigt wurde. Nur was davor dort passiert war, das weiß niemand“, erklärte Alfred. „Auch der Sheriff, der zu jener Zeit darüber unterrichtet wurde, dass dort ein Kreuz gefunden wurde, gab nach kurzer Zeit mit den Nachforschungen auf, da er vermutete, dass das

Kreuz dort schon sehr lange gestanden hatte und wahrscheinlich nie jemand etwas darüber in Erfahrung bringen würde. Er nahm an, dass es noch aus der Zeit stammte, als die vielen Auswanderer aus Europa hierhergekommen waren und es sich deshalb wohl nie klären lassen würde, was dort geschehen war."

„Und John, weiß der etwas davon?", fragte ich Alfred.

„Könnte sein. Aber genau weiß ich das nicht", antwortete Alfred. „Ab und zu habe ich den Verdacht, dass Mister John etwas weiß, aber nicht darüber reden will."

John, sein bester Freund. Sein bester Freund hatte also Hans quasi die Frau ausgespannt, sinnierte ich nachdenklich.

„Es herrschte damals auf der Farm totales Chaos, das kann man sich nicht vorstellen. Wer das nicht selbst erlebt hat, der kann das alles nicht begreifen", entgegnete mir Alfred deprimiert.

„Sag mal, Alfred", sagte ich dann, um ihn von seinen Gedanken abzulenken, „wieso war Hans, der mich doch eigentlich gar nicht kannte, mir gegenüber so vertrauensvoll? Also, bei uns in Deutschland, wenn da eines Tages ein Fremder vor der Tür stehen würde und irgendein Geheimnis lüften wollte, na ja, über die Türschwelle würde der wohl nicht so schnell kommen. Aber vielleicht hängt das doch damit zusammen, dass wir uns in meiner Zeit als POW bereits kennengelernt haben. Auch wenn das nicht so bewusst geschehen ist."

„Ja das hat mir Mister Hans auch schon gesagt, als du auf dem Weg zum Grab warst. Aber er meinte auch, dass er dich auf Anhieb sympathisch fand. Aber da wäre noch etwas, meinte er, aber das sei wohl nur so eine Ahnung. Er hatte dafür auch gar keine Worte. Er meinte aber, dass es ihm vielleicht doch noch einfallen würde. Da muss, außer deiner Zeit als Gefangener, noch etwas gewesen sein."

„Was meinte er damit?“

„Das weiß er auch nicht so genau. Vielleicht würde es damit zusammenhängen, dass er auch einst aus Deutschland gekommen ist“, fügte er an.

„Ja, ja, das war schon ein Abenteuer von Hans und John. So einfach als junge Burschen von zu Hause abzuhauen und sich ins Ungewisse zu stürzen. Als ich damals als Kriegsgefangener hier war, wollte ich ja auch nicht mehr zurück. Ich wäre gern geblieben. Das Rote Kreuz und die Alliierten forderten aber, dass alle Gefangenen wieder in die Heimat gebracht wurden. Tja und wir wollten ja auch wissen, was aus unseren Angehörigen, unseren Familien, geworden war. Ich galt ja damals zunächst als vermisst und hatte im Camp Atterbury erstmals die Möglichkeit, eine Notiz über das Rote Kreuz an meine Eltern zu schicken. Das war nur ein kleiner Zettel, den wir ausfüllen mussten und der dann per Luftpost nach Deutschland und dann an die Angehörigen weitergeleitet wurde. Meine Eltern waren natürlich froh darüber, als sie hörten, dass ich noch lebte. Zu Hause war damals alles zerstört und einer meiner Brüder, der August, war sogar in einem Konzentrationslager umgekommen.“

„Wie bitte? Ich dachte, die hätten nur die armen Juden dorthin deportiert?“

„Nein, nicht nur Juden. Alle Menschen die in diesem mörderischen Regime nicht mitmachten oder nicht dazu passten. Sie wurden einfach aussortiert und in die KZ`s gebracht, wo man sie ermordete. August war in Metz, in Frankreich, geboren. Mein Vater stammte von dort.“

„Wo wurde er geboren? In Metz? Da kam damals ja auch meine Mutter her. So ein Zufall, das gibt es doch fast gar nicht“, antwortet Alfred.

„Ja. Dann habe ich dich gestern auch richtig verstanden, als du erzähltest, dass deine Mutter aus Metz kam? Das gibt es doch wirklich nicht. Die Welt ist klein. Kleiner als man sich vorstellen kann. Dann habe ich mich tatsächlich nicht verhört. Diese vielen Zufälle oder Zusammenhänge werden mir langsam unheimlich“, erwiderte ich ihm. „Ja, und weil August nicht machte wie die Partei es von ihm verlangte, war er auf einmal verschwunden und wurde nach Dachau ins KZ gebracht. Wir haben zu Hause noch seine Briefe, die er an Mutter schrieb. Es muss die Hölle gewesen sein. Na ja, und irgendwann bekamen wir Post aus dem Konzentrationslager, er sei an einer Lungenentzündung gestorben.“

Nach einer längeren Pause sprach ich weiter: „Komm Alfred, lass es gut sein. Ich bin jetzt auch müde. Vielleicht kommt ja morgen Onkel John und ich erfahre die ganze Geschichte. Bin ja nicht gekommen, um über meine Vergangenheit oder die meiner Familie zu reden, sondern um etwas über das Kreuz zu erfahren.“

„Aber deine Geschichte interessiert mich auch und das Kreuz ist ja nicht irgendein Kreuz, sondern es ist dein Kreuz. Du warst der Erste, der es gefunden hat.“

„Deine Mutter kam aus Metz“, dachte ich laut nach, „weiß du, ich hatte ja auch noch eine ältere Schwester, eine Stiefschwester aus Vaters erster Ehe. Die hieß Magdalena. Aber ich habe meine Stiefschwester nie kennengelernt. Vater hatte sehr früh geheiratet und sie war schon wesentlich älter als ich und soll die Familie schon vor dem Krieg verlassen haben. Was aus ihr geworden ist, weiß keiner von uns. Vater hat nur einmal erzählt, dass Magdalena schon immer in die Welt wollte. Vielleicht ist sie ja damals auch in die Welt. Über ihren Verbleib wurde nicht lange nachgeforscht, weil sie selbst immer sagte, in Frankreich, wo mein Vater zuerst wohnte, wolle sie nicht bleiben. Das waren ja auch noch ganz andere Zeiten, die Zeiten vor dem Krieg. Vaters erste Frau, die Gabriele, starb schon sehr früh. Schon aus Vernunft, zu jener Zeit waren ja auch schon die Kinder da, heiratete er ihre Schwester, also meine Mutter, Maria. Wir wissen heute nur, dass Magdalena irgendwann einmal verschwunden war. Aber, wie gesagt, ich habe Magdalena eigentlich nicht gekannt und kann auch nicht viel mehr über sie erzählen.“

„Interessant“, antwortete Alfred, „den Namen Magdalena habe ich auch schon einmal gehört. Wenn ich nur noch wüsste, in welchem Zusammenhang?“

Die Nacht verlief für mich alles andere als ruhig. Mit dem heute Gehörten und Gesehenen waren meine Träume mit neuen Informationen gefüttert worden und diese mussten zunächst einmal verarbeitet werden.

Ich sah mich plötzlich um Jahre zurückversetzt, wie ich das erste Mal zufällig im Dickicht das Kreuz sah. Mehr zufällig fand ich es. Beinahe wäre ich damals wieder zurückgegangen und hätte meine eigentliche Arbeit, nämlich Sträucher und Gestrüpp wegzuräumen, weiter erledigt. Vielleicht wäre dann niemandem das Kreuz aufgefallen, weil es umgefallen und vielleicht zerstört worden wäre. Dann fand ich mich wieder im Camp bei meiner Arbeit in der Wäscherei. Berge von Betttüchern mussten gewaschen, getrocknet, gespannt und zusammengelegt werden. Mir taten manchmal die Hände weh, weil ich immer mit dem rauen Stoff arbeiten musste. Es gab keine Maschinen, um die Laken zu spannen. Es wurde alles von Hand gemacht. Dann sah ich mich plötzlich wieder in der Kantine des Camps. Der Barkeeper, er war ein Bediensteter vom Fort, hatte immer ein offenes Ohr für uns und beim Einschenken der Limonade war er nie geizig. Von dem geringen Wehrsold den wir bei unserer Arbeit erhielten, konnten wir uns ab und zu eine Kleinigkeit kaufen. Ich sehe mich vor dem Tresen, es war eine einfache Holztheke. Dahinter die amerikanischen Angestellten, die uns in der Kantine die Ware feilboten.

Auch Albträume plagten mich in dieser Nacht. Ich hörte die Schüsse, als zwei unserer Kameraden fliehen wollten, Heinz und Günter. Sie rannten einfach los, als sie das Loch im Zaun hatten und reagierten nicht auf die Warnschüsse der Wachsoldaten. Bis diese dann gezielte Schüsse abgaben. Es war die Pflicht der Wachsoldaten zu schießen. Wir verstanden nicht warum die beiden abhauen wollten. Es ging uns doch gut und wir hatten alles was wir brauchten. Außer der wirklichen Freiheit. Wir wussten doch alle, dass die irgendwann auch einmal wieder kommen würde. Was waren wir deprimiert nach diesem

Zwischenfall. Dann erfuhren wir, dass die beiden mit einer falschen Uniform gefasst worden waren und ihnen der Prozess gemacht werden sollte, weil sie zur Waffen-SS gehörten. Davor hatten sie wohl Angst und wollten fliehen.

Dann sah ich mich plötzlich wieder in der Eifel. Unsere Kompanie näherte sich langsam einer vermeintlich sicheren Brücke. Plötzlich sahen wir uns dem Amerikaner gegenüber. Todesängste hatten wir, weil wir damit gerechnet hatten, dass es jetzt um uns geschehen war. Ein paar Kameraden versuchten zu fliehen. Leider wurden viele von ihnen erschossen.

Schweißgebadet wachte ich in dieser Nacht auf. Doch mir gingen meine Träume nicht mehr aus dem Sinn. Denn was war zum damaligen Zeitpunkt der Tod für uns? Wir hatten ihn doch täglich vor Augen gehabt und rechneten ständig damit, dass wir selbst davon getroffen wurden. Vielleicht konnte ich es sogar als Glück bezeichnen, dass ich nicht mehr so schnell aus meinem Loch herausgekommen war und dass ich mich plötzlich zwei Amis gegenübersah, die ihre Waffen auf mich gerichtet und irgendetwas geschrien hatten. Hätte mich damals jemand gefragt, wie ich mich fühlte, so hätte ich ihm gesagt, dass ich für mein Leben keinen Pfifferling mehr gegeben hätte. Hatte ich einfach nur Glück gehabt? Ich weiß es bis heute nicht. Ich erinnerte mich daran, dass ich nur ein paar Tage vorher mit meiner Kompanie im Hamburger Hafen stand, weil wir nach Afrika verschifft werden sollten. Was wäre aus mir geworden, wenn nicht ein paar Stunden vor unserer Einschiffung der Befehl gekommen wäre, dass wir uns sofort in Richtung Eifel in Marsch setzen müssten, um dort eine Brücke zu sichern? Hätte ich Afrika vielleicht überhaupt nicht erreicht, weil das Schiff von einem U-Boot angegriffen worden wäre? Oder wäre ich dann aus Afrika gar nicht zurück gekommen, weil ich dort gefallen wäre? Fragen über Fragen, die mir in diesem Moment wieder durch den Kopf gingen und die mir nie einer beantworten konnte.

Aber wenn es so etwas wie einen lieben Gott gab, dann hatte er bestimmt alles für mich in die richtigen Bahnen gelenkt. Aber warum wurden dann so viele meiner anderen Kameraden in diesem sinnlosen Krieg erschossen, sind die vielen Jungen und Alten ums Leben gekommen oder wurden schwer verletzt? Warum hatte da der liebe Gott nicht alles Mögliche getan, dass keiner zu Schaden kam?

Ich musste daran denken, als ich damals bei meinen Eltern zu Hause wieder durch die Tür trat. Meine Mutter wurde bei meinem Anblick kreidebleich. Sie konnte zunächst gar nichts sagen. Wir gingen aufeinander zu, nahmen uns in die Arme und hielten uns fest. In diesem Moment brauchte auch niemand etwas zu sagen. Einfach nur dazustehen und zu wissen, dass man wieder zu Hause war. Das reichte schon.

Ich erinnere mich noch, wie mein Vater an diesem Tag von der Arbeit kam. Meine Mutter war ganz nervös und schaute schon ständig aus dem Fenster und hielt Ausschau nach ihm. Er kam immer zu Fuß von der Haltestelle, hatte seine Mütze auf und die Tasche, in der er seine Stullen aufbewahrte, in der rechten Hand. So kannte ich ihn schon als Kind. Mutter schaute immer wieder zur Haltestelle. Als dann endlich der Bus kam und Vater ausstieg, ging sie sofort vor die Tür um ihm vorsichtig beizubringen, dass ich wieder zu Hause war. Sie brauchte damals nichts zu sagen. Mein Vater hatte es gespürt. Er fragte sie sofort: „Ist Willi endlich wieder zurück?“

Ich war froh, als ich endlich Alfred in der Küche werkeln hörte und ich zu ihm konnte, damit ich nun wieder auf andere Gedanken kam.

„Gut geschlafen?“, fragte er skeptisch. „Du siehst nämlich aus, als hättest du heute Nacht kein Auge zugemacht.“

„Das habe ich auch kaum“, entgegnete ich ihm, „mir ging die ganze Nacht so viel im Kopf herum, dass ich jetzt froh bin, wieder mit jemandem reden zu können.“

Die Sonne ging langsam auf und man sah die ersten Arbeiter mit den Fuhrwerken auf dem Weg zu den Feldern, um die Ernte einzubringen. Am Himmel waren kleine Schäfchenwolken zu sehen und es versprach wieder ein schöner, aber heißer

Tag zu werden. Die beiden Hunde machten sich scheinbar einen Spaß daraus, kläffend hinter den Fuhrwerken her zu rennen. Die Arbeiter, die alle Ben und Wolf ja kannten, klatschten in die Hände und riefen ihnen zu, dass sie verschwinden sollten. Aus der Küche konnte man direkt zum Eingangstor schauen. Das war mir in den zwei Tagen vorher noch nicht so aufgefallen oder ich hatte nicht darauf geachtet. Das Tor bestand aus zwei großen schmiedeeisernen Teilen, die in der Mitte von einem großen Riegel zusammengehalten wurden. Über dem Tor sah man die Halterung, an der die Tafel mit dem Namen der Farm befestigt war. Eigentlich sah das Tor mit dem Namenszug der Farm sehr schön aus. Dass aber gerade dieser Name das Ausschlaggebende gewesen sein sollte, dass sich John und Hans so heftig zerstritten hatten, das konnte man sich kaum vorstellen.

Alfred hatte in der Zwischenzeit einen guten Kaffee aufgebrüht und es roch nach Rührei mit Speck. Das war jetzt genau das Richtige für ein gutes Frühstück. Dazu schnitt er ein frisches, selbst gebackenes Brot auf. Es duftete köstlich.

„Jetzt erzähl mir aber nicht, dass du auch noch Brot backen kannst?“, fragte ich ihn schmunzelnd.

Alfred lachte nur. Dann meinte er: „Nein nein. Alles kann ich nicht machen. Für solche Köstlichkeiten haben wir unsere Leute“, und zwinkerte er mir dabei zu.

„Mister Hans wird auch nicht lange auf sich warten lassen. Wenn er Eier und Speck schnuppert, hält es ihn nicht mehr in seinem Bett.“ Kaum hatte Alfred dies gesagt, hörte man Hans schon mit langsamen Schritten die Treppe herunterkommen. Wieder einmal musste ich ihn bewundern, wie sicher er sich im Hause bewegte.

„Guten Morgen, ihr zwei“, sagte er, als er die Küche betrat. „Gut geschlafen?“, fragte er in meine Richtung.

Woher weiß er eigentlich, dass ich schon am Esstisch sitze, fragte ich mich erstaunt und antwortete ihm: „Na ja, nicht so besonders. Ich hab es eben schon Alfred gesagt. Mir ging in dieser Nacht zu viel im Kopf herum. Es sind viele Erinnerungen wach geworden. Es ist ja auch kein Wunder."

„Meinst du, John kommt heute?", fragte er mich.

„Ich hoffe es. Onkel John sagte nur, er komme in drei Tagen. Ich hoffe doch, dass er es sich nicht anders überlegt hat."

„Wenn Mister John sagt, er kommt, hält er sich auch daran", mischte sich Alfred in unser Gespräch ein.

Während Alfred uns das Frühstück hinstellte, schaute ich aus dem Fenster zum Tor. Ich sah hinaus auf den Weg, der vom Haus zum Tor führte und den man noch ein Stück weiterverfolgen konnte, bis er hinter einem Hügel in Richtung Süden zur Stadt Brandenburg verschwand.

Täuschte ich mich oder hatte ich gerade jemanden gesehen, der zu Fuß den Weg entlanggelaufen kam? Es war gut möglich, weil gerade um diese Zeit die Arbeit auf der Farm so richtig begann und bestimmt noch viele Arbeiter unterwegs waren. Einige von ihnen wohnten in der Stadt und wurden von einem alten, klapprigen Lastwagen zur Farm gebracht. Auf dem Lastwagen saßen auch noch Arbeiter, die auf anderen Farmen arbeiteten. Die Arbeiter, die auf der Farm Johanna arbeiteten, wurden kurz davor abgesetzt und mussten die paar Meter zu Fuß zurücklegen. Aber die Person, die jetzt den Weg entlang kam, sah mir nicht nach einem Arbeiter aus. Sie schien mir eher etwas kleiner und zierlicher zu sein.

„Täusche ich mich oder kommt da eine Frau den Weg entlang?", fragte ich die beiden.

Alfred schaute kurz auf, blickte aus dem Fenster und meinte nur: „Ganz ruhig, mein Freund. Das wird die Lona sein", ergänzte er, „die kommt meistens um diese Zeit hierher. Ich habe sie schon erwartet."

„Das freut mich, dass sie kommt“, meinte ich nur, „dann wird Onkel John bestimmt auch bald kommen.“

„Warten wir es doch einfach ab“, meinte Hans daraufhin etwas skeptisch, „ob er wirklich den Mut dazu hat.“

„Mister Hans?“, fragte Alfred plötzlich. „Willi erwähnte gestern Abend den Namen Magdalena. Seine Schwester, oder vielmehr seine Stiefschwester“, und nach einer kurzen Pause, so als müsse er überlegen, fragte er weiter, „irgendwann ist mir dieser Name hier im Hause auch schon einmal über den Weg gelaufen. Wenn ich nur wüsste, wo?“

Etwas zu schnell für Alfred antwortete ihm hierauf Hans: „Keine Ahnung wer das sein soll. Ich habe diesen Namen noch nie im Leben hier gehört.“

Aber Alfred war sich seiner Sache sicher. Diesen Namen hatte er schon einmal gehört oder irgendwo gelesen.

Während die beiden sich unterhielten stand ich auf, um Lona entgegenzugehen.

„Warte“, sagte Alfred, „wenn man nicht weiß wie, bekommt man dieses Tor nicht so einfach auf. Ich geh mit dir nach draußen.“

Vor der Tür sah ich ihn an und fragte: „Hast du das eben im ernst gemeint? Ich werde doch noch so ein Tor öffnen können. Die Arbeiter kamen doch auch schon rein. Da hat keiner lange am Tor gestanden. Die haben das doch ruck zuck von außen geöffnet und wieder von innen verschlossen.“

„Ich weiß. Ich wollte auch nur die Gelegenheit nutzen, noch schnell ein paar Worte mit dir alleine zu wechseln.“

„Was ist los? Gibt es irgendwelche Probleme?“

„Nein. Probleme gibt es nicht. Aber Mister Hans macht mir Sorgen. Er hat mich gestern Abend noch einmal in sein Zimmer gerufen und mit mir über alles gesprochen.“

„Über alles gesprochen? Was meinst du damit?“

„Na ja. Eben über alles. Denk doch einmal darüber nach, was hier los ist, seit du vor zwei Tagen zu uns gekommen bist.“

„Ja, da sind schon einige Erinnerungen wach geworden. Nicht nur bei euch, sondern auch bei mir.“

„Nein, aber das meinte ich nicht damit.“

„Was meinst du dann?“

„Vor zwei Tagen hast du ihm doch den Talisman in die Hand gedrückt und dabei gesagt, dass Onkel John den zweiten Teil seines Schwures einlösen wolle.“

„Stimmt. Aber ich weiß ja nicht was es damit auf sich hat.“

„Aber genau das ist es ja. Mister Hans hofft, dass Mister John kommt. Mister Hans will einen Schlussstrich unter die alten Geschichten ziehen und mit seinem besten Freund den Rest seiner Jahre zusammen hier auf der Farm verbringen. Genau das ist es jetzt, was ihm so viel Sorgen bereitet. Wir, also Lona und ich, haben schon seit langer Zeit immer wieder darüber gesprochen, wie wir es in die Wege leiten könnten, dass die beiden nochmals zusammenkommen. Lona kam früher ja nicht hierher. Ich bin deshalb vor etwa einem Jahr in die Stadt und habe sie aufgesucht. Ich habe ihr alles erzählt. Aber eigentlich wusste sie ja alles schon. Sie sagte mir, dass Mister John ihr die ganze Geschichte schon zigmal erzählt habe und sie schon damit gerechnet hätte, dass die beiden irgendwann wieder zusammenkommen würden. Aber so einfach schien das nicht zu sein. Lona und ich hatten bald gemerkt, dass es schwierig werden würde. Wir konnten Mister Hans oder Mister John ja nicht einfach an die Hand nehmen und beide hierher führen. Das hätte so nicht funktioniert“, sagte er schmunzelnd.

Während Alfred mir dies sagte, waren wir langsam zum Tor weitergegangen. Lona war nur noch ein paar Schritte weg und ich rief ihr entgegen: „Hallo Lona. Freut mich dich wiederzusehen. Hast du mich im Hotel schon vermisst?“

Lona kam lachend dem Tor näher und sagte: „Das hatte ich mir gleich gedacht, dass Sie nicht so schnell wieder zurückkommen. Ich wusste genau, wenn Sie einmal auf der Farm sind, gehen Sie sicher nicht gleich wieder fort. Deshalb habe ich auch Ihre Sachen aus ihrem Zimmer mitgebracht. Die brauchen Sie jetzt ja sicher.“

„Also erstens, wenn ich auch ein paar Jahre mehr auf dem Buckel habe als du, ich bin der Willi“, und streckte ihr die Hand entgegen, „und zweitens, bist du ganz schön raffiniert für dein Alter. Du hast doch schon genau gewusst, was mich erwartet und drittens, jetzt kommt für dich eine Überraschung, vielleicht sind wir beide sogar miteinander verwandt. Aber das erzähle ich dir später. Es wäre zwar bestimmt ein Zufall. An den glaube ich zwar selbst noch nicht so recht. Aber wundern würde es mich nicht mehr, nach alledem, was ich bis jetzt schon hier erlebt und erfahren habe. Doch jetzt komm erst einmal rein.“

„Danke, hm, Willi“, sagte sie schmunzelnd, „wir miteinander verwandt? Das kann ich mir zwar auch nicht vorstellen. Aber all das andere, ich habe dir ja schon viel erzählt. Nur hast du scheinbar nicht alles geglaubt.“

„Ich sagte ja nur, vielleicht sind wir verwandt, so genau weiß ich das ja auch noch nicht. Warten wir es doch einfach einmal ab, was wir hier noch so alles erfahren werden.“

„Kommt ihr jetzt endlich rein?“, forderte Alfred uns unwirsch auf. „Mister Hans wird bestimmt schon ganz unruhig, wenn er uns hier am Tor weiß und wir kommen nicht zurück.“

„Kommt Onkel John auch noch?“, wollte ich natürlich gleich von Lona wissen.

„Ich glaube schon, dass er kommt. Ich habe ihn zwar heute Morgen noch nicht gesehen, aber gestern Abend in der Kneipe wirkte er doch ziemlich nervös. Als ich ihn fragte, ob er heute zur Farm gehe, gab er mir keine Antwort."

Wir gingen nun gemeinsam zum Haus zurück und Lona betrat vor uns die Küche, wo Hans immer noch am Esstisch saß, aber noch keinen Bissen von seinem Frühstück angerührt hatte.
„Guten Morgen, Opa Hans", begrüßte Lona ihn, „wie geht es dir denn heute?"

„Meine kleine Lona ist wieder da. Da bin ich aber glücklich. Komm, setz dich zu mir", forderte er sie gleich auf, „wenn du da bist, geht es mir immer gut, das weißt du doch sicher schon, mein kleiner Engel."

Wir setzten uns alle gemeinsam an den Tisch und ich konnte einmal mehr meine Neugierde nicht im Zaum halten und fragte gleich: „Hans, was hat es mit dem halben Dollarstück, mit dieser halben Münze auf sich?"

„Das wirst du noch früh genug erfahren", entgegnete er mir etwas barsch, „jetzt will ich erst einmal gar nichts hören und wir frühstücken zusammen."

Der Vormittag verlief ruhig. Wir frühstückten fertig und ich merkte, dass keiner im Moment so recht Laune hatte, etwas zu erzählen. Vielleicht hing es auch damit zusammen, dass wir nicht wussten, ob Onkel John tatsächlich kommen würde. So hielt ich es für besser, zunächst nicht weiter zu fragen und abzuwarten, was kommen würde. Lona erklärte sich dazu bereit, mir einen Teil der Farm, den Garten und die Rosenzüchtung zu zeigen. Sie war es, die mich dazu aufforderte mit ihr nach draußen zu gehen. Ich hatte dabei so ein Gefühl, dass es ihr momentan auch nicht so ganz angenehm war, drinnen im Haus zu sitzen und zu warten, was da kommen würde. Ich war auch froh darüber und sagte ihr deshalb sofort zu.

Vorm Haus kamen die beiden Hunde angerannt und begrüßten Lona freudig. „Das sind zwei brave Kerle“, meinte sie, „aber wenn die beiden nicht wollen, kommt hier keiner auf die Farm.“

„Das habe ich bereits bemerkt. Ich sah mich nämlich schon als Gulasch und war froh, dass der Zaun zwischen uns war, als ich die beiden zum ersten Mal gesehen habe. Aber jetzt sind sie schon meine Freunde.“

Langsam spazierten wir auf den Garten zu, in dem ich viele Vergissmeinnicht sah. „Das sind wohl die Lieblingsblumen hier auf der Farm?“, fragte ich, um wieder langsam ins Gespräch zu kommen und die Stille zu überbrücken, die sich zwischen uns breitgemacht hatte seit wir aus dem Haus gegangen waren.

„Großmutter hat sie sehr geliebt“, sagte sie ruhig.

„Dass die Johanna deine Großmutter war, hattest du mir nicht gesagt.“

„Das wäre auch wohl etwas viel gewesen, meinst du nicht? Du hast so viele Dinge in dieser kurzen Zeit erfahren. Aber das hast du nur Onkel John zu verdanken. Er hat dich sofort in sein Herz geschlossen, als er dich sah und gesagt, dass du in Ordnung bist und jetzt bald alles wieder besser wird.“

„Das verstehe ich nicht ganz. Er kannte mich doch gar nicht?“

„Ich glaube, das hat auch nichts mit Verstehen zu tun. An dem Tag als er dich zum ersten Mal gesehen hat, sagte er gleich darauf zu mir, dass du es bist. Was er damit meinte verstand ich nicht. Deshalb habe ich ihn nochmals gefragt. Er sagte mir, dass er, gleich nachdem er dich in die Kneipe kommen sah wusste, dass du derjenige bist der die Familienbande nach so langer Zeit wieder zusammenbringen wird.“

„Familienbande zusammenbringt? Was soll das heißen?“

„Das weiß ich auch nicht. Was auch immer er damit gemeint hat, es muss wohl so eine Art Eingebung gewesen sein.“

Um ein paar anderen Gedanken Platz zu machen, sagte ich zu ihr: „Das mit deinem Vater und deiner Mutter tut mir leid, ehrlich.“

„Das braucht dir nicht Leid zu tun. Meine Eltern kannte ich ja nicht und mein Vater, na ja, was ich später so alles über ihn hörte, war ja auch nicht gerade überzeugend. Ich bin trotzdem in guten Händen aufgewachsen. Deshalb brauchst du dir keine Gedanken zu machen.“

„Und wie meinst du, dass das hier alles nun weitergehen wird?“

„Ich denke, dass Onkel John kommt und die beiden werden sich dann sicherlich wieder versöhnen. Hoffe ich jedenfalls.“

„Da sind so viele Ungereimtheiten. Was meinte Onkel John damit, als er mich wütend anschrie, dass er kein Judasgeld entgegennehmen wolle?“

„Du musst dich etwas gedulden. Warte es ab. Das hängt alles mit dem zusammen, was damals auf der Farm passierte. Die beiden sollen dir die Geschichte selbst erzählen und nur dann werden die beiden merken, dass es das alles gar nicht Wert war.“

„Wie meinst du das?“

„Na, dann überlege einmal. Die beiden hauen als junge Burschen von zu Hause ab. Kommen hierher nach Amerika, bauen sich in kurzer Zeit eine riesige Farm auf. Und als dann alles fertig ist, bricht die Freundschaft auseinander. Nur weil sich zwei Sturköpfe nicht aussprechen können. Der ganze Streit ging sogar so weit, na ja, ist dir das Loch in dem Bild aufgefallen, das im Flur hängt?“

„Ja. Das Bild, auf dem Johanna, deine Oma, abgebildet ist, wie mir Alfred gesagt hat! Ich habe mich schon gewundert, weil es ein Loch hat. Warum, was ist damit?“

„Ja es ist ein sehr schönes Bild. Auch die anderen Bilder die hier im Haus hängen sind von Onkel John gemalt worden. Er war ein richtig guter Maler. Tja und das Loch kommt von einem Schuss mit einem Revolver“, fügte sie leise hinzu.

„Ein Schuss? Was war denn da passiert?“

„Warte es doch einfach ab. Das sollen dir die beiden selbst erzählen. Es ist ja auch ihre Geschichte.“

Um das Thema zu wechseln, fragte sie: „Was haben deine Frau und deine Eltern dazu gesagt, dass du wieder nach Amerika gekommen bist?“

„Na ja, die waren auch nicht gerade begeistert davon. Aber was ich mir in den Kopf gesetzt habe, das ...“

„Dann passt du ja in diese Reihe der Sturköpfe gut hinein“, unterbrach sie mich lächelnd, ohne zu wissen, wie recht sie damit vielleicht hatte.

Da Lona ja noch nicht wissen konnte, dass ich damals als Kriegsgefangener schon hier auf der Farm gearbeitet hatte, erzählte ich ihr meine Erlebnisse von hier und auch die Geschichte von dem Holzbild, das ich damals schnitzte und das ich Hans, den ich ja nicht näher kannte, schenkte. Sie meinte jedoch nur, dass dies alles doch ein riesiger Zufall sein müsste.

Aber davon war ich schon lange nicht mehr überzeugt. Das war alles kein Zufall mehr. Das war Bestimmung. Wie hatte sie vorhin gemeint? Familienbande!

Wir spazierten zu den schwarzen Rosen und Lona erklärte mir, dass sie auf der Farm ab und zu arbeitete. Da sie sich auch eigenes Geld verdienen wollte, arbeitete sie in der Kneipe und wann immer es ihre Zeit zuließ, pflegte sie den Garten und leistete ihrem Großvater Gesellschaft.

Die Sonne hatte nun fast ihren Höhepunkt erreicht und brannte gnadenlos. Die Erntehelfer auf den Feldern konnten einem schon fast leidtun. Aber die trockene Zeit musste genutzt werden.

„Ich denke es wird Zeit, dass wir zurückgehen", schlug ich ihr vor, da wir doch schon eine ganze Weile spazierten und uns auch ein gutes Stück vom Haus entfernt hatten. Die Hunde, die ständig in unserer Nähe waren, bemerkten zunächst gar nicht, dass wir wieder in die entgegengesetzte Richtung gingen und kamen dann umso schneller angerannt, als sie sahen, dass wir uns von ihnen entfernt hatten.

Von weitem sahen wir schon das Auto, das vor dem Tor stand und Lona sagte: „Er hat sich doch überwunden. Er ist gekommen. Gott sei Dank." Gerührt fügte sie hinzu: „Das freut mich. Jetzt wird alles wieder gut."

Eine kleine Freudenträne kullerte über ihre Wange.

## Kapitel 7

„Ich fahre morgen nach Peoria zu Mister Lawless. Ich will mit ihm nochmals die Bedingungen für die Lieferungen an die Armee durchsprechen. Fährst du mit?“, fragte Hans.

„Nein. Ich denke es ist besser, wenn einer von uns beiden hierbleibt und alles etwas im Auge behält. In der letzten Zeit wurden mir zu oft die Zäune geöffnet und die Schafherden vom Nachbarn standen auf unseren Feldern“, antwortete John. „Fährt Johanna mit?“

„Denke nicht. Sie fühlt sich schon seit Tagen nicht besonders gut. Vielleicht braucht sie nur mal ein bisschen Ruhe.“

„Hans, ich finde es nicht gut was du da machst. Ihr seid jetzt gerade einmal ein halbes Jahr verheiratet und du kümmerst dich reichlich wenig um sie!“

„Lass das nur meine Sorge sein. Im Haus und Garten hat sie genug Abwechslung. Da kann sie auf andere Gedanken kommen.“

„Meinst du nicht, dass es besser für sie gewesen wäre, wenn sie ihren Job bei der Armee behalten hätte? Ich meine ja nur, sie war damals ausgeglichener als heute.“

Nach einer kurzen Pause ergänzte John: „Hans, sie ist eine junge Frau. Du kannst sie nicht auf der Farm einsperren. Das geht nicht gut. Glaube es mir.“

„Ja ich werde darüber nachdenken, wenn ich Zeit dafür habe“, gab Hans etwas spöttisch zurück, „sie hat hier schon Abwechslung genug.“

„Hans, wie lange wirst du wegbleiben?“, fragte Johanna, die gerade aus der Küche kam und auf beide zuging.

„Na ja, von hier nach Peoria sind es ja gut fünfhundert Meilen. Ich denke, dass ich Ende der Woche wieder zurück bin, wenn alles unter Dach und Fach ist“, erklärte ihr Hans.

„Meinst du, dass die Bedingungen für uns akzeptabel sind? Schließlich sollen, nein müssen wir immer pünktlich liefern und es darf uns nichts dazwischenkommen. Wir brauchen nur einmal eine nasse Woche und schon können wir den Mais nicht rechtzeitig ernten“, sagte Johanna.

„Zerbrich du dir mal nicht deinen schönen Kopf über Sachen, die du nicht verstehst“, widersprach ihr Hans, „das bekommen wir schon hin.“

John ging während dieses kurzen Gesprächs etwas zurück und schüttelte nur den Kopf. Er machte sich so seine Gedanken, ob das mit den beiden noch lange gut gehen konnte.

Hans war ein guter Kerl. Aber die Ansichten die er hatte, konnte John nicht teilen. John hätte alles darum gegeben Johanna für sich zu gewinnen. Aber aus irgendeinem Grund, den er bis heute nicht verstanden hatte, blieb sie damals mit Hans zusammen. Hans war fleißig und konnte arbeiten wie ein Pferd. Wäre Hans nicht gewesen, hätte John bestimmt öfter als einmal alles hingeschmissen und, wer weiß, vielleicht wäre er auch wieder zurück nach Deutschland gegangen. Hans hat ihn immer wieder aufgebaut und ihn ermuntert weiterzumachen. Eigentlich hatte Hans ja meistens recht. Irgendwie brachte er alles wieder auf den rechten Weg, auch wenn es für einen unvoreingenommenen Außenstehenden vielleicht ganz anders ausgesehen hatte. Hans war mehr praxisorientiert, wogegen John gefühlsbetonter war.

So tat es John jetzt unendlich leid, dass er miterleben musste, wie Hans über seine Johanna einfach bestimmte und sich gar nicht mit dem Gedanken befasste, sie womöglich auf diese Reise mitzunehmen. Kaum hatte John sich darüber geärgert, da fragte Johanna: „Hans, was hältst du davon, wenn ich mit dir fahre? Peoria ist ein schönes Städtchen und ich war noch nie dort.“

„Was willst du denn dort machen, wenn ich den ganzen Tag beim Anwalt sitze und wir über unseren Verträgen brüten?“, entgegnete er so barsch, dass Johanna gar nicht erst versuchte ihn umzustimmen.

„Bleib du nur hier. Die lange Reise ist für dich nicht gut und du würdest dich dort doch nur langweilen.“

Johanna, sichtlich enttäuscht über diese Abfuhr die in der vergangenen Zeit nicht die Erste war, drehte sich auf dem Absatz um und verschwand wieder im Haus.

„Ich will mich ja nicht einmischen“, begann John.

„Dann lass es auch bleiben“, erwiderte Hans direkt, „Frauen brauchen nicht überall dabei zu sein. Ich fahre dann morgen gleich bei Sonnenaufgang. Ich nehme den Ford, der wird die Strecke durchhalten. Der anderen Karre trau ich nicht so über den Weg“, sagte Hans und ging in den Schuppen, um nachzuschauen, ob das Auto von Alfred schon abfahrbereit gemacht worden war.

John, dem es sichtlich leidtat, dass er wieder einmal miterleben musste wie Hans mit Johanna umsprang, ging ins Haus zurück um mit ihr zu reden.

Johanna stand am Küchenfenster. Als er zur Küche hereinkam, drehte sie sich nur kurz um und schnell wieder weg. Dieser kurze Augenblick genügte John um zu sehen, dass Johanna weinte.

„Kann ich etwas für dich tun?“, fragte er sie.

„Nein danke. Lass mal gut sein. Danke. Lieb von dir. Aber ich weiß nicht wie lange ich dies alles noch mitmachen werde. So habe ich mir mein Leben mit Hans nicht vorgestellt. Wenn das so weitergeht, gehe ich wieder zurück in meinen Job“, sagte Johanna und klang dabei sehr traurig.

John, der diese Traurigkeit gar nicht haben konnte, ging auf sie zu und fasste sie an den Schultern. Dann sagte er zu ihr: „Das wird schon wieder. Er wird sich bestimmt bald wieder ändern."

Aber das glaubte er selbst nicht, da er Hans zu gut kannte.

Am nächsten Morgen, die Sonne war gerade aufgegangen, fuhr Hans mit dem alten Ford los in Richtung Peoria. Johanna stand vor der Tür und winkte ihm nach, traurig, nicht mitfahren zu können. Hans versicherte ihr nochmals, dass es für sie nur langweilig wäre und dass die ganze Fahrt ja sowieso für sie viel zu anstrengend sei.

John indes machte sich am späten Vormittag auf den Weg nach Brandenburg, wo er ein paar Besorgungen machen wollte. Zu Johanna sagte er nur, dass er gegen Nachmittag wieder zurück sei. In der Stadt angekommen, steuerte John direkt die Kneipe in der Kennedy-Road an, wo er in der vergangenen Zeit einer der besten Kunden war. John hatte gerade in der letzten Zeit nichts gegen einen guten Drink einzuwenden gehabt. Nur dass diese Drinks immer öfters flossen und er bei seinen Besuchen in der Kneipe von sogenannten guten Freunden begleitet wurde. Hans hatte John einmal darauf angesprochen, warum er so oft in der letzten Zeit in die Stadt fahren würde: „So viel gibt es in der Stadt doch gar nicht zu erledigen? Was machst du denn dauernd dort?" Von John hatte er jedoch immer nur eine ausweichende oder nichtssagende Antwort erhalten.

John hatte auch daran Gefallen gefunden, mit seinen neuen Freunden Black Jack zu spielen. Während dieser Spiele floss in der Regel reichlich Alkohol und er merkte oft nicht mehr, dass er der Einzige war, der beim Spiel verlor. Und so blieben nicht wenige Dollar auf der Strecke.

An diesem Tag war es wieder einmal so weit. In der Kneipe wurde er schon erwartet und es dauerte nicht lange, bis sich die ersten Anzeichen des Alkohols bemerkbar machten. An diesem Tag lief manches anders als sonst. Es kam noch eine weitere Person an den Tisch, die John bisher noch nie in der Kneipe gesehen hatte. John, der sichtlich mit der Wirkung des Alkohols zu kämpfen hatte, schaute nur kurz zu dieser Person hin und wollte wissen, wer er sei und ob er mitspielen wolle.

Es war ein schlanker, gut angezogener Mann. Das erste was John auffiel war, dass er ungewöhnlich viele Ringe an den Fingern trug. Dies war deshalb schon so außergewöhnlich, da hier Männer eigentlich gar keine Ringe trugen und wenn, dann höchstens einen Ehering. Aber so viele verschiedene Ringe? Der Fremde bemerkte den Blick, sagte aber nichts und schmunzelte nur. Nein, er wollte nicht mitspielen, davon hielt er nichts. Er wollte ihm ein Geschäft vorschlagen.

„Sie sind doch einer von den beiden Deutschen, von der Farm Johanna?“, fragte er John.

„Ja, wie kommen Sie darauf?“, gab er mit schon etwas schwerer Zunge zur Antwort.

„Ich bin gekommen, um Ihnen ein Geschäft vorzuschlagen.“

„Da haben Sie sich aber heute einen schlechten Tag ausgesucht, mein Freund“, lachte John und schlug ihm locker auf den Arm.

„Das ist nicht schlimm. Wichtig war mir nur, dass wir uns heute einmal treffen, deshalb bin ich auch hier. Aber heute wirklich ein Geschäft abzuschließen, ich glaube, damit wird wohl nichts mehr“, stellte er selbst fest, als er John in die Augen sah.

„Dann kommen Sie doch einfach zu unserer Farm, morgen früh, dann können wir über alles reden.“

„Nein, das möchte ich nicht. Das Gespräch soll unter uns beiden bleiben.“

„Ich habe keine Geheimnisse vor meinem Freund und Partner, wir machen sowieso alles zusammen.“

„Alles zusammen?“, fragte der Fremde. „Jeder macht doch so seine Geschäfte. Sind Sie sicher, dass wirklich immer alles in die gleiche Tasche fließt, so wie es vereinbart ist?“

„Was wollen Sie denn damit sagen?“, fragte John jetzt etwas aufgebracht.

„Nichts. Ich habe nur erfahren, dass Ihr Teilhaber mehrere Tage weggefahren ist. Sind Sie sicher, dass er wirklich für die Farm Geschäfte abschließt? Schließlich ist er ja jetzt verheiratet und zwar mit einer sehr hübschen Frau, die auch noch aus gutem Hause kommt. Da braucht man schon mal den einen oder anderen Dollar mehr, als einem eigentlich zusteht.“

Ja warum war Hans alleine nach Peoria gefahren, und warum wollte er partout nicht, dass Johanna mitfährt? Zweifel waren gesät und ein kleines Pflänzchen Misstrauen begann daraus zu keimen.

„Was ist eigentlich heute los?“, wollten die anderen Spieler wissen. „Spielen wir nun weiter oder quatschen wir nur?“

„Mir ist die Lust am Spielen vergangen. Ich will nicht mehr. Ich fahre zurück“, sagte John, stand auf und wollte schon vom Tisch weggehen.

„Was wird aus unserem Geschäft?“, fragte der Fremde. „Wann und wo können wir uns treffen?“ Nach einer kurzen Pause fügte er hinzu: „Ich schlage vor, morgen, hier um die gleiche Zeit. Ich lasse eine Ecke für uns reservieren, damit wir auch wirklich ungestört sind und uns unterhalten können.“

„Meinetwegen. Also dann. Bis Morgen“, erwiderte John und ging zur Tür, hinaus auf die Geschäftsstraße.

Es ließ ihm auf dem Rückweg keine Ruhe mehr. Was wollte Hans in Peoria? Wirklich nur zu Mister Lawless wegen der Verträge? Hans machte sowieso in der letzten Zeit, was er wollte. Der Gipfel war ja das Schild mit dem Namen für die Farm. Es war zwischen ihm und Hans ganz klar abgesprochen, dass über alles, wirklich alles was die Farm betraf, gemeinsam entschieden werden sollte. Das Haus, in das Hans mit Johanna ziehen wollte, hatte er auch einfach geplant, ohne ihn vorher zu fragen. Vom Hausbau hatte er erst erfahren, als Hans schon fast alles unter Dach und Fach hatte. Sicher hätte er zugestimmt, aber er wollte vorher gefragt werden. Da waren in den letzten Jahren zu viele kleine Angelegenheiten, die ihn jetzt zweifeln ließen.

Erst als er wieder vor dem Eingangstor der Farm stand, wurde ihm bewusst, dass er die ganze Strecke aus der Stadt schon zurückgelegt hatte, ohne die eigentliche Fahrt zu registrieren. Er öffnete das Tor, fuhr eine Wagenlänge weiter, stieg aus, schloss dieses wieder zu und wollte schon in Richtung Schuppen losfahren, als er Johanna im Garten stehen sah. Er fuhr deshalb direkt vors Haus, stieg aus und ging zu ihr: „Weiß du eigentlich, was Hans in Peoria macht?“, fragte er sie leicht vorwurfsvoll.

„Wie bitte? Was soll er dort machen? Das weißt du doch so gut wie ich“, entgegnete sie ihm etwas verwirrt.

„Wissen wir das wirklich?“, gab er spöttisch zurück.

Johanna die während dieser Worte etwas näher an ihn herangetreten war, bemerkte Johns Alkoholfahne. „John, du hast ja wieder zu viel getrunken. Irgendwann wirst du deswegen noch viel Ärger bekommen.“

„Das ist mein Ärger“, erwiderte er, drehte sich um und ging zum Haus.

Am nächsten Morgen war John schon früh aufgestanden, weil er die ganze Nacht über unruhig geschlafen hatte. Ihm wollten die Worte dieses Fremden nicht mehr aus dem Kopf gehen. Aber John hatte eigentlich seinen Entschluss schon gefasst. Am Vormittag fuhr er deshalb wieder in die Stadt, um sich mit dem Fremden zu treffen. Dieses Mal würde er aber darauf verzichten Alkohol zu trinken, um einen klaren Kopf zu behalten.

Wie verabredet saß der Fremde schon in einer Ecke an einem kleinen Tisch, als er die Kneipe betrat. Ohne zu fragen oder lange herumzureden setze er sich zu diesem Fremden und fragte ihn: „Was sind das für Geschäfte, die Sie mir da vorschlagen?“

„Sachte, sachte“, meinte dieser. „Kann ich mit Ihrem Stillschweigen rechnen? Denn wie schon gesagt, ich habe da so meine Informationen. Und wer weiß, vielleicht wäre es ja gut für Sie, wenn Sie jetzt auch Ihre eigenen Geschäfte machen, ohne den Partner. Man muss heutzutage ja wissen, wo man bleibt. Schließlich weiß man ja nie so richtig, was alles noch auf einen zukommt“, sagte er.

„Schon gut. Hans, also meinen Partner und mich, uns bekommt keiner so schnell auseinander“, versuchte John wichtig zu reden.

„Sie sind sich ihrer Sache ja ziemlich sicher“, bemerkte der Fremde mit leichtem Kopfnicken und nachdenklichem Gesichtsausdruck.

„Okay, was für Geschäfte?“, wollte John jetzt wissen, der schon ganz nervös wurde.

„Öl!“

„Öl?“

„Ja. Öl. Ich bin Anteilseigner an einer großen Ölfirma, oben im Norden von Illinois“, sagte der Fremde mit ernster Miene.

„Was heißt Anteilseigner an einer großen Ölfirma? Was soll ich damit? Was habe ich davon?“

„Na was wohl? Kaufen und verkaufen natürlich.“

„Einfach Öl verkaufen, einfach so?“

„Ja, einfach so. Ich beschaffe Ihnen Anteilscheine von dieser

Firma, so viel Sie wollen, oder besser, so viel Sie bezahlen können, und Sie verkaufen die Anteile zu einem besseren Preis an weitere Interessenten für mindestens ein Viertel mehr als den Preis, den Sie bei mir bezahlen müssen. Dafür sind Sie dann aber Miteigentümer an der Ölkompanie."

„Und wie kommen Sie so günstig an die Anteilscheine?"

„Das ist mein Geschäft. Das ist meine Sache. Ich bin schließlich schon Teilhaber an dieser Kompanie und beschaffe die Papiere, indem ich diese selbst kaufe. Und ich verkaufe sie weiter, natürlich nur gegen Bargeld. Für Sie natürlich zu einem günstigen Preis. Sie verkaufen die Papiere wieder mit Gewinn an weitere Interessenten. Sie wissen ja selbst, in Zukunft geht in der gesamten Wirtschaft und in der gesamten Industrie ohne Öl rein gar nichts mehr."

„Und warum verkaufen Sie die Scheine dann nicht selbst, wenn Sie die Anteile doch so günstig beschaffen können?"

„Weil ich mir inzwischen die Leute aussuchen kann, an die ich verkaufe. Ich beziehe die Anteilscheine, verkaufe sie zu einem günstigen Preis an Sie und Sie verkaufen diese an weitere Interessenten. Und irgendwann arbeitet dann das Geld für mich, ohne dass ich noch etwas dazu tun muss. Das könnten Sie dann auch haben. Natürlich nur, wenn Sie ernsthaft mitmachen", erklärte er mit wichtiger Mine.

„Ja, aber warum kommen Sie gerade zu mir?", wollte John noch einmal wissen.

„Weil ich glaube, dass Sie über ausreichend finanzielle Mittel verfügen und clever genug sind, ein solches Geschäft nicht auszuschlagen. Zumal Sie jetzt in Ihre eigene Tasche arbeiten könnten. Hier gibt es zwar viele Farmer mit mehr oder weniger großen Farmen. Aber Sie beide sind so ziemlich die Einzigen, die erkannt haben, dass man in der heutigen Zeit expandieren muss. Und Sie haben ihre Farm doch schon ständig erweitert. Oder etwa nicht?"

„Aber was mache ich, wenn mir keiner die Anteilscheine abkauft, wo ist das Risiko?“

„Das meinen Sie doch nicht im wirklich? Sie kennen doch alle guten Leute in dieser Stadt und wissen, wer genug Geld hat. Wenn Sie es geschickt anstellen, machen Sie es so wie ich“, erklärte er und sprach nach einer kurzen Pause weiter: „Ich habe inzwischen einige Mittelsmänner, die von mir Anteilscheine gekauft haben und diese Scheine nun wieder verkaufen und so selbst gutes Geld damit verdienen. Wir sind jetzt noch ganz an der Spitze und umso weniger Teilhaber vor Ihnen sind, umso besser verdienen Sie. Überlegen Sie einmal. Wenn das Geschäft erst so richtig läuft, brauchen Sie nur noch zwei oder drei weitere Leute, die dann für Sie Anteilscheine verkaufen. Von jedem Anteilschein erhalten Sie eine Provision. So wie ich, wenn Sie diese jetzt von mir kaufen sollten. In kurzer Zeit brauchen Sie gar nichts mehr zu tun. Dann läuft dieses Geschäft ganz von alleine und Sie sind ein gemachter Mann.“ Der Fremde redete betont langsam, damit seine Worte bei seinem Gegenüber richtig wirken konnten. Einen kurzen Moment später ergänzte er: „Wenn Sie einmal ganz aus dem Geschäft aussteigen wollen, dann geben Sie Ihre Anteilscheine einfach an die Ölkompanie zurück und Sie erhalten Ihr Geld einschließlich einer Überschussbeteiligung, die zwischenzeitlich durch die Gesellschaft erwirtschaftet wurde. Wo soll da also für Sie noch ein Risiko sein?“

Das überzeugte John letztendlich. Sie vereinbarten ein weiteres Treffen am nächsten Morgen. John erklärte, dass er es sich überlegen wolle und jetzt zurück zur Farm müsse. Aber in Wirklichkeit hatte die Idee, seine eigenen Geschäfte zu machen, schon so von ihm Besitz ergriffen, dass er zu keinem klaren Gedanken mehr fähig war. So fuhr er direkt zur Bank und forderte die gewünschte Summe. Das Konto, über das beide selbstständig verfügen konnten war zwar reichlich gefüllt, aber der Bankangestellte konnte ihm diesen hohen Betrag gar nicht in bar ausbezahlen, weil er erst am nächsten Tag wieder so viel in seiner Kasse hätte. Der Bankangestellte wunderte sich schon darüber, weil er es nicht gewohnt war, dass einer der beiden Deutschen, wie auch er sie immer nannte, so viel Geld auf einmal von der Bank abheben wollte. Weitere Gedanken machte er sich jedoch nicht, zumal es ja üblich war, die Geschäfte in bar abzuwickeln.

Zuerst wollte John zur Farm zurückfahren. Dann überlegte er es sich doch nochmal anders und ging zurück in die Bar. Siegessicher, bald ein gutes Geschäft zu machen, meinte er, sich jetzt erst recht einmal einen Drink gönnen zu können. Wie üblich blieb es nicht bei einem Drink und so wurde es wieder später Nachmittag, bis John zur Farm zurückkam.

Er sah Johanna schon vom Eingangstor, dass sie wieder in ihrem Garten arbeitete. Sie kümmerte sich liebevoll um ihre schönen Blumen und um die Rosen und achtete darauf, dass kein Unkraut dazwischen gedeihen konnte. Sie blickte nur kurz auf, als sie John hereinkommen sah und winkte ihm zu. John stellte sein Auto ab und ging mit einer siegessicheren Miene auf Johanna zu, um ihr von seinem guten Geschäft zu erzählen. Dann überlegte er es sich aber wieder anders und sagte lediglich: „Na, alles okay? Ich war in der Stadt und habe noch Saatgut für das nächste Frühjahr bestellt. Je früher, je besser. Bevor die Preise wieder anziehen.“

„Na ja, bisher sind die Preise doch relativ konstant geblieben und ich kann mir nicht vorstellen, warum sie im nächsten Jahr steigen sollten“, entgegnete sie ihm, obwohl sie schon direkt ein ungutes Gefühl hatte als sie ihn auf sich zukommen sah. Deshalb fragte sie gleich weiter: „Gibt es sonst etwas Neues in der Stadt?“ Und mehr zu sich selbst sagte sie: „Hans wollte sich doch eigentlich um das Saatgut kümmern.“

„Wüsste nicht, was es Neues gibt“, entgegnete er ihr, konnte sich dann doch nicht zurückhalten und machte noch eine kleine Anmerkung: „Vielleicht werden wir ja bald nicht mehr auf die Farmarbeit angewiesen sein.“

„Wie das?“

„Ach nichts. Wollte nur sagen, dass ... ach lass mal. Hat Al schon das Abendessen fertig? Ich habe nämlich einen Mordshunger“, sagte er, um schnell das Thema zu wechseln.

Obwohl Hans und Johanna ihr eigenes Haus hatten, hatte es sich doch ziemlich schnell nach der Hochzeit eingebürgert, dass sich John auch bei ihnen im Haus aufhielt. Sie hielten dies trotz anfänglicher Skepsis von Johanna für eine gute Möglichkeit, da keiner auf die Dienste von Alfred verzichten wollte und John sich alleine im Haus langweilte.

Nach dem Abendessen fragte Johanna: „Hast du Lust, mit mir etwas spazieren zu gehen?“

„Spazieren? Ich? Bin doch genug auf der Farm unterwegs“, antwortete er ihr etwas überrascht.

„Ja, du und Hans, ihr habt eure Arbeit. Aber mir fällt hier bald die Decke auf den Kopf. Immer kann ich mich ja auch nicht nur noch um meinen Blumengarten und um die Rosen kümmern. Ich muss einfach einmal raus“, sagte sie und wurde dabei sichtlich zornig.

„Okay, gehen wir. Ich habe Hans schon vor längerer Zeit und vor seiner Abfahrt nach Peoria noch einmal ausdrücklich gesagt, dass das nicht lange gut gehen kann. Ich habe ihm gesagt, dass er dich doch hier nicht einsperren kann! Das muss ja einem auf Dauer langweilig werden. Du brauchst doch eine Aufgabe!“

Sie standen auf und gingen zur Tür hinaus. Es war noch ziemlich warm, aber die Sonne brauchte nicht mehr lange, um gänzlich unterzugehen. John hielt sich zwar überwiegend nur noch im Haus von Johanna und Hans auf, hatte aber noch einen Großteil seiner notwendigen Ausstattung im alten Haus gelassen, deshalb schlug er vor, in Richtung des alten Hauses zu laufen. Dann könne er sich noch ein paar Sachen holen.

Schweigend liefen sie den Weg entlang und jeder hing seinen Gedanken nach, wobei bei John öfters ein leichtes Grinsen über das Gesicht huschte. Dies passierte immer dann, wenn er mit seinen Gedanken bei seinem großen Geschäft war, das er am morgigen Tag abwickeln wollte. Hans hatte sich in den letzten Jahren als der Aktivere von beiden hervorgetan und sich nur noch um die Farm gekümmert, als gäbe es nichts Wichtigeres auf der Welt. Er sah nur noch die Geschäfte und vernachlässigte alles andere um ihn herum. John, dem dies schon lange aufgefallen war, machte sich zwar über die Geschäftstüchtigkeit von Hans keine großen Gedanken. Ganz im Gegenteil. Ihm war es sogar recht. Aber er bekam auch mit, dass Hans Johanna nicht mehr auf Händen trug, so wie er es selbst eigentlich gerne getan hätte.

„Woran denkst du gerade?“, wollte Johanna plötzlich von ihm wissen. „Du bist mit deinen Gedanken so weit weg“, sagte sie und lachte, als sie ihn so beobachtete.

John erschrak fast ein wenig, musste sich aber eingestehen, dass er mit seinen Gedanken tatsächlich weit weg war. Oder doch nicht so weit weg? Er hatte sich in den vergangenen Monaten häufiger vorgestellt, wie es wohl gewesen wäre, wenn er Johanna hätte heiraten können. Denn insgeheim liebte er sie immer noch. Diesen Gedanken im Kopf fragte er sie plötzlich: „Warum hast du mir damals einen Korb gegeben?“

Johanna, sichtlich überrascht von dieser Frage, sagte: „Vielleicht war unsere Zeit noch nicht gekommen. Ich weiß es auch nicht. Wenn ich ehrlich bin, ich habe schon mehr als einmal an unsere damalige Zeit gedacht. Heute würde ich manches anders machen. Vor allem würde ich versuchen, mehr meinen Willen durchzusetzen und mich nicht von anderen beeinflussen zu lassen.“

Jetzt war es John, der sichtlich überrascht war von dieser Antwort. Deshalb meinte er: „Ich habe es kommen sehen. Ich wusste schon damals, als Hans mir erzählte, dass er dich kennengelernt hatte, dass das nicht gut gehen kann. Ich will jetzt nicht über Hans schimpfen oder über ihn herziehen. Das steht mir nicht zu, aber er kennt nur seine Arbeit, Arbeit und nochmals Arbeit“, sagte John nun schon fast wütend. Nach einer kurzen Pause fuhr er fort: „Ich habe dich damals so geliebt und habe mir in meinen Träumen schon ausgemalt, wie es einmal mit uns beiden weitergehen könnte. Aber dann hast du dich von heute auf morgen einfach verleugnen lassen und ich bekam von dir keinerlei Antwort mehr. Warum eigentlich? Was habe ich damals falsch gemacht?“

Nun war sie es, die ihm nach einer kurzen Pause entgegnete: „Du hast nichts falsch gemacht. Ich habe damals einen Fehler gemacht. Damals habe ich zu sehr auf meinen Vater gehört und mir von ihm Vorschriften machen lassen. Ich hatte den Job bei der Armee, verdiente gut und es hat mir auch Spaß gemacht. Dann zeichnete sich ab, dass es in Europa bald Krieg geben würde. Mein Vater wusste, dass du aus Deutschland kamst und redete deshalb ständig auf mich ein, ich solle die Finger von dir lassen. Er sagte immer, dass Amerika mit Deutschland auch bald im Krieg sein würde und da könne es eine amerikanische Familie sich nicht leisten, sich mit einem Deutschen einzulassen. Wer hatte denn damals schon vorhersehen können, wie das alles in Europa weitergehen würde? Er hatte ja recht. Die Deutschen sind ja losmarschiert und haben alles überrollt, was ihnen im Wege stand. Dann die vielen Gräueltaten an den jüdischen Menschen. Du weißt gar nicht, wie uns das allen zu schaffen machte. Keiner von uns wusste, was noch auf uns zukommen würde ...“

Langsam gingen beide weiter ohne dass einer von ihnen ein Wort sprach. John hätte sich nie vorstellen können, dass der Krieg in Europa irgendwann einmal sein Schicksal hätte beeinflussen können. Europa war doch so weit weg. Er hatte sich für Politik nie groß interessiert und war zusammen mit Hans nur mit dem Aufbau der Farm beschäftigt gewesen.

„Warum hast du mir das damals nicht gesagt?“, fragte er in die Stille hinein.

„Weil ich es dann nicht mehr konnte. Mein Vater hatte mir strikt den Umgang mit dir verboten und drohte mir, mich aus dem Fort wegzunehmen und nach New York zu bringen, wenn ich nicht auf ihn hörte. Deshalb habe ich damals einfach den Kontakt zu dir abgebrochen. Ich weiß, das war feige von mir und nicht richtig. Aber ich war auch noch zu unerfahren und hatte einfach Angst, von hier, aus dieser Gegend, weg zu müssen. Heute weiß ich, dass ich damals einen Fehler gemacht habe. Ich hätte einfach meinen Mut zusammennehmen und zu dir stehen müssen.“ Sie blickte ihn nun direkt an. „Ich kann mich heute noch an deinen letzten Anruf im Büro erinnern. Die Sekretärin hatte klare Anweisungen von meinem Vater erhalten, kein Gespräch an mich weiterzuleiten, wenn diese von dir oder von dem anderen Deutschen kämen. Dass du damals angerufen hast, sagte mir die Sekretärin später und ich wollte dich auch schon zurückrufen. Aber genau in diesem Augenblick, als meine Sekretärin unser Telefonat zu mir durchstellen wollte, kam mein Vater ins Büro. Da war dann der Teufel los. Tja, und das war es letztendlich. Ich hatte die Wahl, entweder New York oder keinen Kontakt mehr zu dir.“

Sie liefen weiter, ohne etwas zu sagen. Jeder hing wieder seinen Gedanken nach.

„Als ich später Hans kennengelernt hatte, ließ ich mir von meinem Vater nichts mehr einreden. Ich wollte Hans nicht auch noch verlieren, nur weil mein Vater eine andere Meinung hatte.“

„Schade, dass alles so gekommen ist“, sagte John nachdenklich. „Ich weiß. Viele hatten Angst vor den Deutschen. Aber was hat man denn anschließend mit ihnen gemacht? Ganze Städte haben die Alliierten dem Erdboden gleichgemacht. Dresden haben sie innerhalb einer Nacht mit über eintausendfünfhundert Bombern regelrecht weggefegt. Wer waren denn die Leidtragenden dieses Krieges? Doch nur die Zivilisten. Die armen Kinder und Frauen. Die, die sowieso schon alles verloren hatten und für den Krieg nun wirklich nichts konnten. Viele dieser Frauen hatten auch noch ihre Männer oder ihre Söhne verloren, die irgendwo im Krieg gefallen waren oder nicht aus der Gefangenschaft zurückkehrten. Ich will jetzt keine Lanze für uns Deutsche brechen. Sicher, in den letzten Jahrzehnten gingen von deutschem Boden zwei verheerende Kriege aus. Aber am Ende lag doch Deutschland schon am Boden. Es lag nicht nur am Boden, die Alliierten haben dann auch noch mit den Füßen draufgetreten. Sie wollten doch, dass aus Deutschland nur noch ein Agrarstaat wird. Ach, lassen wir das. Wir können die Zeit nicht zurückdrehen. Es ist nur schade, dass aus uns beiden nichts geworden ist“, meinte er nachdenklich und schaute sie an.

Sie schauten sich tief in die Augen. Ohne dass einer von ihnen etwas zu sagen brauchte, berührten sich ihre Hände, zogen sich langsam näher und lagen sich in den Armen. Es schienen Stunden vergangen zu sein, bis Johanna als Erste reagierte: „Oh mein Gott, was machen wir denn da?“

„Das, was wir schon längst hätten machen sollen. Wie lange habe ich auf diesen Augenblick gewartet“, stellte er mehr für sich selbst fest.

Johanna ließ ihn los und machte einen kleinen Schritt zurück. „Das dürfen wir nicht. Komm, lass uns zurückgehen.“

„Warum? Hans vernachlässigt dich doch sowieso. Der merkt doch schon gar nicht mehr, dass du überhaupt noch existierst.“

So gingen sie langsam weiter. Obwohl Johanna eigentlich zurückgehen wollte, sagte sie nichts, als sie mit ihm in Richtung des alten Hauses weiterging. John nahm sie zärtlich an der Hand und führte sie die Stufen zum Haus hinauf. Kaum waren sie im Haus, fielen sie sich um den Hals und küssten sich leidenschaftlich. Nach und nach entledigten sie sich ihrer Kleider und liebten sich, ohne sich über die Folgen Gedanken zu machen. Erst am nächsten Morgen, als sie zusammen in Johns Bett wach wurden, wurde beiden bewusst, was sie getan hatten. Aber sie bereuten es nicht. Noch nicht.

John war inzwischen in der Küche und hatte ein Frühstück für sie beide hergerichtet. Langsam kam Johanna die Treppe herunter, schlang ihre Arme um seinen Hals und küsste ihn. Doch plötzlich ließ sie ihn los, schaute ihm in die Augen und sagte: „John, es war sehr schön. Aber wir dürfen dies nie wieder tun. Versprichst du mir das?“

„Warum? Warum soll ich dir das versprechen? Ich denke, wir sollten die Karten auf den Tisch legen und Hans die Wahrheit über uns sagen. Ihm sagen, dass es zwischen euch beiden aus ist und dass wir beide nun zusammenbleiben wollen.“

„Nein!“

„Warum nein?“

„Weil es nicht geht.“

„Was heißt, weil es nicht geht?“

Johanna nahm seine Hände in die ihren und schaute ihn an. Dann sagte sie: „Ich weiß, es wäre mit dir vielleicht alles schöner geworden. Aber dafür ist es jetzt zu spät. John, wir dürfen dies nie mehr tun. Ich bekomme ein Kind. Ein Kind von Hans.“

Totenstille herrschte in diesem Moment in der Küche. John wechselte die Farbe und stammelte nur: „Ein Kind? Seit wann weißt du das?“

„Seit ein paar Tagen. Ich habe Hans davon noch nichts gesagt, weil ich mir sicher sein wollte.“

John schien es in diesem Moment die Sprache verschlagen zu haben. Er sagte nichts mehr, nahm sie an der Hand und meinte nur: „Ich glaube, es ist besser, du gehst jetzt zurück.“

Johanna war über diese Reaktion von John sehr traurig, sagte aber nichts dazu, ging aus der Küche und lief zurück zu ihrem Haus.

John blieb seit dieser Zeit in seinem Haus.

Hans hatte in Peoria Mister Lawless gleich nach seiner Ankunft aufgesucht und schon am ersten Tag den Großteil der Papiere erledigt, die er eigens dafür mitgebracht hatte. Für die weiteren Aufgaben, die er in Peoria erledigen wollte, benötigte er nur noch den nächsten Tag, sodass er sogar einen Tag früher als geplant die Rückreise antreten konnte. Hans hatte während dieser Tage die Gelegenheit, seinen eigenen Gedanken nachzugehen und überlegte, was John ihm über Johanna vor seiner Abreise gesagt hatte. Insgeheim gab er ihm recht und er musste sich eingestehen, dass er in der letzten Zeit Johanna etwas vernachlässigte. Deshalb entschloss er sich, für sie eine Überraschung mitzubringen und kaufte ihr einen wunderschönen goldenen Armreif. Er strahlte über das ganze Gesicht, als er sich vorstellte, wie Johanna sich freuen würde, wenn er zurückkommt und er dieses Geschenk für sie hat.

„Vielen Dank. Ich wünsche Ihnen noch einen schönen Tag“, sagte die Verkäuferin, die ihn schmunzelnd beobachtete, als er so vor sich hin lächelte.

Hans schrak aus seinen Tagträumen auf, nickte freundlich lächelnd zurück, verließ das Geschäft und begab sich in sein Hotel. Dort packte er seine Koffer, bezahlte die Rechnung und verließ Peoria um zur Farm zurückzukehren. Seiner Farm Johanna, auf die er so mächtig stolz war. Wie so oft dachte er dabei an seine Eltern und hätte alles darum gegeben, wenn er noch die Zeit gehabt hätte, ihnen das alles zu zeigen. Aber die Vergangenheit konnte man nicht ändern und dabei musste er zu seiner eigenen Überraschung an einen Namen denken, den er schon seit langer Zeit aus seinem Gedächtnis verdrängt hatte.

Spät am Abend kam er auf die Farm zurück und wurde herzlich von Johanna empfangen. Sie freute sich tatsächlich riesig über ihr Geschenk, das ihr Hans mitgebracht hatte. Hans, der es gewohnt war, dass John auch im Haus weilte, fragte etwas später: „Wo ist bleibt John?“

„John? Der wird wohl unten in seinem Haus sein“, entgegnete ihm Johanna und blickte verlegen zur Seite.

„War etwas? Hat es Ärger mit ihm gegeben?“, fragte Hans der bemerkte, dass da noch etwas war, das er nicht wusste.

„Nein, nein“, entgegnete ihm Johanna schnell, „er will nur mal wieder im eigenen Haus bleiben. Er meinte, er kann sich doch nicht auf ewig bei uns einnisten, wenn er seine eigenen vier Wände hat.“

Hans war sich jetzt sicher, dass da noch irgendetwas anderes war. Aber er wollte sich die Freude über seine Rückkehr nicht nehmen lassen und ließ zunächst das Thema auf sich beruhen.

Später am Abend hatte Johanna ihm ihre Neuigkeit verraten. Hans war außer sich vor Freude, wollte wissen, wann es so weit wäre, ob es ein Junge oder Mädchen würde, ob sie schon einen Namen hätte und vieles mehr. Hans verhielt sich fast wie ein kleiner Junge, der einen neuen Ball zum Spielen bekommen hatte. Da sie beide um diese Zeit die einzigen im Haus waren, die wach waren, Alfred hatte im hinteren Teil des Hauses seine beiden Zimmer, in die er sich an diesem Abend schon recht früh zurückgezogen hatte, war Hans fast enttäuscht, dass er niemandem seine Freude über diese Neuigkeit mitteilen konnte. Doch es kamen ihm nun aber auch wieder die Gedanken an diesen Namen, der ihm eigenartiger Weise in Peoria eingefallen war. Und er musste auch, ob er es wollte oder nicht, wieder an die damaligen schrecklichen Geschehnissen denken. Diese Gedanken versuchte er jedoch schnellstens wieder zu verdrängen und freute sich stattdessen darüber, nun Vater zu werden. Am nächsten Morgen wollte er allen erzählen, dass sie Nachwuchs bekämen, versprach er stolz seiner Johanna.

Alfred erfuhr die freudige Nachricht als Erster, als er zum Frühstück kam. Erst viel später fiel Hans auf, dass sich Alfred gar nicht so über diese Neuigkeit gefreut hatte und dass er seit seiner Rückkehr aus Peoria etwas verstockt wirkte. Hans konnte aber auch nicht wissen, dass Alfred schon darüber informiert war, dass man Johanna und John zusammen gesehen hatte, wie sie sich geküsst hatten und anschließend im alten Haus verschwunden waren. Alfred war es auch nicht entgangen, dass Johanna erst am nächsten Morgen wieder in ihr Haus zurückkam, obwohl sie sich bemühte, den Eindruck zu erwecken, als wäre sie gerade aus ihrem Schlafzimmer gekommen. Er wusste, diese Situation war nicht gut und er ahnte auch schon, dass auf Hans, John und Johanna schlimme Zeiten zukommen würden. Alfred war ein guter Beobachter, auch wenn er nie viele Worte machte. Und er registrierte die kleinste Veränderung.

„Ich geh mal runter zu John. Muss ihm noch die neuen Verträge und Papiere zeigen und ihn noch unterschreiben lassen. Ja und dann muss ich ihm natürlich noch unsere Neuigkeit verraten“, strahlte Hans und wollte sich schon auf den Weg machen.

„Der ist heute Morgen schon sehr früh weggefahren. Ich glaube in die Stadt. Ich bin mir aber nicht sicher. Mister John hat nichts zu mir gesagt“, sagte Alfred.

„Was macht er in der Stadt?“

„Das weiß ich nicht. Ich habe nur mitbekommen, dass er schon sehr früh weggefahren ist.“

Hans merkte die kleinen Unsicherheiten bei Alfred und fragte sich, was wohl in seiner Abwesenheit vorgefallen war. Er nahm sich vor mit John darüber zu sprechen, sobald dieser wieder aus der Stadt zurück wäre.

John hatte in dieser Nacht wieder einmal kein Auge zugemacht. Er konnte keinen klaren Gedanken fassen, was wohl auch an den vielen Gläsern Whisky lag, die er am vergangenen Abend getrunken hatte. Er meinte, dass er sein Glück nun doch selber in die Hand nehmen müsste und machte sich schon sehr früh auf den Weg zur Bank. Die schmale Ledertasche, in der er das Geld verstaute, nahm er dann so fest in die Hand, dass keiner sie ihm hätte entreißen können. Aber woher sollte schon jemand wissen, dass er so viel Geld bei sich trug?

Mit der Tasche machte er sich auf den Weg zu seiner Bar in der Kennedy-Road in der Hoffnung, den Verkäufer, von dem er immer noch keinen Namen wusste, zu treffen. In der Bar angelangt, setzte er sich wieder in die kleine Ecke, wo er mit dem Fremden schon am Tag vorher gesessen hatte. Den Barkeeper fragte er, ob er heute schon den Fremden gesehen hätte. Doch dieser verneinte nur und meinte, dass der wohl so früh noch nicht in die Bar kommen würde. John, der diese Antwort sofort auf sich bezog, war darüber nicht sehr erfreut und widersprach dem Barkeeper energisch, dass es wohl seine eigene Sache sei, wann er in die Bar gehe und wann nicht. Im Übrigen sei es doch wohl sein Geschäft, wenn die Leute schon so früh in die Bar kämen. Der Barkeeper, der merkte, dass er wohl etwas vorlaut gewesen war, entschuldigte sich und meinte nur, dass der Fremde ja vielleicht noch kommen würde.

Und so war es dann auch. John brauchte keine Viertelstunde zu warten, bis der Fremde kam. Dieser sah John direkt vom Eingang aus und ging gleich auf ihn zu. „Na, haben Sie es sich überlegt? Wollen Sie Teilhaber an einer Ölfirma werden?“

John wollte nicht gleich auf die mit Geld gefüllte Tasche zeigen und sein Interesse nicht sofort offenbaren und meinte nur: „Ja, ich habe es mir überlegt. Ich glaube, ich gehe ein Geschäft mit Ihnen ein. Aber bisher habe ich von Ihnen noch keinerlei Papiere gesehen. Geschweige denn weiß ich, mit wem ich es überhaupt zu tun habe.“

Der Fremde, der auf diese Frage schon viel früher gewartet hatte, war bestens darauf vorbereitet. Er zog eine Karte aus der Tasche und reichte sie ihm. Robert Rulens, Verkaufsdirektor Ölkompanie Illinois, stand in dicken goldfarbenen Lettern darauf. John schaute sich die Karte an und war sofort beeindruckt. Jetzt war er über alle Zweifel erhaben und fühlte sich auf der sicheren Seite. Ganz nebenbei legte Mister Rulens noch Zertifikate über die Anteilscheine auf den Tisch. Jeder Schein lautete über eintausend Dollar. Von diesen Anteilscheinen lagen jetzt sehr viele vor John. Die Zertifikate waren professionell gestaltet. Mit großen Lettern war der Name der Ölkompanie aufgedruckt.

Der Wert des Zertifikates und der für John alles entscheidende Satz: Der Inhaber dieses Zertifikats ist Miteigentümer an der Ölkompanie ... vertrieben Johns letzte Zweifel. Weiter las er gar nicht mehr. Er sah sich schon als reicher Teilhaber.

„Gut. Also okay, Mister Rulens.“

„Sagen Sie Bob zu mir. Einfach nur Bob.“

„Also gut, Bob, ich bin Ihr Mann. Was kostet mich ein Schein?“

„Ein Schein? Sie wollen sich doch nicht nur mit einem einzigen Schein abgeben?“

„Nein, natürlich nicht. Ich will ja nur wissen, wie viel ich für ein Zertifikat bezahlen muss.“

„Das hört sich jetzt aber schon besser an. Also, ein Zertifikat lautet über eintausend Dollar. Ich verkaufe Ihnen ein Zertifikat für eintausendeinhundert Dollar. Das ist doch ein fairer Preis“, sagte er und erklärte weiter: „Sie haben dann die Möglichkeit, dieses Zertifikat für bis zu eintausendfünfhundert Dollar zu verkaufen. Ein noch höherer Preis wäre Wucher. Und Sie machen so pro Zertifikat einen Gewinn von vierhundert Dollar, ohne viel tun zu müssen. Sie können die Zertifikate aber auch behalten und sind so Teilhaber unserer Firma. Die Zertifikate steigen ständig im Wert, je mehr Öl benötigt und je mehr Öl gefördert wird. Das sind auch Ihre Argumente, die Sie ihren Käufern gegenüber vorbringen können. Sie wissen ja, wie lange Sie für einen Gewinn von vierhundert Dollar auf der Farm arbeiten müssen!“

„Und wenn ich niemanden finde, der Interesse daran hat, kann ich diese Zertifikate dann wieder ohne eigene Verluste an die Firma zurückverkaufen?“, wollte John wissen, um sich nochmals zu vergewissern und um auch wirklich sicher zu sein, dass er nun alles richtig verstanden hatte und um alles richtig zu machen.

„Selbstverständlich. Vielleicht auch dann schon für einen höheren Preis als den heutigen. Unsere Firma steigert täglich ständig die Produktion."

Damit er John nun endgültig weichklopfen und alle Zweifel bei ihm ausräumen konnte, ergänzte er noch: „Sie können diese Scheine auch aufteilen. Sehen Sie, hier auf der Rückseite! Dann kaufen eben mehrere Leute ein Zertifikat und sind gemeinsam beteiligt." Er zeigte auf die Rückseite der Urkunde: „Hier tragen Sie die Namen der Eigentümer ein und dahinter den Betrag, den jeder bezahlt hat. So einfach ist das. Übrigens, damit ich es nicht vergesse, heute Mittag treffe ich mich noch mit anderen Leuten aus dieser Gegend, die auch Interesse an diesen Anteilscheinen haben. Da sind welche dabei, die diese Summe nicht auf einmal aufbringen können und deshalb an Teil-Zertifikaten interessiert sind. Sie können dann ja sofort dort einspringen und Ihre Zertifikate mit Gewinn verkaufen. Wenn Sie ganz clever sind, legen Sie ihren Gewinn gleich wieder in neue Zertifikate an. Wo kann man sonst so schnell so viel Geld verdienen?"

„Okay, Mister Ru... äh, Bob. Ich kaufe fünfzig Zertifikate. Ich habe mir die Sache überlegt. Ich gebe Ihnen vierundfünfzigtausend Dollar und bekomme von Ihnen fünfzig Zertifikate über je eintausend Dollar", sagte John zu Rulens und meinte, dass er dann noch cleverer wäre und schon mal gleich eintausend Dollar gespart hätte.

„Sie sind ein Schlitzohr und gehen ganz schön ran", meinte dieser hinterlistig, „aber ich glaube sowieso, dass wir noch öfter ins Geschäft kommen. Deshalb stimme ich Ihrem Angebot zu. Abgemacht. Fünfzig für vierundfünfzig."

John war sich nun sicher, dass er ein gutes Geschäft gemacht hatte, nahm seine Tasche und zählte ihm die vierundfünfzigtausend Dollar vor. Aber so, dass es nicht gleich jeder in der Bar mitbekommen sollte. Er erhielt dafür die Papiere und man verabredete sich für den Nachmittag in der Camp Street, wo sich die weiteren Interessenten in der Cornerbar treffen wollten.

Mister Rulens verließ die Bar und John genehmigte sich auf diesen guten Abschluss gleich einmal einen Doppelten. Es blieb aber dieses Mal bei dem einen Whisky und John beschloss, bis zum Nachmittag in der Stadt zu bleiben. Da er noch Geld dabei hatte, überlegte er sich, ob es nicht besser wäre, die restlichen Dollars gleich wieder zur Bank zu bringen.

Der Kassierer wunderte sich ein wenig, dass John nun wieder eine Einzahlung machen wollte und fragte so ganz nebenbei: „Konnten Sie einen guten Abschluss tätigen? Muss ja wohl ein etwas größeres Geschäft gewesen sein, wenn man eine solche Summe braucht?“

„Und ob ich ein gutes Geschäft gemacht habe. Ich habe schon gleich beim ersten Abschluss eintausend Dollar verdient, ohne einen Finger krumm zu machen“, erklärte er ihm stolz.

„Welche Geschäfte waren denn das, wenn ich einmal fragen darf?“, wollte der Banker wissen.

„Na ja, ob das wohl für Sie in Frage kommt? Aber warum nicht? Sie könnten doch auch Teilhaber an meinen Geschäften werden, schließlich verdienen Sie als Banker ja auch ganz gut.“

„Wie bitte. Ich verstehe nicht ganz?“, entgegnete ihm der Banker.

Dann begann John ihm ganz stolz zu erklären, um welche Geschäfte es sich hierbei handelte.

Der Banker hörte ihm eine Zeitlang zu und meinte nur: „Nein, ich glaube nicht, dass dies etwas für mich ist. Das scheint mir dann doch sehr risikoreich zu sein. Seien Sie ja nur vorsichtig mit solchen Geschäften, sonst ist Ihr schwer verdientes Geld schneller weg, als Sie es sich vorstellen können.“

„Ich habe es ja gewusst. Ihr Banker, immer nur Sicherheit, Sicherheit, Sicherheit. Aber im Leben muss man auch einmal etwas riskieren“, sagte er abschließend, packte seine Papiere wieder ein und begab sich in Richtung Cornerbar.

Einige Umstehende hatten das Gespräch mitbekommen und ihn auf das Geschäft angesprochen. Unter ihnen waren auch einige, die John persönlich gut kannte. Er meinte zu diesen nur, dass sie zur Cornerbar kommen und Geld mitbringen sollten. Dort könne man über die weiteren Geschäfte reden. John war ganz in seinem Element und stolz auf sich selbst.

In der Cornerbar traf er dann auch schon auf einige Interessenten unter einige von denen waren, die ihn in der Bank angesprochen hatten. Nur Mister Rulens sah er nicht. Deshalb ging er zum Barkeeper und fragte nach diesem. Doch der Barkeeper erklärte ihm, dass Mister Rulens schon hier gewesen sei und er ihm ausrichten solle, dass etwas dazwischengekommen sei. Er wisse ja, wie das Geschäft funktioniert und er solle die Abschlüsse tätigen. Er würde sich bei ihm später noch einmal melden.

Wie recht er damit hatte, merkte John nur kurze Zeit danach.

John trat wie ein großer Manager auf und rief zu den Anwesenden, aufmerksam zu sein. Dann erklärte er, wie dies mit den Zertifikaten und der Ölkompanie funktioniere und dass jeder dabei ein Geschäft machen könne und keiner von ihnen bisher so leicht Geld verdient hätte.

Rulens kam an diesem Nachmittag nicht mehr zur Bar zurück. Er war schon längst auf dem Weg in einen anderen Bundesstaat, ohne jedoch vergessen zu haben, dass John durch den Verkauf der Anteilscheine jetzt wieder viel Geld bei sich tragen würde.

John war stolz, alle seine Anteilscheine verkauft zu haben. Er musste die meisten zwar stückeln, weil sich einzelne Farmer und Inhaber kleiner Geschäfte keine solch große Summe leisten konnten. Aber genau zu diesem Zweck waren die Zertifikate auf der Rückseite vorbereitet.

Auch hier waren die Geschäfte schnell abgewickelt und John hatte, durch seinen eigenen Preisvorteil, nun fast sechzigtausend Dollar in seiner Tasche und stand vielen stolzen Ölkompanie-Teilhabern gegenüber. Zur Feier des Tages, John brauchte immer einen Anlass um sein schlechtes Gewissen zu beruhigen, genehmigte er sich noch ein Glas und machte sich dann auf den Rückweg. Er konnte jedoch nicht ahnen, dass er beobachtet wurde.

Die neuen Teilhaber traten alle auch ihren Heimweg an und jeder sah sich schon im Traum als gemachten Mann, der ab sofort keine Geldsorgen mehr haben würden. Die meisten von ihnen hatten sich das Geld, das sie für ihren Anteil benötigten, fast vom Munde abgespart, hatten noch schnell einen Kredit aufgenommen oder ihre eisernen Reserven angetastet, die sie zu Hause aufbewahrten.

John war inzwischen auf dem Heimweg und die Sonne war hinter den Bergen schon untergegangen. Etwa drei Meilen vor der Farm fing plötzlich der Motor seines Vehikels an zu stottern und versagte kurz darauf gänzlich seinen Dienst. John wunderte sich nicht sonderlich darüber, da er die Macken seines Autos kannte und stieg aus. Hinter seinem Auto hielt ein weiteres Auto an, aus dem zwei Männer stiegen und fragten, ob sie ihm helfen könnten. John der sich mit seinem Auto auskannte meinte nur, dass er schon alleine zurechtkomme und steckte seinen Kopf wieder unter die Motorhaube. Er ahnte nicht, dass dieses Mal Zucker im Tank war, den die beiden Männer heimlich hineingefüllt hatten, als er in der Cornerbar seine Anteilscheine verkauft hatte. Dieser Zucker war die Ursache für den verstopften Vergaser.

Er wusste lediglich noch von einem heftigen Schlag auf den Kopf, als Hans ihn auf dem Weg liegend fand. An die beiden Männer konnte er sich nicht mehr erinnern.

Hans hatte sich um John Gedanken gemacht, zumal ihm Alfred sagte, dass dieser in der letzten Zeit immer mehr trinken würde. Er fuhr deshalb am späten Nachmittag, als John immer noch nicht zurück war, in Richtung Stadt und fand ihn bereits kurz vor der Farm auf dem Boden liegend.

Als John wieder bei Sinnen war, wollte er als erstes wissen, wo seine Tasche mit dem Geld sei. Hans verstand nicht, was John damit meinte. Eine Tasche mit Geld? „Was für Geld?“, fragte er immer wieder.

Hans brachte John zunächst zur Farm zurück und fuhr sofort wieder in die Stadt zum Büro des Sheriffs, um den Überfall zu melden. Dort traf er jedoch nicht nur den Sheriff, sondern auch andere Farmer und Geschäftsleute, die plötzlich ganz still wurden, als Hans das Büro betrat.

Einer der Farmer war misstrauisch geworden. Er hatte keine Zertifikate bei John gekauft, sondern war nochmals zur Bank zurückgegangen um mit dem Direktor zu sprechen. Einige Telefonate später wussten die beiden, dass hier eine groß angelegte Betrugssache im Gange war. Bevor sie jedoch die anderen warnen konnten, waren die Geschäfte abgewickelt und John schon auf dem Heimweg, wo er von Rulens Mittelsmännern überfallen, niedergeschlagen und ausgeraubt wurde.

Die Geschäftsleute und Farmer wollten nun von John und Hans natürlich sofort ihr Geld zurück. Insgesamt sechzigtausend Dollar. Hans, der im Moment überhaupt nicht verstand, um was es hier ging, wurde ganz bleich, als er erfuhr, dass John vorher bei der Bank fünfundfünfzigtausend Dollar abgehoben hatte, von denen er aber nur einen kleinen Teil wieder zurückgebracht hatte. Ohne groß nachrechnen zu müssen wurde Hans klar, dass sie einen Schaden von über einhunderttausend Dollar hatten, diese Summe nicht so einfach aufbringen können und dass dies eventuell sogar das Aus für ihre Farm bedeuten könnte. Ohne Geld gab es kein Saatgut und ohne Saatgut keine Ernte. Die Arbeiter würden auch nicht lange auf ihr Geld warten, sondern ziemlich schnell zu anderen Farmern wechseln.

Als ihm das gesamte Ausmaß des Schadens, den er im Büro des Sheriffs erfahren hatte, bewusst wurde, wusste er nur, dass sie jetzt jede Menge Probleme hatten, die es zu bewältigen galt.

Auf der Farm zurück, stellte er John sofort zur Rede. Aber ein vernünftiges Gespräch war zwischen beiden momentan nicht möglich, zumal John Hans immer wieder aufforderte zu erklären, was er in Peoria eigentlich gemacht hatte. Hans, der mit dieser Frage einfach nichts anfangen konnte, sagte ihm stets, dass er doch genau wüsste, was er dort zu erledigen hatte. Hans verstand langsam, dass John sich da in etwas verrannt hatte und versuchte, alles in einem ruhigen Ton zu regeln. Aber an diesem Tag hatte er damit bei John keinen Erfolg und so beließ er es zunächst dabei.

Er ging ins Kaminzimmer wo Johanna saß. „Ich weiß nicht, was mit John los ist. Er verhält sich so merkwürdig. Na ja, warten wir einmal ab, bis er wieder einigermaßen bei Sinnen ist und sich von dem Schlag auf den Hinterkopf erholt hat. Dann will ich nochmals mit ihm reden. Nur, wie soll es mit der Farm weitergehen?“, fragte Hans sich selbst. „Ich werde morgen früh gleich zur Bank fahren und schauen, was sich da noch machen lässt.“

„Ist der Schaden so groß, den John angerichtet hat?“, fragte Johanna, die über die einzelnen Beträge bisher nicht informiert gewesen war.

„Ja. Über einhunderttausend Dollar. Fünfzigtausend könnte ich vielleicht mit der Bank noch regeln. Aber die anderen Sechzigtausend? Die anderen Farmer und Geschäftsleute wollen ihr Geld sofort wieder zurück. Aber woher soll ich das ganze Geld bloß nehmen?“

„Schrecklich“, meinte Johanna, „es wird doch hoffentlich noch eine Möglichkeit gefunden werden. Die Bank weiß doch, dass sie von euch immer ihr Geld bekommen hat.“

„Ja, aber bisher ging es ja auch nicht um solch hohe Summen. Wie soll ich die bestellte Saat bezahlen? Die wollen alles in bar“, erklärte ihr Hans. „Mal sehen, also wie gesagt, morgen früh fahre ich gleich noch einmal in die Stadt zur Bank.“

Der restliche Abend verlief relativ schweigsam zwischen den beiden und so gingen sie früh ins Bett, da Hans unbedingt am nächsten Morgen auch wieder früh aufstehen und zeitig wegfahren wollte.

Als Hans in der Stadt ankam hatte er das Gefühl, dass ihn alle Leute anstarrten. Er fühlte sich nicht wohl dabei und entschloss sich, noch die PJ-Star Zeitung zu kaufen. Er brauchte diese gar nicht erst aufzuschlagen, sondern las schon auf der Titelseite, wo in großen Lettern geschrieben stand: „Groß angelegte Betrugsaffäre“. Darunter konnte er dann lesen, dass schon wieder viele Farmer und Geschäftsleute auf diese Masche hereingefallen waren und nun schwere Verluste hinnehmen mussten, da man die Täter bisher noch nicht fassen konnte. Es wurde vermutet, dass die Täter sich ganz gezielt ihre Opfer aussuchten, um sie um ihr Erspartes zu erleichtern. Der letzte Fall aus Brandenburg war jedoch noch um einiges schlimmer als die bisherigen Betrügereien. Das ausgesuchte Opfer wurde dazu verleitet, selbst mit den an ihn verkauften Anteilscheinen Geschäfte zu betreiben und dadurch Gewinne zu erzielen. Diesbezüglich hatte man zunächst gezielt weitere vermeintliche Farmer von den Betrügern als Kaufinteressenten auftreten lassen, um damit auch die ansässigen Farmer und Geschäftsleute zum Abschluss dieser Verträge überzeugen zu können. Erschwerend kam in diesem Falle noch hinzu, dass es sich nicht nur um Betrügereien handelte, sondern auch um einen Überfall mit Körperverletzung. So habe man den Farmer, dem man zunächst Anteile an einer scheinbaren Ölkompanie verkaufte dazu benutzt, seinen guten Namen dafür herzugeben, um andere als Interessenten und Teilhaber gewinnen zu können. Nachdem dann dieser seinerseits in gutem Glauben seine Geschäfte abgewickelt hatte, hatte man ihn auf der Rückfahrt zu seiner Farm überfallen und ausgeraubt.

Gott sei Dank stehen keine Namen in dem Artikel, dachte sich Hans.

Ihm war aber trotzdem klar, dass jeder in der Stadt wusste, um wen es sich handelte. Nur hoffte er, dass seine Geschäftspartner in Peoria nicht so schnell eine Verbindung zu ihm herstellen würden, da dann die Gefahr bestand, dass diese sonst eventuell von ihren Verträgen zurücktreten würden. Denn dann wäre das Chaos perfekt.

Bis die Bank öffnete, hatte er noch gut eine Stunde Zeit. Er war aus lauter Sorge um das Geschehene an diesem Morgen viel zu früh weggefahren. So entschloss er sich, da er noch nichts gefrühstückt hatte, in einer Bar einzukehren und das Frühstück nachzuholen. Er gelangte ausgerechnet in der Kennedy-Road in die Bar, in der John in der letzten Zeit Stammkunde geworden war.

Er trat ein und sofort wurde es still. Keiner der Anwesenden sagte ein Wort. Alle schauten ihn nur an. Unter ihnen waren einige, die in der vergangenen Zeit öfter mit John zusammen pokerten und tranken. Als Hans sich einen freien Tisch suchte kam aus einer Ecke die Anmerkung: „Na, jetzt auch noch die Farm verloren?“

Hans, der mit dieser Aussage nichts anzufangen wusste, wollte auch zuerst nichts darauf antworten. Doch dann fiel ihm ein, dass sich Alfred auch so eigenartig zurückhaltend benommen hatte als er aus Peoria zurückgekommen war. Deshalb fragte er: „Was wollen sie damit andeuten?“

„Och, nichts.“ Einige Männer kicherten.

„Dann halten sie die Klappe“, schnauzte er sie zornig an.

„Haben sie einmal ihre Frau gefragt wie sie ihre Zeit verbringt, wenn sie nicht auf der Farm sind?“, gossen Johns „Freunde“ Öl in das glimmende Feuer.

Das war für Hans genug. Er drehte sich um und verließ die Bar.

Sicher kam ihm das Verhalten von Alfred eigenartig vor. Aber was sollte denn diese Bemerkung nun schon wieder? Hans verstand überhaupt nichts mehr. Er hatte aber eine böse Vorahnung.

Er entschloss sich deshalb, zunächst die Angelegenheiten bei der Bank zu regeln und dann sofort zurückzufahren und mit Alfred über die vergangenen Tage zu reden.

Doch so einfach sollte sich dies alles nicht gestalten. Die Bank war nicht bereit einen entsprechend hohen Kredit einzuräumen. Sie schlug deshalb vor, dass John und Hans einen Teil ihrer Ländereien verkaufen oder belasten sollten, um so den benötigten Betrag zusammenzubekommen.

Auf keinen Fall wollte Hans jedoch Teile ihrer Farm verkaufen oder auch nur belasten. Insgeheim war er doch davon ausgegangen, dass ihm die Bank einen entsprechenden Kredit ohne viele Formalitäten einräumen würde. Da die Bank jedoch auf ihre Sicherheit bestand, fuhr er wutentbrannt zur Farm zurück. Sofort bei seiner Ankunft rief er Alfred zu sich und fragte ihn: „Was war los als ich weg war?“

„Was soll los gewesen sein?“

„Weich mir nicht aus! Mir reicht es jetzt“, schrie Hans fast außer sich vor Wut, „ich will jetzt sofort wissen, was während meiner Abwesenheit hier auf der Farm vor sich ging!“

Alfred, der genau wusste, auf was die Frage abzielte, versuchte weiter den Ahnungslosen zu spielen: „Mister Hans, ehrlich, ich weiß wirklich nicht, was los war. Ich habe auch nichts Außergewöhnliches beobachtet. Ich habe nur Mister John gesehen, als er in die Stadt gefahren ist und seine Tasche dabei hatte. Dann habe ich noch mitbekommen, wie er zu Miss Johanna sagte, dass er ein paar Geschäfte zu erledigen habe, mehr nicht.“

„Red nicht um den heißen Brei herum, du weißt genau, was ich wissen will“, forderte er ihn wieder energisch auf.

Aber Alfred wollte auf diese Frage nicht antworten und sagte nur: „Tut mir leid, Mister Hans. Mehr weiß ich wirklich nicht.“

Um endlich wieder aus dem Zimmer zu kommen und dieser Zwickmühle auszuweichen, ergänzte Alfred: „Ich muss noch dringend in die Stadt. Ersatzteile für die Mähmaschine kaufen. Sonst können wir sie morgen nicht einsetzen."

„Verschwinde", sagte Hans wütend, weil er merkte, dass er von Alfred keine Antwort erhalten würde, die er insgeheim erwartet oder vermutet hatte. Immer noch wütend ging er deshalb in den Garten, wo Johanna sich um ihre Blumenbeete kümmerte und wollte von ihr wissen, was geschehen war.

Johanna sah ihn schon kommen und allein am Gesichtsausdruck von Hans konnte sie ablesen, dass er keine gute Laune hatte. Deshalb ging sie direkt auf ihn zu und sprach ihn an: „Na, hast du bei der Bank alles regeln können?"

„Nichts, gar nichts konnte ich regeln. Die wollen uns keine so hohe Summe geben und verlangen, dass wir einen Teil unserer Felder verkaufen oder belasten", sagte er und ergänzte gleich, „und das jetzt, wo ich die ganzen Verträge abgeschlossen und das Saatgut bestellt habe. Keine Ahnung, wie das jetzt hier demnächst alles weitergehen soll."

„Du findest sicher noch eine Möglichkeit", meinte Johanna.

„Hoffentlich. Ich bin nur gespannt, was John dazu meint, wenn er wieder einigermaßen ansprechbar ist."

„Lass ihm doch jetzt erst mal zwei Tage Zeit. Ich glaube, er weiß schon selbst, dass er großen Mist gebaut hat. Und er wird schon wieder von selbst auf dich zukommen."

Hans war durch dieses Thema von seinem Vorhaben, Johanna zu fragen, was während seiner Abwesenheit los gewesen war, abgekommen und sagte: „Ich fahre jetzt nochmals in die Stadt und will bei den anderen Farmern vorbeischauen, die durch John geschädigt wurden. Ich will einmal versuchen, ob ich mit denen vernünftig reden kann und versuchen, eine Regelung zu treffen, wie wir das Geld wieder zurückbezahlen können, ohne die gesamte Summe auf einmal aufbringen zu müssen!"

Johanna die bereits befürchtet hatte, dass Hans eigentlich etwas anderes von ihr hören wollte war froh, dass er jetzt erst einmal abgelenkt war und sich wieder um die Geschäfte kümmerte. Sie nahm sich deshalb vor, am Abend, wenn Hans wieder aus der Stadt zurück sei, mit ihm über ihre gemeinsame Zukunft zu reden, da sie ja nun bald zu dritt wären.

John kam gerade den Weg herauf, als Hans aus dem Tor in Richtung Stadt fuhr. Hans konnte ihn durch den Zaun und die davorstehenden Bäume nicht mehr sehen. John ging geradewegs zu Johanna, die er schon von weitem im Garten arbeiten sah.

„Ist er arg wütend?“, wollte John wissen.

„Was hast du dir denn vorgestellt? Was hast du dir denn dabei eigentlich gedacht? Wie kannst du nur so eine Dummheit machen? Ich verstehe dich überhaupt nicht! Ihr habt doch sonst immer alles zusammen besprochen!“

„Ja, das war tatsächlich einmal so. Früher. Ja, da hatten wir alles abgesprochen. Alles, was wir gerade machten oder in der Zukunft noch vor hatten zu machen. Aber in der letzten Zeit, da tat Hans sowieso nur noch, was er wollte. Denk nur einmal an das Schild dort am Tor.“

„Was für ein Schild?“, fragte Johanna.

„Was für ein Schild schon? Na das dort. Am Eingang. Farm Johanna. Meinst du, Hans hätte ein Wort zu mir gesagt, dass er das vor hatte? Vor langer Zeit hatten wir einmal darüber gesprochen, dass wir, wenn wir unserer Farm einen Namen geben wollen, uns dann einen aussuchen, der uns immer an Deutschland erinnert. Aber was macht er? Er hängt einfach ein Schild auf. Aus, Schluss, basta. Ja und so geht das mit vielen Sachen. Das war genauso mit der Angelegenheit in Peoria. Er hat einfach nicht damit rausgerückt, was er wirklich dort machen wollte. Da muss man ja misstrauisch werden.“

„Aber er hatte dort doch nichts Besonderes zu erledigen“, entgegnete ihm Johanna, „er hatte doch nur Gespräche wegen der Lieferungen geführt und Saatgut bestellt, sonst nichts!“

„Bist du dir da so sicher? Warum machte er denn dann so ein Geheimnis daraus?“

„Nein, das machte er doch gar nicht. Ich glaube nur, du bist in letzter Zeit etwas überarbeitet und steigerst dich da in etwas hinein, was es nicht gibt. Ihr zwei habt euch doch immer so gut verstanden.“

Nach einem kurzen Zögern fügte sie vorsichtig hinzu: „Oder liegt es vielleicht an mir? Bin ich der Grund dafür, weil ich nun auch auf der Farm bin?“

John der sich insgeheim eingestehen musste, dass eigentlich alles nur mit Johanna zusammenhing, ging auf sie zu, nahm sie an den Händen und meinte: „Ja, vielleicht schon. Du weißt doch selbst, wie sehr ich dich liebe. Und du liebst mich doch auch, oder?“

„John“, sagte Johanna leise, „was zwischen uns beiden passiert ist, darf nicht mehr vorkommen. Es war ein Fehler und es muss auch ein Geheimnis zwischen uns beiden bleiben. Davon darf niemand, aber wirklich auch niemand etwas erfahren.“

„Aber ich liebe dich doch“, meinte John ausdrücklich, „und Hans kümmert sich doch wohl nicht gerade viel um dich.“

„John, was war, können wir nicht mehr ungeschehen machen und ich will es auch nicht ungeschehen machen. Aber bitte bleib jetzt vernünftig. Wir dürfen nicht mehr zusammenkommen. Ich bin mit Hans verheiratet und wir bekommen ein Kind!“

„Ja, das weiß ich ja“, sagte John und ging noch näher auf sie zu, „aber das spielt doch keine Rolle!“

„Doch, das spielt eine große Rolle. Hans ist der Vater und wir dürfen ... er freut sich doch so sehr darauf.“

John schaute sie nur mit großen Augen an und nahm sie in die Arme. Johanna konnte sich nicht dagegen wehren und hielt einen Moment still, bevor sie ihm sagte, er solle sie bitte loslassen.

Das alles konnte Hans jedoch nicht hören, als er gerade wieder zur Farm hereingefahren kam, weil er vergessen hatte, seine Papiere mitzunehmen. Er sah die beiden in enger Umarmung im Garten stehen.

Fassungslos stieg er aus dem Auto und ging auf die beiden zu. Im Nachhinein wäre Hans froh gewesen, die beiden hätten geschwiegen. Doch stattdessen fingen John und Johanna an, stotternd eine Erklärung abzugeben.

Plötzlich meinte Hans zu verstehen, worauf ihn seit seiner Rückkehr aus Peoria einige Leute mehr oder weniger heimlichtuerisch hinweisen wollten. Wutentbrannt und ohne eine weiteres Wort zu verlieren, rannte er ins Haus, griff nach seinem Revolver und rannte wieder nach draußen. Über die Folgen machte er sich in diesem Moment keine Gedanken.

John erschrak, als er Hans mit der Waffe herbeieilen sah, ging vorsichtig auf ihn zu und sagte leise: „Hans, bitte, hör auf damit, lass dir doch erklären ...“

Aber Hans hörte nichts mehr. In blinder Wut stürzte er sich auf John: „Du hast alles kaputt gemacht. Alles. Alles was wir uns aufgebaut haben. Und jetzt nimmst du mir auch noch meine Johanna weg. Hat es dir mit Lena damals nicht gereicht? Willst du jetzt auch noch Johanna? Willst du alles von mir?“

Dann, urplötzlich trat Hans zwei Schritte zurück, streckte die Hand mit dem Revolver aus und zielte auf John. Johanna, die mit Entsetzen die Situation beobachtete, sprang dazwischen und wollte Hans beruhigen. Sie wollte ihre Arme um ihn schlingen. Doch bevor sie irgendetwas weiter tun oder sagen konnte, löste sich ein Schuss. Wie angewurzelt blieben alle drei stehen und wurden kreidebleich. Hans wurde durch den Schuss in die Gegenwart zurückgeholt. Gott sei Dank hatte er niemanden getroffen. Jetzt erst wurde er sich seiner Tat bewusst. Er stieß Johanna von sich, warf den Revolver John vor die Füße und rannte zum Auto. Mit quietschenden Reifen fuhr er los. Staub und Schotter wirbelten durch die Luft. In hohem Tempo brauste Hans davon.

Viel später erst sollte Hans erfahren, dass dieser Schuss, den er gegen John richtete, das Bild seiner Johanna getroffen hatte, das im Flur seines Hauses hing.

Johanna, die immer noch kreidebleich war, rührte sich nicht vom Fleck. Sie war nicht in der Lage irgendetwas zu sagen. John, der sich von dem Schreck etwas schneller erholte, ging auf sie zu und griff nach ihrer Hand.

Sie schaute ihn nur groß und fragend an und sagte: „Was meinte Hans damit, als er sagte, ob es dir mit Lena nicht gereicht hat?“

Doch bevor John antworten konnte, hörten sie in diesem Moment ein lautes Scheppern und Krachen. Das Geräusch kam aus der Richtung, in die Hans gerade gefahren war. Sie schauten sich an und ohne etwas zu sagen rannten sie los. Alfred und einige Farmarbeiter, die den Streit und die Flucht von Hans mitbekommen hatten, folgten ihnen. Ohne dass jemand von ihnen in diesem Moment etwas sagen musste, ahnten sie wohl alle, dass sich etwas Fürchterliches zugetragen haben musste.

Hans war gerade sehr schnell um die erste Kurve gefahren, als auf dem steinigen Weg der rechte vordere Reifen des alten Ford platzte. In voller Wucht prallte er mit seinem Auto gegen einen Baum. Die Windschutzscheibe zerfetzte regelrecht und Hans wurde aus dem Auto katapultiert. Der Wagen überschlug sich und begrub Hans unter sich.

Alfred der als erster am Unfallort angekommen war, sah Hans zunächst überhaupt nicht und schaute zuerst im Führerhaus nach. Ein leises Stöhnen machte ihn darauf aufmerksam, dass Hans unter dem Fahrzeug lag. Blutverschmiert fand er Hans vor. John, der nun auch die Unfallstelle erreichte, rief Johanna noch im Laufen zu: „Lauf zurück und hol das Auto. Wir müssen ihn schnell ins Krankenhaus bringen.“

John, der sofort sah, dass Hans schwerste Verletzungen haben musste, wollte vermeiden, dass Johanna ihn in diesem Zustand sah. Gemeinsam mit den inzwischen herbeigeeilten Arbeitern kippten sie das Auto auf die Seite, sodass sie Hans darunter wieder hervorziehen konnten. Für alle grenzte es an ein Wunder, dass Hans noch am Leben war. Jedenfalls atmete er noch. An seinem Kopf schien er schwere Verletzungen erlitten zu haben, da er sehr stark blutete.

Johanna war in der Zwischenzeit mit dem zweiten Auto an der Unfallstelle angekommen und hatte auch Verbandszeug dabei. Tränen standen ihr in den Augen und sie war nicht in der Lage, auch nur einen Handschlag zu tun, geschweige denn, näher an Hans heranzugehen. Das, was sie von ihm sah reichte, um zu wissen, dass er sehr schwer verletzt war.

Alfred und John fuhren ihn nach Brandenburg ins Hospital. Alfred fuhr und John kniete mit einem weiteren Arbeiter neben Hans auf der Pritsche des Autos und hielt ihn fest, damit er während der Fahrt nicht zu sehr durchgerüttelt wurde. Johanna hatte das Hospital bereits telefonisch informiert. Bei ihrer Ankunft warteten die Ärzte schon am Eingang auf den Patienten.

Hans wurde sofort in den Operationssaal gebracht. John forderte Alfred auf, unverzüglich zur Farm zurückzufahren und sich um Johanna zu kümmern. Er selbst wolle bei Hans bleiben, bis er wisse, wie es ihm ginge und ob er die Operation übersteht.

Nach zwei Stunden kam der Arzt zu John und sagte: „Er hat mehr als einen Schutzengel gehabt. Normalerweise überlebt kaum einer einen solchen Unfall. Aber Herr Janke hat ein starkes Herz und er wird es schaffen. Sein Augenlicht wird er aber wohl nicht mehr wiedererlangen. Dafür sind die Kopfverletzungen zu schwer. Wir hoffen, dass wir zumindest noch sein rechtes Bein retten können.“

Schonungsloser konnte man es keinem sagen, dachte John. Aber was sollte der Arzt auch drum herumreden. Das war eben die Wahrheit. Damit würde er und vor allem Hans jetzt und in Zukunft leben müssen. Erst in diesem Moment wurde ihm klar, dass er am Unfall von Hans eine nicht unerhebliche Schuld trug. Plötzlich sah sich John all seinen Taten aus den vergangenen Tagen, Wochen und Monaten gegenüber. Ihm wurde bewusst, dass er in der Vergangenheit große Fehler gemacht hatte. Er hatte sich in etwas hineinmanövriert, das er selbst nicht mehr überblickt hatte. Er hatte es zugelassen, dass ein Außenstehender einen Keil zwischen ihn und Hans trieb und dadurch ein Misstrauen erzeugte, das eine alte Freundschaft nun zerbrechen ließ. Hilfe von anderen, zum Beispiel von Alfred oder Johanna, hatte er strikt abgelehnt. Er wusste immer alles besser.

Wie recht hatten doch Hans und die anderen gehabt. Er hatte beinahe alles kaputt gemacht, was sie sich in den vielen Jahren aufgebaut hatten. Wie in einem Film sah sich John zusammen mit Hans wieder in Torgau mit ihren Rucksäcken auf dem Weg zum Bahnhof, dann auf dem Schiff nach New York, voller Erwartungen, was sie in der Neuen Welt alles erleben würden, wie es dort aussehen würde. Ihre Ankunft in New York, verbunden mit der Ungewissheit, wie sie von Bord des Schiffes kamen und an der Einwandererbehörde vorbeikommen sollten. Dann die Fahrt zu ihren Zieheltern, die sich liebevoll und mit viel Verständnis um sie kümmerten, ihnen die englische Sprache beibrachten, ihnen zeigten, was sie über die Landwirtschaft wissen mussten. Der Start und Aufbau ihrer eigenen Farm.

Nur weil er, aber auch Hans, es versäumt hatte, über alles miteinander zu reden, hatte es so weit kommen können. Sie hatten alles gemeinsam unternommen. Aber warum hatte er Hans damals nicht gesagt, dass er Johanna schon sehr viel früher kennengelernt hatte? Warum hatte er Hans nicht einmal gesagt, dass er von ihr eine Korb bekommen hatte, was er selbst nie verstanden hatte? Johanna hätte ihre Beweggründe sicherlich schon viel früher beiden mitgeteilt, wenn nur er sich dazu geäußert hätte. Warum war er nur so misstrauisch geworden? Das konnte er sich selbst nicht erklären. Jetzt erst wurde ihm die Tragweite seines Handelns in den letzten Tagen bewusst. Wie einfach und unüberlegt hatte er alles, was sie hatten, aufs Spiel gesetzt? Vielleicht würden sie nun alles verlieren. Dies alles nur aus Neid, Unüberlegtheit und Dummheit, wie er sich selbst eingestehen musste. Was hatte er sich dabei gedacht, als er Johanna dazu überredete, mit ihm zusammen in seinem Haus zu übernachten? Sicherlich, Johanna hätte auch nein sagen können oder nein sagen müssen. Aber er hatte damit angefangen. Er hatte die Frau seines besten Freundes verführt. Freundes? Das waren sie eigentlich nicht. Brüder, das waren sie. Blutsbrüder, wie sie es sich einst in einem Zeltlager an der Ostsee geschworen hatten. Damals hatten sie sich von ihrem kleinen Taschengeld ein Amulett gekauft und waren ganz stolz darauf, weil sie etwas hatten, das aus der fernen weiten Welt kam. Es war eine Münze, die sie nicht kannten und von der sie nur wussten, dass sie aus Amerika stammen sollte. Sie nahmen sie mit nach Hause und der Vater von Hans musste sie in der Mitte teilen und in jeden Teil oben ein Loch bohren, damit man jede Hälfte an einer Halskette befestigen konnte.

Die Ketten bestanden zu jener Zeit noch aus einer einfachen Kordel. Viele Jahre später, es war an einem Weihnachtsabend, kam Hans auf ihn zu und schenkte ihm die goldene Kette. Er meinte, dass es Zeit wäre, ihre damalige Blutsbrüderschaft zu erneuern. Damals tauschten sie die Kordel, die im Laufe ihres Lebens schon oft geflickt werden musste, gegen die Goldkette und erneuerten ihren Schwur, immer füreinander da zu sein.

Ja, sie waren als junge Burschen unzertrennlich und sie hatten schon so viel gemeinsam durchgestanden. Jeder von ihnen hatte damals für den anderen eingestanden und alle Nachteile auf sich genommen, wenn er nur dem anderen damit hatte helfen können. Denn das war es doch, was die beiden damals auszeichnete. Nicht umsonst wurden sie von Fremden oft für Brüder gehalten. Wie oft wurden sie auf dem Schiff angesprochen und gefragt, was denn der Bruder zu dem ganzen Abenteuer sage oder ob der Bruder denn keine Angst davor hätte, was auf sie zukäme.

Neid, Egoismus, Unüberlegtheit. Das war es, was letztendlich zur Katastrophe geführt hatte und dies war auch der Grund, weshalb ihre gesamte Existenz nun auf dem Spiel stand. Auf einmal wurde John klar, was er zu tun hatte.

Hans war im Hospital in guten Händen. Nun musste er sich um Johanna kümmern, damit sie durch den Schock nicht noch ihr Kind verlieren würde. Er musste nun alles daran setzen, wieder einen normalen Zustand herzustellen, so gut es eben ging.

Als Erstes würde er zur Bank fahren und versuchen, eine Regelung zu finden, wie sie ihre Schulden tilgen und die geschädigten Farmer wieder zufriedenstellen könnten.

Es wurden lange und zum Teil harte und laute Gespräche. Aber letztendlich fanden sie eine gemeinsame Lösung und die Bank wurde angewiesen, die geschädigten Farmer zu bezahlen. Die finanzielle Situation der Farm Johanna war damit für die kommende Zeit aber auch ziemlich angespannt. Er hoffte jedoch, dass sie den Ausgleich in den nächsten Jahren, mit etwas Glück und guten Ernten, wieder erreichen können. Anschließend fuhr er zur Farm zurück und forderte Alfred auf, ihm dabei zu helfen, all seine Sachen aus Hans' Haus zu entfernen und in sein Haus zu bringen. Er wollte sich nun endgültig in sein Haus zurückziehen und sich in Zukunft nicht mehr so viel bei Johanna und Hans aufhalten. Nachdem auch dies erledigt war, begab er sich zu den Unterkünften ihrer Farmarbeiter und rief alle zusammen.

Er erklärte ihnen, dass die Farm wie bisher weitergeführt wird und alle an ihre Arbeit gehen sollten. Es werde niemand entlassen und alle werden ihren Lohn erhalten. Wichtig sei jetzt nur erst einmal, dass weiterhin normaler Betrieb herrsche. Bis Hans aus dem Hospital kommt, solle sich alles wieder normalisiert haben.

Im Moment hatte er keinen Mut, den Arbeitern und Angestellten zu sagen, dass Hans voraussichtlich blind bleiben würde. Er fühlte sich schuldig deswegen.

John war ziemlich blauäugig und dachte, dass alles wieder so werden wird, wie es einmal war.

Hans der sich von seinen schweren Verletzungen relativ schnell erholte, wurde bereits nach drei Wochen Hospitalaufenthalt entlassen. Johanna hatte in diesen Wochen viel Zeit mit ihm verbracht und war täglich, fast ununterbrochen an seiner Seite. Sie sprachen über alles. Wirklich über alles. Denn nur so konnten beide zuversichtlich sein, dass sie eine Familie bleiben werden. Sie freuten sich auf ihr gemeinsames Kind.

Hans hatte jedoch gleich darauf bestanden, dass John von der Farm verschwinden soll. In der Zeit seines Krankenaufenthaltes versuchte John immer wieder mit Hans zu reden. Doch Hans hatte die Ärzte und Krankenschwestern aufgefordert dafür zu sorgen, dass John nicht zu ihm herein kommt. Er wollte nichts mehr mit John zu tun haben. Hans hatte einen richtigen Hass gegen John entwickelt und Johanna bemühte sich vergeblich zwischen beiden zu vermitteln. Mit Engelszungen redete sie ständig auf Hans ein, dass sie doch gerade jetzt auf die Hilfe von John angewiesen sind und die Zeit alle Wunden heilen wird.

Johanna war sich schnell bewusst, dass es für Hans sehr schwierig sein würde die Farmarbeit wieder aufzunehmen. Denn es stand endgültig fest, dass er sein Augenlicht verloren hatte. Die Ärzte hatten alles versucht, doch inzwischen die Hoffnung aufgegeben. Die Gesichtsverletzungen die Hans bei seinem Unfall erlitten hatte waren zu schlimm. Letztendlich waren die Ärzte froh, dass er überhaupt am Leben blieb und sie wenigstens noch sein mehrfach gebrochenes Bein retten konnten. Sein Augenlicht war nicht mehr zu retten und so versuchten sie zumindest, die Vernarbungen so zu behandeln, dass er nicht zu entstellt aussehen würde.

Woher Hans die Kraft nahm mit seiner Behinderung fertig zu werden, konnten weder die Ärzte noch Johanna verstehen. Nach außen gab er sich gefasst. Doch wie es in ihm drinnen aussah, ahnte wohl niemand. Er gab John die Schuld daran, dass er nun nie mehr in seinem Leben sehen durfte, wenn die Felder blühen und die Sonne scheint. Für Hans war es furchtbar zu wissen, dass er sein Kind nie sehen wird. Er würde es sicherlich hören und fühlen, aber nie sehen können. Davor hatte er jetzt schon Angst.

„Ich will John nie mehr in meiner Nähe haben“, sagte er immer wieder zu Johanna. „Ich werde mit der Bank vereinbaren, dass ihm sein Anteil an der Farm ausbezahlt wird und dann hat er dort nichts mehr verloren. Mit ihm will ich nichts mehr zu tun haben. Ab sofort existiert er für mich nicht mehr. Er hat schon einmal versucht, mir mein Liebstes wegzunehmen.“

„Was meinst du damit, Hans?“, fragte Johanna. „Wen meinst du damit?“, wollte Johanna dann noch von ihm wissen. Ihr waren jetzt die Worte von Hans wieder eingefallen, als er wutentbrannt von der Farm weggefahren war und kurz darauf diesen fürchterlichen Unfall hatte.

„Frag John“, antwortete Hans nur kurz, „aber sage ihm gleich, dass er verschwinden soll. Ich will ihn nicht mehr in meiner Nähe haben.“

Johanna getraute sich nicht John zu sagen, dass Hans ihn nicht mehr auf der Farm haben wollte. Auf die Frage, was da früher zwischen ihnen war und was Hans damit gemeint hatte, bekam sie von John keine Antwort.

Da Hans nicht wollte, dass John ihn im Hospital besuchte, informierte John sich täglich bei Johanna oder Alfred, wie es mit der Genesung von Hans vorwärts ging.

John rackerte von früh bis spät. Es tat ihm unendlich leid und er wäre fast daran zerbrochen als er erfuhr, dass die Ärzte das Augenlicht von Hans nun endgültig für verloren erklärt hatten. Ein Leben ohne Augenlicht, was sollte das für ein Leben sein?

Am Tag bevor Hans aus dem Hospital entlassen wurde, sagte Johanna zu Alfred, er solle John rufen, da sie dringend mit ihm sprechen müsse.

Alfred, der ein feines Gespür für Probleme hatte, merkte sofort, dass es sich um eine wichtige Angelegenheit handelte und lief sofort zu John, um ihm Bescheid zu sagen.

„Morgen wird Hans aus dem Hospital entlassen“, begann Johanna mit Tränen in den Augen und die Worte kamen ihr nur sehr schwer über die Lippen. „Alfred und ich werden ihn abholen. Wenn wir zurückkommen, das wird so gegen Mittag sein, musst du die Farm verlassen haben.“

„Die Farm verlassen haben? Das verstehe ich nicht! Was meinst du damit?“

„Hans will mit dir nichts mehr zu tun haben“, sagte Johanna. Ihr war selbst nicht wohl dabei als sie weitersprach. „Ich habe während der letzten Tage fast ununterbrochen auf Hans eingeredet, dass es jetzt für uns alle wichtig ist, dass wir zusammen versuchen, alles nochmals zu normalisieren. Soweit dies überhauptmöglich sein wird. Aber er bleibt dabei, er will dich nicht mehr auf der Farm haben. Gestern war ein Vertreter der Bank bei ihm. Er hat angeordnet, dass du deinen Anteil ausbezahlt bekommst. Natürlich kann Hans dir nicht deinen gesamten Anteil in einer Summe ausbezahlen, dafür müsste er die Farm sonst komplett auflösen. Hans hat deshalb veranlasst, dass du zunächst einhunderttausend Dollar bekommst. Der Rest des Geldes wird er dir in monatlichen Raten bezahlen, so wie es die Farm finanziell verkraften kann. Die Bank hat den Wert der Farm auf etwa fünfhunderttausend Dollar geschätzt. Der genaue Betrag muss noch ermittelt werden. Hans will keinerlei Vorteil. Du sollst genau die Hälfte bekommen. Es tut mir leid, John. Er sagt immer wieder, dass du ihm schon einmal sein Liebstes wegnehmen wolltest und jetzt sei endgültig Schluss.“

Man merkte Johanna deutlich an, dass sie mit ihren Nerven am Ende war. Sie selbst wusste, dass die Entscheidung von Hans nicht richtig war. Aber was sollte sie machen? Er hatte sich von ihr nicht umstimmen lassen und bestand darauf, dass John nicht mehr auf der Farm zu sein hatte, wenn er wieder zurückkäme.

John stand die ganze Zeit wie versteinert da und sagte zunächst kein Wort. Ihm kam es vor, als wäre das, was er gerade von Johanna gehört hatte, nicht für ihn bestimmt, sondern als sei jemand anderes gemeint gewesen. Er sollte von der Farm verschwinden? Er sollte von seinem Lebenswerk Abschied nehmen und sich hier nicht mehr blicken lassen dürfen? Das konnte doch wohl nicht wirklich wahr sein!

„Ich wollte ihm sein Liebstes nicht wegnehmen", begann er fast zu schreien, „das weiß er ganz genau. Dann soll er dir diese Geschichte auch richtig erzählen! Ich habe mit Hans zusammen diese Farm hier aufgebaut. Er hat kein Recht, mich von hier zu vertreiben. Es ist auch meine Farm. Was hier geschieht, können wir nur zusammen entscheiden. Nur Hans und ich gemeinsam. Keiner kann mich von dieser Farm hier vertreiben. Das Geld kann er sich an den Hut stecken. Wie kommt er überhaupt dazu, dies mit der Bank im Alleingang zu regeln, ohne mich zu fragen? Was bildet der sich denn überhaupt ein?" John begann sich immer lauter in seine Wut hineinzusteigern. Er ging hastig auf und ab und fuchtelte mit den Händen gestikulierend in der Luft herum. „Auch diese gerissenen Banker können nicht über meinen Kopf hinweg entscheiden, was mit der Farm passiert. Immerhin sind wir beide Eigentümer", schrie er, „was bilden die sich denn überhaupt ein? Mich vertreibt keiner von hier und das damals mit Lena, das ..." Er brach weinend ab und drehte sich von Johanna weg, damit sie seine Tränen nicht sehen sollte.

„John", begann nun Johanna ruhig auf ihn einzureden, „John, jetzt sag mir bitte endlich, was damals passiert ist."

Aber John antwortete ihr nicht und so redete sie weiter: „Du weißt doch selbst, dass ihr vor Jahren schon einmal vereinbart hattet, dass jeder von euch beiden über alles, was die Farm betrifft, selbst entscheiden kann ohne die Unterschrift des anderen zu benötigen. Die Bank hatte euch das schon einmal vor Jahren vorgehalten und euch vorgeschlagen und geraten, dies zu ändern. Aber ihr wolltet das ja nie ändern und daran hat Hans jetzt wieder gedacht. Beziehungsweise wurde er von einem Banker daran erinnert, dass jeder von euch beiden die alleinige Vertretungsberechtigung hat. Davon hat Hans nun Gebrauch gemacht. Fairerweise muss ich dir sagen, dass der Banker Hans fast dazu gedrängt hat. Es sah beinahe so aus, als wolle der Banker dich absichtlich von der Farm vertreiben. Warum, weiß ich nicht. Vielleicht konnte er dich nur nicht leiden. Er sagte, du hättest ihm deine Anteilscheine von dieser ominösen Ölfirma auch andrehen wollen. Aber er habe gleich gewusst, dass da etwas nicht stimmen würde. Aber du hättest ihn damals nur verspottet, weil er so vorsichtig war. Hans hat alle Verträge bereits ausfertigen lassen und unterschrieben. Er hat sich extra den Bezirksrichter kommen lassen und der musste ihm all diese Verträge vorlesen, damit er sicher war, was er unterschreiben würde. Jetzt ist es leider zu spät. Wirklich zu spät!“

„Das werden wir doch mal sehen“, widersprach John heftig. „Ich bleibe. Das lasse ich mir nicht bieten. Das kann er mit mir nicht machen! Er kann mich nicht so einfach von hier vertreiben! Nicht mich! Das macht er nicht mit mir!“

Wutentbrannt rannte John aus dem Haus. Alfred lief ihm hinterher und versuchte noch, mit ihm zu sprechen. Doch John wollte nichts hören und rief nur immer wieder: „Nicht mit mir! Ich bleibe hier auf meiner, auf unserer Farm!“

Nach einigen Metern hatte Alfred ihn eingeholt und sagte: „Mister John, lassen sie doch Mister Hans erst einmal aus dem Krankenhaus heimkommen. Dann können sie doch mit ihm reden. Vielleicht lenkt er ja noch einmal ein. Vielleicht ist es aber besser, wenn sie sich erst mal eine Weile zurückziehen, bis ... na ja, wie sagt man, bis Gras über die ganze Sache gewachsen ist. Aber ich glaube, in diesem Fall wird das wohl eine ganze Zeit dauern. Mister Hans wird wohl erst lernen müssen, mit seiner Behinderung zu leben. Das müssen sie doch auch verstehen“, sprach Alfred ruhig auf John ein.

Während des Gesprächs hatten sie sich Johns Haus genähert und John dachte über das soeben Gesagte nach.

Vielleicht hatte Alfred ja recht. Vielleicht konnte sich alles irgendwann wieder zum Guten wenden. Aber dass er von der Farm verschwinden sollte, das wollte und konnte er nicht akzeptieren. Immerhin handelt es sich ja auch um sein Lebenswerk. Johanna hatte leider auch recht. Sie wurden schon vor Jahren bei der Bank darauf hingewiesen, dass eigentlich jeder für sich mit der Farm machen könne was er wollte, ohne den anderen fragen zu müssen oder ohne von dem anderen eine Unterschrift zu benötigen. Dies hatten sie damals festgestellt, als sie ein größeres Stück Weideland hinzukauften. Damals schon waren sie auf dieses Manko hingewiesen worden. Aber was sollte schon passieren? Für sie war es unvorstellbar, dass einer ohne den anderen zu fragen, überhaupt etwas unternehmen würde. Sie wiesen alles weit von sich, wenn mal jemand erwähnte, es könnte doch einmal zu Unstimmigkeiten zwischen ihnen kommen und dann könnte sich alles ändern. Welche Unstimmigkeiten sollten denn auf sie zukommen? Jetzt fielen ihm noch einmal die Worte des Sheriffs ein, der bei einem der damaligen Gespräche zufällig anwesend war. Dieser meinte damals: „Ich habe schon Pferde kotzen gesehen.“

Jetzt war es tatsächlich Wirklichkeit geworden. Er hatte verloren. Er hatte einen großen Fehler gemacht, für den er jetzt büßen musste. Aber mit Hans wollte er trotzdem noch einmal reden.

„Al, es ist schon gut. Du kannst ruhig zurückgehen. Ich bleibe die nächste zwei Tage in meinem Haus. Wenn Hans morgen aus dem Hospital zurückkommt, wird er sowieso andere Sorgen haben, als mich zu verjagen. Er wird zuerst einmal versuchen müssen, sich zurechtzufinden. Ich komme dann später rüber und rede nochmals mit ihm über alles.“

Mit allem hatte John gerechnet, aber nicht damit, dass Hans ihn schon eine Stunde nach seiner Rückkehr zu sich rufen ließ um mit ihm zu sprechen. John freute sich riesig und dachte schon daran, dass sich nun wieder alles zum Guten wenden würde.

Die Nacht hatte er nämlich nur sehr unruhig verbracht und sich die Worte zurechtgelegt, die er Hans sagen wollte, wenn er ihm wieder gegenüberstehen wird. Er wollte sich ab sofort um alles kümmern, sich verstärkt um die Feldarbeit bemühen, sich mehr an der praktischen Arbeit orientieren, sodass Hans sich um die kaufmännischen Belange kümmern und die Gespräche mit den Händlern führen konnte. Er wollte alles so aufteilen, dass Hans so wenig wie möglich von seiner Behinderung beeinflusst wird und dennoch nie das Gefühl haben würde, nicht mehr nützlich zu sein. Johanna könnte die Briefe und Rechnungen schreiben, die Hans anweisen würde und sie könnte auch die Bücher führen, so wie Hans es verlangte. So würde jeder seinen Teil zur Arbeit beitragen können.

In dieser Nacht riss er sich, ohne dass er es bemerkte, seinen Talisman vom Hals. Als er aufwachte wunderte er sich, dass er seinen Talisman in seiner geschlossenen Faust hielt. Er schaute ungläubig auf seine Hand und deutete dies als ein gutes Omen. Ja, er wird Hans versprechen, dass er diese beiden Talismane wieder so vereinigen wird, dass keiner je wieder an ihrer Zusammengehörigkeit zweifelte. In ein paar Jahren werden sie dann vielleicht selbst darüber lachen können und sagen, dass sie damals ganz schön viel Mist gebaut und sogar ihre Existenz aufs Spiel gesetzt hätten. Sicher, Hans wird auch dadurch sein Augenlicht nicht wiedererlangen. Aber in ein paar Jahren würden sie dann bestimmt die Schulden die er verursacht hatte abgetragen haben und alles würde sich so weit wie möglich wieder normalisiert haben.

Das waren seine Gedanken, als er aufwachte und den Talisman in seiner geschlossenen Hand hielt. Ja. So wird alles wieder gut, war er sich ganz sicher.

Im Laufe des Vormittags überlegte er sich schon die weiteren Details, wie sie künftig die anfallenden Arbeiten auf der Farm erledigen werden. Er war deshalb sehr zuversichtlich. Dass Hans blind bleiben wird, daran wollte er lieber nicht zu oft denken. Nie mehr die Felder sehen können, wenn sie blühen. Nie mehr die Wolken sehen können, die vorüber zogen oder endlich den ersehnten Regen brachten. Das war etwas, was er sich einfach nicht vorstellen konnte und so bemühte John sich, nur an das Positive zu denken. Zum Beispiel, dass es den Ärzten gelungen war, Hans' rechtes Bein zu retten, sodass er weiterhin ohne Gehhilfe laufen konnte. Ja und schließlich hatte er ja nicht wirklich die Schuld an diesem Unfall. Er war ja nicht gefahren. Sondern Hans ist ja selbst zu schnell gefahren. Es war ja nichts zwischen Johanna und ihm. Er hatte sie doch nur freundschaftlich in die Arme genommen. Hans kannte doch diese Strecke und wusste doch auch, dass die Wege seit dem letzten starken Regen ziemlich glitschig und zum Teil ausgefahren waren. Er wusste doch, dass er nicht so schnell fahren durfte, weil der Weg gerade dort in der Kurve etwas schräg verlief und schon manche Wagenladung an dieser Stelle verrutscht war, wenn jemand etwas zu schnell dort durchgefahren war. Also hatte sich Hans auch den wesentlichsten Teil dieses Unfalls selbst zuzuschreiben.

Die Annahme, dass auch Hans zu dieser Ansicht gekommen sein musste verstärke sich noch, als Alfred an seiner Tür klopfte und sagte: „Mister Hans ist aus dem Hospital zurück. Er will, dass sie gleich zu ihm kommen. Er will sofort mit ihnen reden.“

Na also, sagte sich John. Habe ich es mir doch gedacht. Hans wird auch über alles nachgedacht haben und jetzt wird alles wieder gut. Vielleicht müssen wir noch über so manche die Details reden, aber wir werden schon eine Lösung für alles finden.

So ging er zuversichtlich zu Hans.

Hans saß auf einem Stuhl, mit dem Gesicht zum Fenster gewandt, als John das Zimmer betrat. Johanna stand neben ihm, hatte ihre Hand auf seiner Schulter liegen und wandte sich zu John, als sie ihn hörte. Hans bewegte sich nicht und für einen Außenstehenden schien es in diesem Moment, als ob er sich die Gegend hinter seinem Haus anschauen würde.

John hatte jedoch urplötzlich ein ungutes Gefühl. So stand er für ein paar Sekunden etwas unbeholfen in der Tür und wusste zunächst nicht, wie er sich denn nun verhalten sollte. Doch dann ergriff er das Wort und ging ganz langsam auf Hans zu: „Was bin ich froh, dass du wieder da bist“, begann er, „du wirst merken, es wird alles wieder gut und wir werden für alles eine Lösung finden. Ich werde alles wiedergutmachen. Das schwöre ich dir!“

Etwa zwei Meter vor Hans blieb John stehen und wartete auf eine Reaktion von diesem. Hans hatte immer noch sein Gesicht dem Fenster zugewandt. Doch dann, ganz langsam, drehte er sich um und es schien, als ob er John genau ansehen würde.

Was John dann sah, ließ im ersten Moment sein Blut in den Adern gefrieren.

Hans, durch den langen Hospitalaufenthalt und die vielen Operationen die er in dieser Zeit über sich ergehen lassen musste, war blass, abgemagert und durch die schweren Gesichtsverletzungen, die er durch den Unfall erlitten hatte, doch sehr entstellt. Dort, wo einst die Augen waren, waren nur noch zwei tiefe Höhlen übrig geblieben und Narben zogen sich über das ganze Gesicht. Was John da sah, hatte im ersten Moment nicht mehr viel mit dem Hans zu tun, mit dem er fast sein ganzes Leben verbracht hatte. Nichts war mehr zu erkennen von dem attraktiven Mann, der dieser einst gewesen war. Die markanten Formen waren nicht mehr erkennbar. Die kräftigen Backenknochen waren verschwunden. Die strahlenden Augen, die jedem sofort signalisierten, dass man einem Menschen gegenüberstand, der mit beiden Beinen im Leben steht, der immer hellwach war und dem man eigentlich nichts vormachen konnte, all das gab es nun nicht mehr. John versuchte den Gedanken an eine Fratze wegzuschieben, der sich ihm unmittelbar aufdrängte. Was er da sah, hatte nicht mehr viel mit Hans zu tun. Das hier, dachte er, ist ein gebrochener Mann.

Da sollte er sich jedoch gewaltig täuschen.

„Hat es dir die Sprache verschlagen? Wo bleiben denn deine sonst so lockeren Sprüche? Schau mich ruhig an. Schau dir alles ganz genau an“, forderte Hans ihn mit einem gefährlich klingenden Unterton auf. „Das habe ich alles dir zu verdanken“, schrie er.

„Hans, nein, bitte nicht“, versuchte Johanna sich gleich in das beginnende Gespräch einzumischen.

„Sei ruhig. Jetzt bin ich dran“, forderte Hans sie in einem harten, scharfen Ton auf.

„Ja, John. Das was du hier siehst, ist dein Werk! Daran bist du schuld! Du hast alles kaputt gemacht, was kaputt zu machen ist! Alles!“

Hans steigerte sich immer mehr in seine Wut hinein, dass sich im Moment weder John noch Johanna etwas zu sagen getrauten. Johanna hatte zunächst wie John auch gedacht, dass sich doch noch eine Lösung finden würde, als Hans sie aufforderte, John rufen zu lassen, weil er mit ihm reden wolle. Hans, der vom Hospitalaufenthalt sichtlich geschwächt angekommen war, hatte sich aber so in der Gewalt, dass sie ihn im Moment ungläubig anschaute und es ihr die Sprache verschlug. Mit einem solch harten Ton hatte auch sie jetzt nicht gerechnet.

„Johanna hat es dir ja schon gesagt. Ich will, dass du die Farm verlässt. Und zwar sofort. Ich will mit dir nichts mehr zu tun haben. Du bekommst deinen Anteil bis auf den letzten Dollar. Aber auf der Farm hast du ab sofort nichts mehr verloren. Raus jetzt.“

„Hans“, begann John, „lass uns miteinander reden.“

„Raus, habe ich gesagt! Es gibt nichts mehr zu bereden. Wir haben nichts mehr miteinander zu tun!“

„Doch. Schließlich haben wir beide dies hier alles zusammen aufgebaut und ...“

„Und du hast alles kaputt gemacht.“

## Kapitel 8

„Ich weiß, dass ich einige Fehler gemacht habe, aber das geht Sie nichts an. Leider habe ich nicht die Möglichkeit mir eine andere Bank zu suchen, die nächste über einhundert Meilen entfernt und diese Bank ist auch noch eine Filiale von Ihnen. Aber Sie wissen, wie hoch mein Anteil an der Farm ist. Ich bleibe in Brandenburg und will mit meinem Geld arbeiten." Verärgert saß John dem Chef der Bank gegenüber. „Hans hat ja auch schon bei Ihnen alles geregelt, dass die Farmer wieder ihr Geld bekommen. Vor allem die, die es am schlimmsten getroffen hat. Ich will versuchen, dass die Ländereien, die durch den Kredit belastet wurden, so schnell wie möglich wieder entlastet werden und dass die Farm bald wieder so gut da steht wie früher."

„Und wie wollen Sie das machen?", fragte ihn der Banker.

„Ich will arbeiten. Hart arbeiten. Genau weiß ich es noch nicht, wie ich das alles anstellen werde. Aber ich werde schon eine Lösung finden."

„Vielleicht kann ich Ihnen sogar helfen", sagte nun der zweite Angestellte, der seitlich von ihnen beiden saß und bisher noch nichts gesagt, sondern nur zugehört hatte. „Ohne mich in Ihre privaten Angelegenheiten mischen zu wollen und damit meine ich Ihr Verhältnis zu Herrn Janke, könnte ich mir vorstellen, dass Sie weiterhin als Farmer arbeiten könnten. Nur etwas anders, als Sie es bis jetzt gewohnt waren."

„Was meinen Sie damit?", fragte John misstrauisch. „Ich bin schon einmal reingelegt worden und lasse mich nicht mehr auf ominöse Geschäfte ein."

„Um Gottes Willen. Machen Sie sich mal keine falschen Gedanken. Ich will Sie sicherlich nicht reinlegen oder Sie zu, wie Sie sagen, ominösen Geschäften anhalten. Nein, Mister Wilkens, ich darf Sie doch John nennen?"

„Ja, ja, selbstverständlich. Aber jetzt erzählen Sie mir erst einmal, was das für Geschäfte sein sollen“, forderte John ihn etwas vorsichtig und zögerlich auf.

„Also gut, John. Sie haben bisher auf der Farm gearbeitet und die Arbeit auch von der Pike auf gelernt. Sie wissen doch sicherlich noch, wie schwierig ihre ersten Jahre waren. Sie und Mister Janke hatten mehr als einmal auf Messers Schneide gestanden und Ihre Farm wäre fast bankrott gewesen. Uns, also der Bank und den Aufsichtsräten war es manchmal schon unheimlich, wie Sie beide sich aus den unmöglichsten Situationen wieder heraus manövriert haben. Wir hatten Sie beide schon aufgegeben und dachten, dass auf dieser Farm tatsächlich ein Fluch liegen würde. Aber wir sind ja nicht abergläubisch“, ergänzte er und lächelte dabei. Er lehnte sich in seinem Sessel etwas zurück, faltete die Hände und sprach mit einem leichten Kopfnicken weiter: „Sie haben uns damals schon auf die Idee gebracht, wie man den kleinen Farmen, hier in Kentucky sind die meisten Farmen ja nicht besonders groß, helfen könnte. Wir brauchten nur Sie beide zu beobachten und wussten in etwa die Lösung. Das heißt, so genau wissen wir es natürlich immer noch nicht, aber mit ihrer Hilfe, John, könnte man da schon etwas machen.“

„Jetzt kommen Sie doch endlich mal zur Sache und reden nicht um den heißen Brei“, meinte John verärgert. „Ja, wir hatten uns schon ein System überlegt wie wir unsere Ernten besser verkaufen könnten und haben das mit ein paar der hiesigen Farmer durchgeführt.“ Und leise bemerkte er: „Deshalb haben mir alle Farmer vertraut, als ich sie wegen der Anteilscheine ansprach. Die meisten von denen haben ihre Ersparnisse dafür eingesetzt.“

„Ja, das haben wir auch so gesehen. Es war uns zunächst nicht verständlich, warum so viele Farmer plötzlich so unvorsichtig mit ihrem Geld umgingen. Aber als wir erfuhren, dass Sie dahintersteckten und Ihnen die Geschäfte vorschlugen, verstanden wir, warum sie alle so wild auf Ihre Anteilscheine waren. Weil die Farmer Ihnen vertrauten. Weil sie überzeugt davon waren, dass wenn Sie etwas in die Hand nehmen, dann wird dies auch mit Sicherheit gelingen." Der Bankangestellte trat ans Fenster und deutete auf die Straße, wo ein paar einzelne Farmer mit ihrer Ernte vorbeifuhren. „Sehen Sie sich doch einmal selbst um. Da draußen fahren sie vorbei und bringen ihre Ernte in die Stadt auf den Markt oder zum nächsten Farmer und versuchen, sie dort zu verkaufen. Jeder für sich. Sie haben damals aber schon mit einigen Farmern eine Art Genossenschaft gebildet und ihre Ernten zusammen vermarktet. Da sollten Sie ansetzen. Das könnte, so finden wir, heute die Lösung für alle kleinen Farmer sein. Sie bauen mit unserer Hilfe, also mit Hilfe der Bank und natürlich unter Einsatz ihres Geldes, eine Genossenschaft auf, die Sie leiten werden. Ab sofort vermarkten alle Farmer nicht mehr selbst, sondern sie können sich der Genossenschaft anschließen. Sie können auf dem Markt ganz anders auftreten und auch ganz andere Preise erzielen. Denken Sie doch nur einmal daran, welche Verhandlungsbasis Sie haben wenn Sie nach Peoria fahren, um Samen für die nächste Saison zu kaufen. Sie kaufen dann nicht mehr für fünf oder zehn Morgen Land, nein, Sie kaufen dann für etwa fünfzig oder einhundert Morgen. Oder vielleicht für noch mehr. Und umgekehrt können Sie als Verkäufer auch ganz anders argumentieren. Sie können ganz andere Mengen auf den Markt bringen, die sonst keiner in der Lage ist, aufzubieten. Mit anderen Worten, Sie gründen eine Genossenschaft mit dem Ziel, den Ein- und den Verkauf der landwirtschaftlichen Produkte für eine Vielzahl von Farmern durchzuführen."

Nachdem der Banker seinen Vortrag gehalten hatte, war es zunächst einmal ganz still im Büro und keiner von ihnen sagte irgendetwas in die Stille hinein.

Plötzlich fing John ganz laut an zu lachen und sagte: „Sie glauben doch nicht etwa im ernst, dass mir irgendjemand in dieser Stadt oder in dieser Gegend auch nur einen müden Dollar anvertrauen wird. Nicht nach dem, was ich vielen angetan habe."

„Oh doch", bekam er zur Antwort, „die Leute vertrauen Ihnen nach wie vor. Sicherlich, sie sind vielleicht etwas vorsichtiger geworden! Aber das ist ja auch gut so! Wir haben in den letzten Tagen und Wochen, seit der Geschichte mit dieser Ölfirma, mit vielen Farmern geredet. Auch uns als Bank ist bewusst geworden, dass es für die Farmer hier immer schwieriger wird, ihre Produkte zu vermarkten. Deshalb haben wir in den vergangenen Wochen mit vielen Farmern gesprochen und ihnen vorgeschlagen, eine Genossenschaft zu gründen. Nur, es ist bis jetzt daran gescheitert, weil wir noch niemanden gefunden haben, der in der Lage wäre, eine solche Genossenschaft aufzubauen und zu leiten. Erst letzte Woche, als Sie uns um diesen Termin baten, kam uns der Gedanke, Sie dafür vorzuschlagen. Die Idee mit den Anteilscheinen an dieser Ölfirma war ja nicht unbedingt schlecht. Schlecht daran war, dass tatsächlich keine Firma dahinterstand und sich alles als eine Luftblase entpuppte."

„Und nun meinen Sie, dass die Farmer einfach zu mir kommen, mir ab sofort wieder vertrauen und zusammen mit mir dieses Geschäft, also diese Genossenschaft, aufbauen?"

„Nein, das ist uns auch klar. Deshalb werden wir Sie unterstützen und wir werden Gewährsträger, sodass Sie kein zu großes Risiko eingehen, da wir, also die Bank, an Ihrer Seite stehen. Und glauben Sie mir, John, die Farmer halten trotz ihres Fehlers noch viel von Ihnen und werden sicherlich auch auf Ihre Ratschläge hören."

„Sie meinen also, das könnte funktionieren?", fragte John, beantwortete dann aber seine Frage gleich darauf selbst. „Sie haben schon Recht. Als Gemeinschaft kann man ganz anders auftreten. Wir haben das tatsächlich so gehandhabt. Gerade in unserer Anfangszeit haben wir uns mit ein paar anderen Farmern zusammengeschlossen und sind auf den Markt. Und das mit viel Erfolg, wie man ja weiß."

„Ja, Sie hatten Erfolg. Mit einer Genossenschaft, in der jeder Farmer seine Anteile hätte und damit gleichzeitig auch ein Genosse wäre, könnten wir, natürlich wird auch die Bank dann ein Genosse sein, besser als bisher auftreten und bestimmt einen besseren Ein- oder Verkaufspreis erzielen", sagte er langsam und mit längeren Unterbrechungen um seinem Gesagten eine besondere Bedeutung zukommen zu lassen. Dabei steckte er sich eine dicke Zigarre an.

„Klingt gut, was Sie mir da vorgeschlagen haben“, meinte John, „ich werde darüber nachdenken. Aber vergessen Sie ja nicht, dass dann auch die Farm Johanna als Genosse aufgenommen werden müsste. Und haben Sie sich schon einmal Gedanken darüber gemacht, was Hans, also Hans Janke, sagen wird, wenn er erfährt, dass ich diese Genossenschaft leite? Wenn er der Genossenschaft nicht beitritt, stehe ich in Konkurrenz zu ihm. Aber das ist genau das, was ich nicht will. Ich will ja gerade, dass die Farm Johanna wieder so wird, wie sie vorher dagestanden hat.“

„Ja, das haben wir uns auch schon überlegt. Ganz besonders, weil die Farm Johanna auch noch ein großer Arbeitgeber ist. Deshalb wollen wir sie natürlich nicht als Konkurrenz, sondern als Genosse. Gerade weil sie ja auch hier eine der größten Farmen ist. Wir haben deshalb schon vor längerer Zeit mit Mister Janke über diese Möglichkeit, also der Möglichkeit der Gründung einer Genossenschaft, gesprochen. Er war damals überhaupt nicht abgeneigt, bei diesem Geschäft mitzumachen. Wenn unsere Überlegungen und Vorbereitungen so weit abgeschlossen sein werden, dass wir die Genossenschaft gründen können und Sie der Geschäftsführer sein werden, werden wir auch mit Mister Janke reden. So wie ich ihn kenne, wird er auch, vielleicht nach einiger Überzeugungsarbeit von uns, dann bald mit einsteigen. Er weiß ja, dass es von Jahr zu Jahr auf dem Markt schwieriger wird. Und nachdem jetzt auch schon wieder einige Monate nach seinem schweren Unfall vorbei sind, glauben wir, dass er nun wieder richtig in die Arbeit einsteigen will. Es bleibt ihm ja auch nichts anderes übrig. Bei diesen Verpflichtungen die er hat“, fügte er an.

„Na gut“, antwortete John, „ich lasse es mir durch den Kopf gehen. Vielleicht mache ich das Geschäft ja tatsächlich. Wenn ich ehrlich bin, es hört sich ja auch ganz gut an. Aber Sie werden ja sicherlich auch verstehen, dass ich etwas Bedenkzeit benötige. Ich will nicht wieder auf die Nase fallen. Ich melde mich in zwei bis drei Tagen bei Ihnen. Geht das in Ordnung?“

„Selbstverständlich, John. Lassen Sie sich nur Zeit. Wir müssen das ja auch nochmals durcharbeiten und uns überlegen, wie wir das Ganze nun richtig aufbauen. Schließlich stecken ja auch unsere Gelder und unser Namen in dieser Genossenschaft. Wir sehen Sie also, sobald Sie es sich überlegt haben?“ Sie standen auf und reichten John die Hand. „Aber überlegen Sie nicht zu lange“, fügte er hinzu und drückte ihm fest die Hand.

John hatte endlich wieder das Gefühl, dass er gebraucht wurde und dass er wieder etwas wert sei. Seit Hans ihn von der Farm Johanna ausgeschlossen hatte, wohnte er in der Bar, in der er vorher immer Stammgast war. Jetzt hatte er lediglich dort zwei Zimmer angemietet und machte, mit ganz wenigen Ausnahmen, immer einen großen Bogen um die Theke. John hatte sich fest vorgenommen, alles wieder ins Lot zu bringen und für alle Schäden, die durch ihn angerichtet wurden, irgendwann wieder aufzukommen und alles wieder zu regeln. Er war deshalb von dem Gedanken, Geschäftsführer der Genossenschaft zu werden, eigentlich spontan überzeugt. Nur dies wollte er dem Banker gegenüber natürlich nicht so schnell preisgeben. So ließ er sich dann mehr als drei Tage Zeit, bevor er bei der Bank nochmals vorsprach. Die Tatsache, dass er als Geschäftsführer und Genosse in dieser neuen Firma jetzt einiges zu sagen hatte, war für ihn schon eine gute Ausgangsposition. Doch die Bank wollte auch für ihre Einlagen eine Sicherheit haben und so wurde vereinbart, dass es zwei Geschäftsführer geben wird, die nur zusammen unterschreiben und nur zusammen Verträge schließen konnten. Der zweite Geschäftsführer war der Banker Smith. Smith, den er die Tage vorher kennengelernt hatte, war John zwar nicht unbedingt sympathisch, aber das spielte dabei wohl auch keine so große Rolle. Wichtig war, dass die Genossenschaft so schnell wie möglich agieren könnte und somit die Farmer so schnell wie möglich als eine Gemeinschaft auftreten konnten. Bei einem Informationsgespräch das die Bank durchführte, erschienen dann auch die meisten der Farmer und wurden ausführlich darüber beraten, wozu die Genossenschaft da sein wird und wie die Geschäfte abgewickelt werden. Zunächst wurde festgelegt, wie hoch der Genossenschaftsbeitrag sein wird. Dabei stellte sich heraus, dass eine Vielzahl der anwesenden Farmer sofort dagegen war, in etwas zu investieren, von dem sie noch gar keinen Vorteil hatten. Nachdem ihnen jedoch zugesichert wurde, dass es sich hierbei um einen Beitrag handelte, der ihnen wieder mit Zinsen ausbezahlt wird, wenn sie aus der Genossenschaft austreten wollen, waren sie damit einverstanden. Und schließlich stünde ja auch die Bank als Gewährsträger dahinter.

Für John wurde es erst richtig spannend, als bekannt gegeben wurde, wer der Geschäftsführer der Genossenschaft sein wird. Als erster wurde Smith vorgestellt. Smith, der den meisten von ihnen schon bekannt war, erklärte dann nochmals mit wenigen Worten die Vorgehensweise der Genossenschaft. Dann musste er aber auch erklären, dass er nicht der alleinige Geschäftsführer sei und dass die eigentlichen Geschäfte durch einen weiteren Geschäftsführer geführt werden, da seine Hauptaufgabe weiterhin bei der Bank liegt. John, der sich bis dahin noch nicht im Saal sehen ließ, wurde es jetzt richtig mulmig zumute, als er vor die Farmer treten musste.

Doch es lief für ihn anders als erwartet ab. Die wichtigsten Farmer waren, ohne sein Wissen, schon im Vorfeld von der Bank darüber informiert worden, wer noch in dieser Genossenschaft arbeiten wird. Selbstverständlich waren nicht alle damit einverstanden, dass John einer der Geschäftsführer sein wird. Vor allem deshalb, weil auch er derjenige sein wird, der die eigentlichen Geschäfte führen wird. Nachdem ihnen aber erklärt worden war, dass es in jedem Jahr mindestens zwei Genossenschaftsversammlungen geben wird, in der auch ein Rechenschaftsbericht vorgelegt wird und die beiden Geschäftsführer Rede und Antwort geben müssen, waren mit nur ganz wenigen Ausnahmen, fast alle damit einverstanden. Zumal sie John als guten und erfolgreichen Geschäftsmann von früher her kannten.

„Ich danke euch allen für das Vertrauen, das ihr in mich setzt“, begann John vor der versammelten Farmergemeinschaft zu reden, „ich werde euch nicht, nicht wieder, und das verspreche ich euch hoch und heilig, nicht wieder enttäuschen.“

„Das glaubst du ja wohl selbst nicht, was du da gerade erzählst“, rief auf einmal Hans, der im hinteren Teil des Saales zusammen mit Johanna saß.

John hatte Hans und Johanna bis zu diesem Augenblick noch nicht im Saal gesehen, war von deren Anwesenheit völlig überrascht und zunächst sprachlos. Im Saal herrschte eine Totenstille. Alle drehten sich zu Hans um und starrten ihn an.

Johanna war das sichtlich peinlich und sie redete auf Hans ein. Es konnte aber niemand verstehen, was sie zu ihm sagte.

„Hans“, begann John nochmals seine Rede, „wir sind eine Gemeinde und wir, wir beide, obwohl wir nicht aus diesem Land kommen, wurden von allen herzlich aufgenommen und respektiert. Vielen von denen hier haben uns in unserer Anfangszeit geholfen, Fuß zu fassen. Ja, ich habe in der jüngsten Vergangenheit Fehler gemacht. Aber jeder macht in seinem Leben einmal einen Fehler. Du hast auch schon Fehler gemacht, aber darüber wollen wir hier und heute nicht sprechen ...“ Nach einer kurzen Pause fuhr er fort: „Ich stehe heute hier oben und schwöre allen die mir gegenüber sitzen und ganz besonders dir, Hans, ich schwöre, dass ich für die Schäden, die durch mich angerichtet worden sind, aufkommen werde und dass ich dafür sorgen werde, dass alles wieder so wird, wie es einmal war. Ganz besonders so, wie es zwischen uns beiden einmal war. Hans, bitte glaube mir. Ja, ich habe Fehler gemacht. Aber ich habe nur einen großen Wunsch, nämlich wieder auf unsere gemeinsame Farm zurückzukommen und die Talismane zusammenzuführen.“

Die anwesenden Farmer schauten jetzt abwechselnd von John zu Hans und von Hans zu John, weil sie damit nicht gerechnet hatten. Einigen der anwesenden Farmerfrauen ging dies so zu Herzen, dass hie und da auch die eine oder andere Träne floss. Die Farmer wussten zwar nichts von der Bedeutung dieser Talismane und einige von ihnen steckten schnell ihre Köpfe zusammen und fragten sich, was damit wohl gemeint sei.

„Wir beide haben uns vor Jahren aus Europa hierher getraut“, erklärte John nun weiter, „um uns eine neue Existenz aufzubauen. Unsere Talismane waren damals unser Zeichen dafür, dass uns nichts auseinanderbringen wird und kann. Und ich will sie jetzt wieder zusammenbringen.“

Während John redete, sprach Johanna ständig auf Hans ein. Doch dieser schüttelte immer nur den Kopf und wollte sofort den Saal verlassen.

Bevor sie jedoch endgültig den Saal verließen, erklärte Johanna noch laut vor der versammelten Menge, dass die Farm Johanna selbstverständlich auch als Genosse dieser Gemeinschaft beitreten werde, was von den Anwesenden mit Erstaunen, aber auch mit Freude zur Kenntnis genommen wurde. Was keiner der Anwesenden wissen konnte war, dass Johanna sich gegenüber Hans durchgesetzt hatte, indem sie ihm quasi die Pistole auf die Brust gesetzt hatte. Entweder die Farm werde Genosse, sagte sie ihm, oder sie werde aufhören, auf der Farm zu arbeiten und in ihren Beruf zurückgehen. Hans wusste nur zu gut, dass dies das endgültige Aus der Farm bedeutet hätte und hatte deshalb nur widerwillig zugestimmt.

Die Versammlung sorgte noch lange für Gesprächsstoff. Die Genossenschaft nahm unter Leitung von John und Mister Smith ihre Geschäfte schon wenige Tage später auf. Bis sie sich richtig etabliert hatte, wurde zunächst ein Büro in der Bank zur Verfügung gestellt und ein großer Lagerraum im Zentrum der Stadt angemietet, um die Waren dort zu deponieren. Nach anfänglichen Schwierigkeiten begann die Genossenschaft schon sehr schnell, ihre Arbeit zielstrebig und sicher aufzunehmen. Farmer, die sich bisher zurückgehalten hatten, traten ihr dann auch noch als Genosse bei.

Auch die Farm Johanna war mittlerweile Genosse in dieser Genossenschaft geworden. Hans führte nicht mehr die Geschäfte der Farm, sondern Johanna. John wusste davon nichts. Er hatte seit der Gründung der Genossenschaft keine Zeit mehr gehabt, sich viel um Johanna und Hans zu kümmern. Nur gelegentlich erfuhr er von Alfred, was auf der Farm vor sich ging.

Es war nicht viel Gutes.

„Ich führe die Farm“, schrie Hans Johanna an, „kümmere du dich um Haus und Garten, dann hast du genug zu tun.“

„Hans bitte. Jetzt nimm doch wieder Vernunft an. Wir können das alles nicht rückgängig machen, auch wenn du noch so verbittert bist. In etwas mehr als einem Monat kommt unser Kind auf die Welt und dann habe ich sowieso keine Zeit mehr mich hier um alles zu kümmern. Dann müssen wir uns sowieso überlegen, wie wir das alles bewältigen wollen“, erklärte sie ihm eindringlich. „Wenn doch nur John da wäre ...“, sagte sie so mehr zu sich selbst.

Aber Hans hatte es sehr wohl gehört und schien fast zu explodieren. „Der kommt mir nicht mehr auf die Farm. Aus! Schluss! Basta“, schrie er, stand von seinem Stuhl auf der Veranda auf, wo er seit der Entlassung aus dem Krankenhaus die meiste Zeit verbrachte, griff nach seinem Stock und schlug förmlich um sich, ohne Rücksicht darauf zu nehmen, ob er etwas beschädigen oder sogar jemanden damit treffen könnte. Die Hauptsache für ihn war, er fand den Weg ins Haus. Er konnte sich immer noch nicht mit seiner Blindheit abfinden und es schien, als würde er von Tag zu Tag deswegen ungehaltener.

„Hans, mach bitte langsam“, flehte Johanna ihn fast an, „irgendwann verletzt du noch jemanden mit deinem Stock. Das willst du doch wohl auch nicht, oder?“

„Und wenn schon. Hier hat niemand etwas zu suchen und wer da ist, kann mir ja wohl aus dem Weg gehen, oder? Das ist mein Haus und hier mache ich, was ich will“, giftete er sie an.

Johanna, der es, seit sie schwanger wurde, immer schlechter ging, schüttelte nur den Kopf und arbeitete weiter an den Geschäftsbüchern. Sie sorgte so dafür, dass die Farm weitergeführt werden konnte. Alfred unterstützte sie zwar dabei, war aber nicht glücklich. Er bekam mit, wie sich die beiden immer weiter voneinander entfernten. Und das so kurz vor Ende der

Schwangerschaft. Alfred befürchtete schon lange, dass das Verhalten von Hans nicht gut war und es so auch nicht mehr lange weitergehen konnte.

Nur vierzehn Tage vor der Niederkunft schrie Hans Johanna wieder wegen der Geschäftsführung der Farm an und das nur, weil sie den Namen von John und der Genossenschaft erwähnte. Er wusste zwar sehr wohl, dass es die Farm ohne diese Genossenschaft sehr schwer haben würde. Das ganze Wirtschaftssystem in Amerika hatte sich seit dem Krieg gegen Deutschland total verändert. Dass er aber nicht mehr so auf die Geschäfte Einfluss nehmen konnte wie vorher, das machte Hans zu einem sehr verbitterten, bösem Menschen.

Johanna hatte endlich genug. Sie machte sich nicht nur Sorgen um Hans und um die Farm, sie sorgte sich auch um sich selbst und um ihr ungeborenes Kind. Sie merkte, dass es ihr immer schlechter ging und wusste, dass es so nicht mehr weitergehen konnte. Am nächsten Tag, in der frühen Morgenstunde, ließ sie sich von einem Arbeiter der Farm in die Stadt fahren. Sie selbst traute sich nicht mehr, zumal sie wusste, dass jetzt jeder kleine Zwischenfall der Beginn der Geburt sein könnte. Sie ließ sich direkt bei der Bank absetzen und wies den Fahrer an, auf sie zu warten. Ihr direkter Weg führte sie zu John.

Dieser, sichtlich überrascht sie zu sehen, ging auf sie zu, nahm sie behutsam in die Arme, wobei er ihren dicken Bauch mit einem verschmitzten Lächeln anschaute: „Johanna, das freut mich aber, dass du mich besuchen kommst. Wie geht es dir?“

Bevor sie ihm jedoch antworten konnte, sah er auch schon die Tränen in ihren Augen. Johanna heulte und konnte sich nun nicht mehr zurückhalten. Nach einigen Minuten, als sie sich etwas beruhigt hatte, sagte sie zu John der sie immer noch in den Armen hielt und zärtlich über ihre schwarzen langen Haare strich: „Ach John, es ist so schrecklich. Hans tut mir so leid. Er weiß sich nicht zu helfen und wird darum von Tag zu Tag unerträglicher. Ich kann das nicht mehr lange mitmachen. Nicht mehr in meinem Zustand jetzt und, aua, ach Gott, ich glaube, es geht los ...“

John der von dieser Sache, also dem Kinderkriegen, wie fast alle Männer, keine wirkliche Ahnung hatte, rief schnell seiner Sekretärin zu, dass sie einen Arzt herbeiholen sollte. Seine Sekretärin hatte jedoch selbst schon zwei Kinder geboren und großgezogen und wusste deshalb, dass es mit der Geburt nicht so schnell geht. Auf ihren Rat hin fuhr John Johanna selbst in das nahe gelegene Hospital, das vorab durch die Sekretärin informiert wurde.

Die Krankenschwester kam den beiden bereits entgegen und kümmerte sich sofort um Johanna. Zu John sagte sie mit einem breiten Lächeln: „Ja so ist das immer mit den Vätern. Wenn es dann einmal losgeht, wisst ihr nicht, was ihr machen sollt."

Und nun stand John da und wusste zunächst nicht, wie ihm geschah. „Aber ich bin doch gar nicht der Vater", konnte er nur noch sagen und da war Johanna schon hinter der Krankenhaustür in Richtung Geburtenstation verschwunden.

„Rufen sie bitte auf der Farm Johanna an und sagen sie Mister Janke, dass seine Frau im Hospital ist und die Geburt begonnen hat", sagte er mit wichtiger Miene zu seiner Sekretärin, als er wieder in seinem Büro ankam.

Diese grinste jedoch nur und sagte: „Ist schon erledigt. Ich habe vorhin schon mit Al gesprochen und es ihm gesagt. Er wird es an Mister Janke weitergeben."

Hans wurde rasend als er erfuhr, von wo aus er angerufen wurde, und wo Johanna war. Er schrie Alfred an: „Dann soll sie doch gerade dort bleiben wo sie ist. Dann soll sie doch zu ihrem John gehen. Den wollte sie doch immer haben. Soll er sich doch selbst um den Balg kümmern. Wer weiß, vielleicht ist er ja sowieso der Vater."

Alfred hoffte insgeheim, dass sich Hans wieder beruhigte wenn das Kind erst einmal da sein wird und dann wird er sich sicherlich freuen und wieder anders denken.

Dem war jedoch nicht so. Auch nach der Geburt seiner kleinen Tochter, von der er von Alfred erfahren hatte, fragte er nicht weiter nach Johanna und erst recht nicht nach seinem Kind. Er zog sich nur noch mehr zurück und ließ keinen mehr an sich heran. Alfred machte sich zunehmend Sorgen um Hans, da dieser sich immer mehr veränderte und sich auch vernachlässigte. Alfred sagte sich, dass es nun seine Aufgabe sei, sich um Hans zu kümmern. Denn als er selbst als kleiner Junge Hilfe benötigt hatte, hatte er diese auch von Hans und John bekommen. Jetzt war die Zeit gekommen, in der Hans seine Hilfe dringend benötigte.

Johanna hatte keine leichte Geburt. Sie musste sich noch zwei Tage gedulden, bis es dann endlich so weit war. Der eigentliche Geburtstermin wäre erst vierzehn Tage später gewesen. Wohl durch die Aufregungen mit Hans hatten die Wehen schon etwas früher begonnen. Nachdem John sie ins Hospital gebracht hatte und sie unter der Obhut der Hebamme war, ließen die Wehen wieder etwas nach und blieben dann zunächst ganz aus.

Am zweiten Tag, morgens in der Früh, wollte Johanna der Schwester schon sagen, dass sie wieder auf die Farm zurückkehren wolle, da es wohl doch noch etwas dauern würde, bis das Kind käme. Plötzlich ging es dann aber ganz schnell. Die Wehen fingen nochmals an und drei Stunden später hielt Johanna ein kleines süßes Mädchen mit schwarzen Haaren in den Armen. Johanna war überglücklich und die Hebamme versicherte ihr, dass ihr kleines Mädchen vollkommen gesund sei.

John hatte Alfred angerufen, damit er Hans mitteilte, dass er Vater einer kleinen Tochter wurde. Dabei erfuhr er von Alfred, dass Hans nichts davon wissen will. Es täte ihm sehr leid, aber Hans wäre zurzeit nicht zu sprechen und er mache sich sehr große Sorgen um ihn und wisse nicht, wie lange das noch gut gehen würde.

Nachdem er mit Alfred telefoniert hatte, hatte John zunächst keinen Mut, es Johanna zu sagen. Doch Johanna merkte die gedrückte Stimmung und sagte deshalb zu ihm: „John, mach du dir deswegen keine Sorgen. Die Einzige die sich Sorgen machen muss, bin wohl ich. Ich weiß nämlich jetzt erst einmal nicht, wo ich hin soll, wenn ich mit meiner kleinen Marie aus dem Krankenhaus entlassen werde. So wie sich Hans momentan mir gegenüber verhält, kann ich nicht zu ihm zurück."

„Johanna, das ist doch gar keine Frage. Ich habe zwar nur die beiden Zimmer angemietet, aber ich habe mich schon vor ein paar Wochen nach einer anderen Möglichkeit umgeschaut. Wenn ich Glück habe, dann bekomme ich auch bald ein kleines Häuschen, in dem wir dann alle drei zusammen Platz haben. Ich freue mich schon darauf, euch beide bei mir zu haben. Ich kümmere mich auch gleich darum, dass ihr bei mir einziehen könnt wenn ihr hier rauskommt."

„Aber nur so lange, bis sich mit Hans wieder alles eingerenkt hat", entgegnete sie ihm. Er hatte dabei den Eindruck, dass sie dies mehr aus Verlegenheit zu ihm sagte.

## Kapitel 9

„Blieben John, Johanna und Marie dann für immer zusammen und was machte Hans? Konnte er so einfach auf Frau und Tochter verzichten?“, fragte ich Lona.

Während Lona John am Tor der Farm beobachteten, sagte sie zu mir: „Nein. Meine Oma blieb bei John gerade mal ein halbes Jahr. Dann brachte John sie zur Farm zurück. Aber nicht, weil sie wieder zurück wollte oder weil Hans sie zurückhaben wollte. Nein, meine Oma wurde schon kurz nach der Geburt von meiner Mutter schwer krank. Sie bekam eine Lungenentzündung. Sie schleppte sich im wahrsten Sinne des Wortes noch mehrere Monate dahin. In ihren Fantasien, wenn sie sich schweißgebadet in ihrem Bett herumquälte, rief sie immer wieder den Namen von Hans. Sie hatte ein furchtbar schlechtes Gewissen, dass sie bei John wohnte. Und sie wollte, dass Marie bei ihrem Vater aufwächst. Er wollte immer noch nichts von ihr und seiner Tochter wissen. Bis eines Morgens John bei ihm anrief und ihm sagte, er befürchte, dass Johanna die nächsten Tage nicht überleben werde.

Da wollte er sie wieder bei sich haben. Aber kein Wort von seiner Tochter kam über seine Lippen. Die wollte er nicht bei sich haben. John, der sich nicht zu helfen wusste, brachte Johanna zur Farm zurück, in der Hoffnung, dass sie sich dort vielleicht wieder erholen würde. John fuhr nicht mit bis in die Farm. Er blieb am Eingang stehen und Alfred brachte Johanna herein. Hans, der noch nie über seinen Schatten springen konnte, ging auf sie zu und sagte lediglich zu ihr: „Schön dass du wieder da bist.“ Das war alles. Einen Tag später ist Johanna gestorben. Das Grab kennst du ja. Meine Mutter hat dann die ersten Jahre bei Onkel John gewohnt. Später ist sie dann aber zu meinem Großvater umgezogen.“

„Aber eins ist mir noch nicht klar. Warum M und J auf dem Kreuz steht, weiß ich nun auch. Nur was dort wirklich geschehen war, weiß ich noch nicht. Dieses Grab gab es ja schon viel früher, bevor deine Oma gestorben war.“

„Als damals das Grab erneuert wurde, blieben die Buchstaben M und J einfach bestehen. Hans hatte diesen Platz ausgesucht. Er war davon einfach nicht abzubringen. Aber nachdem meine Oma dort beerdigt wurde, verbot er jedem, auch nur einen Finger an diesem Grab zu rühren oder nur in die Nähe dieses Grabes zu kommen. Er war jähzornig. Er traute niemandem. Alfred begann aber irgendwann heimlich, diesen Platz in Ordnung zu halten, ohne dass Opa Hans etwas davon erfuhr."

„Und was wurde aus der Marie? Deiner Mutter?"

„Oh ja. Meine Mutter", begann Lona, „sie hatte einen Herzfehler, den die Ärzte bei ihrer Geburt nicht bemerkt hatten. Als sie noch ein Baby war wunderten sie sich zwar alle, dass sie immer so viel schrie, aber die Ärzte fanden nichts Außergewöhnliches bei ihr und na ja, ihre Geschichte kennst du ja. Sie starb dann bei meiner Geburt. Dies war wohl zu viel für ihr krankes Herz."

„Tut mir leid", meinte ich.

„Das braucht dir wirklich nicht leid zu tun. Das ist ja auch schon ein paar Jahre her und ich habe sie auch nicht gekannt. Nur manchmal habe ich davon geträumt, wie es gewesen wäre, wenn sie nicht gestorben wäre. Ich meine, wie es für mich gewesen wäre, bei meiner Mutter aufwachsen zu können. Vielleicht wäre dann mein ganzes Leben anders verlaufen, nicht so wie jetzt."

„Mit Sicherheit wäre dein Leben anders verlaufen. Aber das ist vielleicht so für dich bestimmt gewesen. Niemand kann sein Schicksal selbst steuern oder in die Hand nehmen. Auch wenn wir das manchmal so meinen. Damals im Krieg, kurz bevor ich in die Kriegsgefangenschaft kam, sollten wir mit dem Schiff nach Südafrika gebracht werden, um dort zu kämpfen. Aber durch, na ja, vielleicht war es ein Zufall, oder was weiß ich, wurde ich mit meiner Gruppe abkommandiert. Wir bekamen englische Uniformen und sollten uns hinter die englische Front durchschlagen. Dort sollten wir unseren Feind durch Sabotageakte aufhalten. Gott sei Dank ist es nicht so weit gekommen.

Ich wurde von den Amis noch in deutscher Uniform gefangen genommen. Wenn die mich in englischer Uniform aufgegriffen hätten und die hätten damals schnell gemerkt, dass ich kein Engländer bin, dann hätte ich für mein Leben keinen Pfifferling mehr gegeben." Nach einer kurzen Pause fügte ich hinzu: „Das entspricht wieder ganz meiner Kerzentheorie."

„Deiner was?", fragte Lona und schaute mich ungläubig an.

„Ja, meiner Kerzentheorie. Ich sage schon immer und davon bin ich auch felsenfest überzeugt, dass jeder Mensch bei seiner Geburt eine brennende Kerze vom lieben Gott geschenkt bekommt. Die eine Kerze ist so lang", wobei ich die Arme weit ausstreckte, „und die andere ist nur so lang." Ich zeigte mit Daumen und Zeigefinger eine nur kurze Kerze. „Egal, was du in deinem Leben machst oder was du in deinem Leben vor hast zu machen, dein Leben ist erst dann zu Ende, wenn deine Kerze tatsächlich abgebrannt ist. Nicht vorher und nicht nachher. Die eine Kerze ist schnell abgebrannt. So schnell, dass derjenige vielleicht gar keine Zeit bekommen hat, richtig leben zu können. Die andere Kerze brennt fast eine Ewigkeit und man könnte fast meinen, die geht nie aus."

„Interessante Theorie. Werde ich mir mal merken", entgegnete mir Lona schmunzelnd, so als ob sie sich etwas über mich lustig machen wollte, „aber sollten wir jetzt nicht mal Onkel John reinlassen?"

„Oh ja, selbstverständlich", meinte ich, „doch eine Frage habe ich noch. Onkel John machte auf mich einen sehr gebrochenen und gekränkten Eindruck, als ich ihn in der Bar kennengelernt habe. Konnte er sein Versprechen nicht einlösen?"

„Ich glaube, diese Frage kannst du dir selbst beantworten. Wenn er sein Versprechen hätte einlösen können, dann würde er wohl nicht erst heute hier stehen und die beiden wären sicherlich seit längerer Zeit wieder zusammen. Leider gab es auch bei uns eine Wirtschaftsflaute, ausgelöst durch die Folgen des zweiten Weltkriegs. Da konnte auch die anfangs so erfolgreiche Genossenschaft nicht mehr helfen. Irgendwann brach das ganze Wirtschaftssystem zusammen und jeder wurschtelte mehr oder weniger vor sich hin. Die Genossenschaft ging pleite. Die Einlagen konnten nicht mehr an die Farmer zurückgezahlt werden. Die machten natürlich ihm den Vorwurf, an dem Unglück schuld zu sein. Schließlich hatte er sie ja schon einmal hereingelegt. Obwohl er wirklich nichts dafür konnte, gab man ihm die Schuld. Als dann auch noch die Bank pleiteging, nachdem die Genossen von ihr ihre Einlagen verzinst zurückhaben wollten, stellte sich heraus, dass der zweite Geschäftsführer, dieser Mister Smith, auch noch für seinen eigenen Geldbeutel gearbeitet hatte. Illegal natürlich. Da war es dann ganz vorbei. Ich glaube, einige der Farmer in und um Brandenburg hätten ihm am liebsten den Hals umgedreht oder ihn aufgehängt. Aber Gott sei Dank sind die Zeiten der Selbstjustiz auch in Amerika schon lange vorbei und er wurde vor ein ordentliches Gericht gestellt. An dem Zusammenbruch der Genossenschaft hatte er zwar keine direkte Schuld. Er hätte aber erkennen müssen, dass Mister Smith Geld illegal abzweigte. Man glaubte ihm nicht, dass er von diesen illegalen Geschäften nichts wusste und so wurde er zu fünf Jahren Gefängnis verurteilt. Diese fünf Jahre haben ihn dann zu dem gemacht, was er heute ist. Ein alter misstrauischer und gebrochener Mann. Viele Farmer gaben ihm die Schuld für ihr finanzielles Fiasko. Einige von denen würden ihn am liebsten heute noch dafür belangen."

Langsam gingen beide nun auf John zu: „Die beiden sind jetzt kurz vor ihrem fünfundachtzigsten Geburtstag. Bitte hilf mir, dass sie ihre letzten Jahre noch in Ruhe und Frieden zusammen verbringen können", bat mich Lona.

„Ich weiß ich bin unersättlich. Aber ich habe doch noch eine Frage", begann ich. „In all den Erzählungen wurde angedeutet, dass John Hans schon einmal sein Liebstes wegnehmen wollte. Was war damit gemeint?"

„Das kann ich dir nicht sagen. Ich weiß auch nicht, was damit gemeint ist. Al hatte es mir gegenüber einmal angedeutet, aber ich denke, diese Geschichte solltest du dir von den beiden selbst erzählen lassen, wenn es darüber etwas zu erzählen gibt."

„Hallo Onkel John“, sagten Lona und ich fast gleichzeitig, als wir ihm näher gekommen waren, „das freut uns wirklich, dass du gekommen bist.“

„Da bin ich mir eigentlich gar nicht so sicher“, widersprach er uns beiden, „wenn ich es mir recht überlege, dann wäre ich wohl besser fort geblieben.“

„Unsinn Onkel John“, sagte Lona, „du wirst sehen, dass sich Opa Hans auch freut, dass du gekommen bist.“

Alfred, der inzwischen auch auf das Tor zugekommen war, reichte ihm sofort die Hand und man sah ihm an, dass es ihm schwerfiel, in diesem Moment auch nur irgendetwas zu sagen. Ohne ihn genau beobachten zu müssen, konnte man sehen, wie er einzelne Tränen wegzuwischen versuchte. Das waren bestimmt keine Tränen der Traurigkeit. „Willkommen zu Hause, Mister John“, sagte Alfred, „Mister Hans wartet schon. Er ist schon ganz nervös.“

Man hätte meinen können, dass Hans alles vom Haus aus beobachtete. Seine Blindheit verhinderte dies zwar, aber sie hinderte ihn nicht daran, alleine aus dem Haus zu kommen und jetzt auf das Tor zuzugehen. Mit seinem Stock tastete er nun vorsichtig den Weg ab und ging mit langsamen, schweren Schritten auf die kleine Gruppe am Tor zu.

Einzelne Farmarbeiter, die die ganze Szenerie beobachteten, stellten ihre Arbeit ein und gingen auch in Richtung Tor, um mitzubekommen, was nun gleich dort passieren wird.

John der gerade Alfred antworten wollte, sah über dessen Schulter hinweg Hans auf sie zukommen. Ohne ein Wort zu sagen, ging er an Alfred vorbei und mit langsamen Schritten auf Hans zu. Auch John ging zunächst mit schweren Schritten. Dann schien es, als ob er zu rennen anfangen wollte, um schneller bei Hans zu sein. Dies ließ jedoch sein Alter nicht mehr zu. Und so kamen sie sich langsam näher. „John?“, fragte Hans plötzlich. „Bist du es wirklich?“

„Ja, Hans", brachte John nur heraus und ging weiter auf ihn zu. Dann breitete Hans seine Arme aus und John und Hans drückten sich fest.

Eine Ewigkeit schien in diesem Moment zu vergehen.

„Hast du Lust, mit mir nach Amerika auszureißen?", fragte John, wobei er lächelte und ihm die Tränen die Wangen herunter liefen.

„Aber klar doch. Wann gehen wir los? Ich habe meinen Rucksack schon gepackt", entgegnete ihm Hans.

Beide machten in diesem Moment einen sehr glücklichen Eindruck. Einige der Umherstehenden wischten sich heimlich eine Träne weg.

„Willi, weißt du eigentlich, dass wir dir sehr viel zu verdanken haben?", begann John leise zu sprechen, als sie am Abend alle zusammen im Kaminzimmer saßen. „Du hast mit deiner Ankunft in Brandenburg vor ein paar Tagen den Grundstein dafür gelegt, dass wir nun wieder zusammengefunden haben. Dafür danken wir dir von ganzem Herzen. Als ich dich in die Bar kommen sah, wusste ich, jetzt wird wieder alles gut."

„Ja, das hat mir Lona auch schon gesagt, dass du meintest, jetzt wird alles wieder gut. Ich verstehe zwar immer noch nicht, was ich damit zu tun habe, aber wenn euch meine Ankunft zusammengebracht hat, soll es mir nur recht sein", antwortete ich ihm. Nach einer kleineren Pause ergänzte ich: „Mein Geheimnis konnte ich leider nicht lösen. Wenn ich nun wieder zurück bei meiner Edith und meinen Eltern bin, haben die wenigstens einen Grund zu sagen, dass ich wieder einmal gesponnen habe, aber jetzt hoffentlich mit meinen Träumereien Ruhe geben werde." Dabei schaute ich in die Runde und musste selbst lachen.

„Da kann ich dir aber nicht ganz recht geben. Deine Reise hierher war nicht umsonst. Sie hatte auch ihren Sinn“, sprach nun Hans leise. Die Art und Weise, wie er dies sagte, ließ jeden im Raum aufhorchen. „Du bist wirklich nicht umsonst hierhergekommen und du und ihr alle sollt jetzt erfahren, was es mit dem Kreuz auf sich hat“, begann er und alle schauten ihn mit großen Augen an.

„John du weißt ja, wen ich mit Lena meine. Du wolltest sie mir ja auch einmal ausspannen“, erzählte Hans und zeigte mit dem Arm in die Richtung, in der John saß. „Ich habe sie wirklich geliebt. Nicht Johanna, deine Oma, sondern Lena, war meine erste große Liebe. Oder warum meinst du, warum du Lona heißt?“, fragte er Lona und drehte sich zu ihr hin. „Nur weil ich die Eltern von Bill, deinem Vater, nach deiner Geburt so lange bearbeitet hatte, bis sie damit einverstanden waren, dass du den Namen Lena bekamst und ich mir damit ein kleines Stück Erinnerung gesichert hatte. Ja, du solltest eigentlich Lena heißen. Aber bei deiner Geburt haben die im Hospital deinen Namen falsch geschrieben und so blieb es dann bei Lona. Für mich bleibst du aber die Lena.

Tja und John wollte mir einmal mein Liebstes, meine Lena wegnehmen. Sie kam auch aus Europa. Ja Willi. Aus Europa. Aus Frankreich und um es genauer zu sagen, aus Metz. Ihr Familienname war“, dann machte er eine sehr lange Pause und drehte sich in die Runde, so als ob er alle anschauen könnte, bis er in meiner Richtung verharrte und weiter sprach, „ihr Name war Simon, Magdalena Simon. Deine ältere Schwester. Ja Willi. Das ist mir in diesen Tagen erst richtig bewusst geworden. Es war deine ältere Schwester und sie war meine erste große Liebe. Deine Schwester Magdalena, die du selbst eigentlich nie kennengelernt hast. Als du uns sagtest, wo du herkommst und ich dann auch noch zufällig das Gespräch zwischen dir und Al hörte, als du von Magdalena erzähltest, war es für mich ganz klar, dass sie nur deine Schwester sein konnte. Nun verstand ich auch sofort, warum ich ohne zu Zögern Vertrauen in dich gesetzt hatte. Oder glaubst du etwa, ich hätte dir alles erzählt, wenn ich dies nicht schon gespürt hätte?“

Im Raum war es absolut still. Lediglich das leise knisternde Holz im Kamin konnte man hören und ich begann zu verstehen, was Hans soeben zu mir gesagt hatte.

„Dann bist du ja quasi mein Schwager?", fragte ich ihn ungläubig, „aber du bist doch um einiges älter als ich?"

„Ja mein Junge, das stimmt wohl. Aber deine Schwester kam schon als sehr junges Mädchen auf unsere Farm. Wie sie damals von Europa hier rüber in die Staaten kam, weiß ich nicht mehr. Ich weiß nur noch, dass sie damals noch sehr jung gewesen ist. Ich glaube, ja genau das war es vielleicht gewesen, was sie so anziehend gemacht hatte. Sie war jung und sehr schön und hatte etwas an sich, das man so nicht beschreiben kann. Ich war zwar um einiges älter als sie, aber wir verstanden uns vom ersten Moment gut und wir liebten uns sehr. Wir liebten uns so sehr, dass sie sogar ein Kind von mir bekam."

„Du hast noch ein Kind?", fragte John ungläubig und man sah ihm an, dass er jetzt total überrascht war.

„Ja John. Lena bekam ein Kind von mir. Vielleicht kannst du dich ja noch daran erinnern, dass sie schwanger war, als sie hier auf der Farm arbeitete. Niemand, aber wirklich niemand hatte etwas davon erfahren, dass ich mit Lena zusammen war. Das hätte damals niemand verstanden, dass sich ein so junges Ding in einen so alten Mann verliebt und sich von ihm auch noch ein Kind machen lässt. Mich hätte doch niemand mehr geachtet, wenn jemand das erfahren hätte. Lena stand aber immer dazu und hielt auch zu mir. Ich hatte diesen Mut nicht und so hielten wir es geheim und Lena machte sich sogar zum Gespött der Leute, weil sie nicht sagte, von wem das Kind war. Jeder meinte, sie wäre leicht zu haben, sie wäre ein leichtes Mädchen. Was habe ich mir damals viele Vorwürfe gemacht, dass ich den Mut nicht aufgebracht habe und es einfach allen Leuten hier offen heraus erzählt habe. Dann war mein kleiner Sohn auf der Welt und Lena zog ihn alleine groß, weil ich, sein Vater, zu feige war, zu ihm zu stehen. Ich war meinem eigenen Sohn gegenüber zu feige."

Wer jetzt Hans anschaute sah, dass er fix und fertig war und es ihn sehr viel Überwindung kostete darüber zu reden.

„Wo ist dein Sohn heute?“, fragte Lona in die Stille des Raumes.

„Meine kleine Lona“, begann er wieder und es fiel ihm jetzt sichtlich schwerer zu reden, „warte es ab. John ist heute zurückgekommen und wir haben uns geschworen, dass wir unsere Talismane wieder zusammenfügen wollen. Was ich damit sagen will ist, dass mein Bruder John und ich unsere letzten Tage gemeinsam verbringen wollen und es soll kein Geheimnis mehr zwischen uns stehen.“

Hans konnte leider nicht sehen, was alle jetzt versuchten, nämlich ihre Tränen der Freude und der Gerührtheit zurückzuhalten.

Hans erzählte weiter: „Mein Sohn wuchs langsam heran und er wurde ein wirklich strammer Junge. Doch dann musste ich eines Tages feststellen, dass Lena mir gegenüber nicht mehr so offen war. Sie ließ sich öfters verleugnen, wenn ich nach ihr fragte. Der Grund dafür sitzt hier im Raum. John, ja John. Aber John, ich will dir heute keinen Vorwurf mehr machen, dass du mir Lena damals ausgespannt hast. Ich glaube, dass du ihrer Jugend damals genauso verfallen warst, wie ich es war und dass deine Gefühle genauso verrückt gespielt haben wie meine, als ich sie kennenlernte. Vielleicht kannst du dich ja noch an unseren Streit erinnern. Es ist zwar schon lange her, aber wir stritten uns damals wirklich um Lena, als ich erfuhr, dass du für sie schwärmst. Wir hatten damals eine ziemlich heftige Auseinandersetzung um sie. Du hast dadurch erfahren, dass ich mit ihr ein Techtelmechtel hatte. Dass ich der Vater ihres Sohnes war, hast du damals nicht erfahren. Oder, vielleicht wäre alles anders gekommen, wer weiß?“

Zu John gewandt, erzählte Hans weiter: „Erinnerst du dich noch daran, sie war ja dann von heute auf morgen einfach verschwunden und keiner wusste, wo sie hin gegangen war. Sie hatte auch nie jemandem verraten, wer der Vater ihres Kindes war. Nach ihrem Verschwinden ließ sie ihren Sohn auf der Farm zurück. Er wurde von den anderen Helfern und Farmerfamilien wie ein eigener Sohn großgezogen."

„Magdalenas Sohn blieb auf der Farm zurück?", fragte John ungläubig, schaute in die Runde und sprach zu Hans. „Hans, wer ist dein Sohn und wo ist er heute? Willst du etwa jetzt damit sagen, es ist …"

„Ja John. Du hast recht! Er ist es. Du weißt es jetzt. Er ist es tatsächlich. Ich fühle mich heute so elend dabei, dass ich ..."

„Mister John, Mister Hans", begann Alfred ganz vorsichtig, stand auf, ging an den Sekretär, schob einige Papiere zur Seite und nahm einen Brief aus einem Fach, „vor langer Zeit habe ich diesen Brief durch Zufall gefunden. Und ich entschuldige mich auch jetzt dafür, dass ich ihn gelesen habe. Aber er war nicht verschlossen und er fiel mir quasi in die Hände. Er hat mich die ganzen Jahre über beschäftigt. Aber ich glaube, heute weiß ich, wer Lena ist ..."

Alfred faltete den Brief auseinander und begann, laut zu lesen:

*Lieber Hans,*

*wir haben uns kennengelernt, weil Du mir damals so behilflich warst, als ich aus Metz hierher kam und wirklich nichts weiter außer meinen Kleidern besaß. Ich hatte damals einen Traum von einer schönen neuen Welt und von unbegrenzten Möglichkeiten. Ich bin meinen lieben Eltern zu Hause davongelaufen ohne ihnen etwas zu sagen und bereue es, mich nie bei ihnen gemeldet zu haben.*

*Leider war ich zu naiv und wollte die Wahrheit nicht sehen. Aber Du hast mir geholfen, hier Fuß zu fassen.*

*Dafür liebe ich Dich auch.*

*Jetzt nach so langer Zeit ist unser gemeinsamer Sohn groß gewachsen und hätte einen Vater gebraucht. Einen Vater, der sich um ihn kümmert und sich um ihn sorgt und ihn auf das harte Leben vorbereitet. Aber heiraten wolltest Du mich nie. Und von unserem gemeinsamen Sohn durfte auch niemand etwas wissen. Warum? Nur wegen dem Gerede der anderen Leute? War Dir das so wichtig? War es Dir das wert?*

*Jetzt habe ich einen anderen Mann kennengelernt, mit dem ich mir ein gemeinsames Leben vorstellen kann. Ihm macht es bestimmt auch nichts aus, dass ich einen unehelichen Sohn habe. Das werde ich ja noch feststellen, wenn ich es ihm sagen werde. Ich will es Dir aber auch nicht verheimlichen, wer es ist, weil Du es früher oder später doch erfahren wirst.*

*Es ist John.*

*Aber John weiß nicht, dass Du der Vater meines Sohnes bist, und ich werde es ihm auch nicht sagen, wenn Du es nicht willst.*

*Ich bitte Dich, ihm dies nie zu verraten, ohne mit mir vorher darüber geredet zu haben.*

*Steh meiner neuen Liebe bitte nicht im Wege.*

*Ich werde Dich stets in lieber Erinnerung behalten.*

*Deine Magdalena*

Alfred hatte Tränen in den Augen, während er den Brief vorlas. Dann faltete er den Brief wieder zusammen, steckte ihn in den Umschlag und legte ihn an seinen Platz zurück.

Lange, lange Zeit war es nun ganz ruhig und keiner sprach mehr ein Wort, weil jeder das, was er jetzt erfahren hatte, zuerst einmal verarbeiten musste.

„Ja Al. Alfred. Mein Sohn! Lena war deine Mutter und ich bin dein Vater! Verzeih mir, Al."

Alfred brauchte sehr lange, bis er sich gefasst hatte. Dann fragte er Hans: „Wo ist meine Mutter?"

„Das, glaube ich, brauche ich dir nicht zu erzählen. Du weißt, wo sie ist", antwortete ihm Hans ganz leise.

„Was passierte damals?", fragte Alfred.

„Wir stritten uns, weil sie mit John ein Verhältnis anfing und ich befürchtete, sie zu verlieren. Sie hielt mir immer und immer wieder vor, dass ich ja nicht zu ihr halten würde und noch nicht einmal zu meinem eigenen Fleisch und Blut stehen würde. Wir gingen zusammen spazieren und gingen wie so oft an unseren Lieblingsplatz, weil dort so viel Vergissmeinnicht standen. Ich wollte sie in die Arme nehmen und ihr versprechen, dass ich alles sagen und sie heiraten würde. Aber sie wollte das nicht mehr und versuchte, mich wegzuschieben. Dabei rutschte sie auf dem feuchten Waldboden aus, fiel nach hinten und schlug hart mit dem Kopf auf einem großen Stein auf."

Man konnte sehen, dass es Hans sehr schwerfiel zu sprechen und dies zu erzählen. Aber er wollte jetzt seinem Herzen Luft machen, das spürte man.

„Ich geriet total in Panik und wusste nicht, was ich machen sollte. Ich meinte, keine andere Wahl zu haben und habe sie deshalb dort begraben, weil ich dachte, dass sie dort bestimmt nie jemand finden würde."

Nach einer langen Pause fügte er hinzu: „Ja Willi. Wie heißt es doch? Das eigene Blut zieht an, oder?“

„Deshalb die Buchstaben M und J?“, fragte ich nun.

„Ja Willi. M und J steht nicht für Maria Jablonsky, wie alle meinten, sondern M und J steht für Magdalena Janke. Ehrlich. Das habe ich wirklich nicht gewollt. Das müsst ihr mir glauben. Noch ein paar Minuten vorher hatte ich ihr die Ehe versprochen. Ich hatte sie doch so geliebt. Sie war doch noch so jung.“

Alfred saß ruhig da und schaute nur Hans an ohne etwas zu sagen. Plötzlich stand er auf, ging auf Hans zu, nahm seine Hand, sodass er aufstehen musste, umarmte ihn und drückte ihn ganz fest.

John sagte: „Und ich habe mir die ganzen Jahre darüber den Kopf zerbrochen, was es mit diesem Kreuz auf sich hat. Als Lena damals verschwunden war, hatte ich sogar einmal daran gedacht, dass das Grab vielleicht etwas mit ihr zu tun haben könnte, als es wieder gefunden wurde. Das spielt aber jetzt alles keine Rolle mehr. Jetzt, nach so vielen Jahren ist nur noch eines für mich, nein für uns wichtig: Nun sind unsere Talismane wieder zusammen.“

ENDE

# Autor

Mit diesem Roman „Das vergessene Kreuz von Kentucky“ habe ich mein erstes Buch geschrieben. Dieses Buch basiert auf tatsächlich Erlebtem aus der Zeit meines Vaters in der Kriegsgefangenschaft am Ende des 2. Weltkrieges, gemischt mit versteckten Familiengeschichten.

Ich bedanke mich bei der „Cultural Resources Section Environmental Management Division“, 112 11th Avenue, Fort Knox, Kentucky 40121–5000, die mir Karten, Informationsmaterial und original Fotoaufnahmen vom damaligen Kriegsgefangenenlager zur Verfügung stellten. Ich bedanke mich beim Webmaster James D. West, Indiana Military Org., der dafür sorgte, dass das Vorwort unter dem Titel „Story about my father, while he was a prisoner“ auf der Homepage vom Camp Atterbury unter Italy/German PWs – Common, veröffentlicht wurde.

Die Originalbriefe von Willis Bruder August, die er aus dem Konzentrationslager Dachau an seine Eltern schrieb, habe ich heute noch im Besitz. Ebenso das „Neue Testament“, die Notiz, die mein Vater über das Rote Kreuz an seinen Bruder Ernst geschickt hatte und das Manuskript von 1956, mit dem mein Vater den Roman „Das Vergessene Kreuz von Kentucky“ begann.

Peter Simon

Kurzvita und meine Bücher

1951 im Saarland geboren, wohne ich seit 1971 im Landkreis Südliche Weinstraße und seit 2004 in Dörrenbach.

Wie bin ich zum Schreiben gekommen?

Im Nachlass meines Vaters finde ich das unfertige Manuskript einer Erzählung mit dem Titel **Das vergessene Kreuz von Kentucky**. Mein Vater, ein ehemaliger Kriegsgefangener im 2. Weltkrieg (US-Armee in Kentucky), fing bereits 1956 an diese, seine Geschichte, zu schreiben. 2001, nach seinem Tod, entschließe ich mich seine bis dahin unfertige Erzählung zu vollenden. Hierzu war es allerdings erforderlich, mit meinen Recherchen an dem Ort zu beginnen, an welchem mein Vater nach dem Krieg als „Prisoner of War“ inhaftiert war. Dies waren das Camp Atterbury in Indiana und das Camp Fort Knox in Kentucky. 2007 gewann ich mit diesem Buch einen Autorenwettbewerb in Hamburg und eine Ausstellung auf der Frankfurter Buchmesse. 2009 konnte ich mein Buch dann in zwei Interviews mit amerikanischen Zeitungen, davon eines mit TV, (der The Turret von Fort Knox und der The Courier Journal aus Louisville), in Kentucky persönlich vorstellen.

Bereits 2007 folgte mein zweites Buch mit dem Titel **Das Neue Leben** Dieses Buch basiert auf einer wahren Geschichte. Einer Geschichte, die ich im Rahmen meiner Ahnenforschung für meine Familie herausfand. Ich erzähle das fiktive Schicksal und den Lebensweg dieser beiden Kinder, die ausgesetzt wurden und sich viele Jahre später wieder finden, aber nichts von ihrem gemeinsamen Schicksal wissen.

In 2008 folgt dann der Roman **I will change it**. Dieser fiktive Roman handelt von einem Jungen, der bei einem tragischen Unfall seine Eltern verloren hat und der seinen Eltern in den Tod folgen will. Mit Hilfe einer Uhr, die er von einem alten Mann erhält, bekommt der Junge die Möglichkeit, die Vergangenheit zu seinen Gunsten zu ändern. Mit fatalen Folgen. Für dieses Buch schrieb ich ein Drehbuch und hoffe, irgendwann einmal einen Filmproduzenten zu finden, da ich davon überzeugt bin, dass dies ein guter Film werden wird.

In 2011 erschien **Ich bin Beamter.** Dies ist meine satirisch erzählte Berufsbiografie als Beamter. Dieses Buch soll mit Vorurteilen aufräumen, zum Nachdenken animieren und zeigen, dass Arbeit auch Freude bereiten kann.

Seit 2012 arbeite ich an dem Märchen **Dornröschen von Dörrenbach**, das ich meiner Ortsgemeinde Dörrenbach und unserem Dornröschen hier im Dorf mit seinen sieben Zwergen widme. Dieses Märchen wird anlässlich des in 2014 eröffneten Märchenweges in Dörrenbach erstmals der Öffentlichkeit vorgestellt werden.

Mehr über mich erfahren Sie auch über:

www.Peter-Axel-Simon.de oder

www.Peter-Axel-Simon.jimdo.com

Inhalt

Es handelt sich um die tatsächliche Geschichte eines deutschen Soldaten, der im 2. Weltkrieg in amerikanische Kriegsgefangenschaft geraten ist und mit weiteren Kameraden in Camp Atterbury und in Fort Knox, Kentucky, in einem Gefangenenlager inhaftiert wurde. Dort wurden sie als Helfer zu Farmern abgestellt.

Im Roman findet er bei Rodungsarbeiten ein verstecktes Kreuz. Dieses berührt und fasziniert ihn zugleich, da er irgendwie mit diesem verbunden zu sein scheint.

Viele Jahre nach seiner Rückkehr in die Heimat lässt ihm dieses Kreuz keine Ruhe, weil er davon überzeugt ist, dass er dessen Geheimnis lüften muss. Er begibt sich nochmals nach Kentucky. In einer Kneipe in der Nähe des Fort Knox trifft er auf einen alten Mann. Durch diesen Kontakt findet er das Kreuz wieder. Dabei macht er auch Erfahrungen, die seine Vergangenheit betreffen und von denen er bisher nichts wusste.

Der Roman erzählt auch von Auswanderern, die ihre neue Heimat in Amerika fanden und die durch den Krieg in Europa von ihrer Vergangenheit eingeholt wurden.